Christel Netuschil, Jahrgang 1978, ist ausgebildete Kranken-schwester. Sie lebt mit ihrem Mann, den drei Töchtern und mehreren Haustieren am Niederrhein und hat in der Vergan-genheit Kinder und Erwachsene dabei unterstützt, sich schriftstellerisch auszudrücken. Eigenen Vorstellungen, Wünschen und Ängsten, aber auch fiktiven Begebenheiten ei-nen literarischen Raum zu schenken ist Christel Netuschils vorrangiges Ansinnen. Nach einigen Veröffentlichungen von Kurzgeschichten und Erzählungen, schreibt sie seit 2021 Lie-besromane.

CHRISTEL
NETUSCHIL

Das *Herz* der Toskana

*Eine Feelgood-Romance
in der malerischen Kulisse Italiens*

Erstausgabe Juli 2024

Copyright © 2024 dp Verlag, ein Imprint der
dp DIGITAL PUBLISHERS GmbH
Made in Stuttgart with ♥
Alle Rechte vorbehalten

Das Herz der Toskana

ISBN 978-3-98998-171-3
E-Book-ISBN 978-3-98998-160-7

Covergestaltung: Larissa Siepmann
Umschlaggestaltung: ARTC.ore Design
Unter Verwendung von Abbildungen von
shutterstock.com: © Praew stock, © pixel creator, © IlBarba74
stock.adobe.com: © photohampster, © Soho A studio,
© Mikolaj Niemczewski, © Dar1930, © Olga Ionina, © Mitch Shark,
© somchaij, © penofoto.de, © kovaleva_ka
Lektorat: Daniela Höhne
Satz: dp DIGITAL PUBLISHERS GmbH
Druck und Bindung: Books on Demand GmbH, Norderstedt

Kapitel 1

Eliza

„Entschuldigen Sie, sind Sie Miss Itterford?" Eine junge Frau in einem Traum aus nachtblauer Seide steuerte auf Eliza zu und lächelte. „Dorothy erzählte mir gerade, dass wir *Ihnen* dieses", sie breitete ihre Arme aus und scherte sich nicht darum, dass Champagner über den Rand ihres Glases schwappte, „atemberaubende Spektakel zu verdanken haben. Es ist mir eine Ehre, Sie kennenzulernen!"

Eliza verneigte sich leicht und intensivierte ihr professionelles Lächeln. „Die Freude ist ganz meinerseits." Sie legte den Kopf schief, strich sich eine Strähne ihres langen blonden Haares hinter ein Ohr und studierte die Gesichtszüge der jungen Frau. „Gehe ich recht in der Annahme, dass Sie die jüngste Cousine von Dorothy sind? Nein, sagen Sie nichts!" Eliza ließ ein paar Sekunden vergehen, in denen ihr Gegenüber sie voller Erstaunen ansah. „Amber, richtig?"

Ein Ausruf fast kindlicher Begeisterung bestätigte ihre Ahnung, die eigentlich keine war. Eliza war die Namen und Fotos von Familie und Freunden unzählige Male mit Dorothy durchgegangen, während sie den Erzählungen lustiger Anekdoten und kleiner Skandale gelauscht hatte. Dass sich alle wohlfühlten und kein Streit ausbrach, etwa weil der eine nicht neben dem anderen sitzen wollte oder irgendwelche Missverständnisse in der Luft lagen, gehörte genauso zum Aufgabenbereich einer Hochzeitsplanerin wie das Buchen der gewünschten Location und das Schaffen eines Ambiente, das dem Brautpaar zusagte. Es war schließlich ihr großer Tag.

„Ich fasse es nicht! Wie konnten Sie das wissen?" Amber bedeutete dem nahenden Kellner, sein Tempo zu verringern. „Lassen Sie uns anstoßen, Miss Itterford!", flötete sie und erleichterte das Tablett der Servicekraft um zwei Gläser.

„Bitte, nennen Sie mich doch Eliza!", entgegnete Eliza und nahm zögernd die Champagnertulpe entgegen. Sie wollte eigentlich nichts trinken, aber in Anbetracht der Tatsache, dass sie sich womöglich auf dem besten Wege befand, neue Kundschaft zu akquirieren – Amber war liiert, aber bislang unverheiratet –, unterdrückte sie das mulmige Gefühl, das sich seit einigen Minuten in ihrem Magen ausbreitete.

„Es war eine besondere Zeremonie. Die sprechenden Papageien, der Drehorgelspieler, die riesigen Luftballons ... Alles war perfekt!" Ambers Augen sprühten Funken des Entzückens.

Eliza hob das Kinn und ließ ihren Blick durch den Festsaal schweifen. Unter Kristalllüstern in überdimensionaler Größe waren runde Tische angeordnet, an denen dunkelrot behusste Sessel Platz für acht Personen boten. Während etwa die Hälfte der über zweihundert Gäste noch an den Tischen verweilte, etwas zu Essen vor sich stehen hatte, ein Wein- oder Champagnerglas in der Hand balancierte und in angeregte Gespräche vertieft war, erkundete der Rest das Unterhaltungsprogramm, das außergewöhnliche Inhalte bereithielt: Auf Emporen und kleinen Bühnen, die ringsum aufgebaut waren, begeisterten Artisten, Tänzer und Kunstdarstellende das Publikum. Wellen des Beifalls erhoben sich über das sanfte Stimmengemurmel, Kundgebungen schierer Faszination ließen die Blicke des Publikums von einer Attraktion zur nächsten zucken. Rhythmische Musik, die praktisch jede Aufführung untermalte, als wäre sie genau zu diesem Zweck ausgesucht worden, erfüllte den kompletten Saal, und über allem schwebte der Duft nach Zuckerwatte und gebrannten Mandeln.

Eliza nickte. Sie war sich der Tatsache bewusst, dass sie nach außen den Eindruck von Zufriedenheit und Entspannung vermittelte, in Wahrheit jedoch überprüfte sie jede Bewegung der Bedienungen. Sie verfolgte die performenden Künstler mit ihrem prüfenden Blick und inspizierte Gestik und Mimik sämtlicher Anwesenden. Es war von enormer Bedeutung, alle Abläufe im Auge zu behalten und selbst dem unscheinbarsten Ausdruck von Unwohlsein oder Kritik sofort entgegenzuwirken. Eliza war in ihrem Metier für nicht weniger als absolute Perfektion bekannt.

Sie stellte ihr Glas auf den Stehtisch und schob es ein paar Zentimeter von sich. Der Champagner schwappte in ihrem leeren Magen hin und her und sorgte für aufkommende Übelkeit, aber Eliza bemühte sich darum, ihr Unwohlsein zu unterdrücken. Sie meinte wie nebenbei: „Dorothys Wunsch war ein Fest, das den Rahmen des Durchschnitts sprengt. Sie wollte es pompös. Überwältigend." Eigentlich war es sogar mehr als das. Es herrschte eine Jahrmarktatmosphäre der Superlative.

„Oh, und Sie haben ihren Geschmack genau getroffen! Ach, was sage ich? Es gibt niemanden an diesem herrlichen Abend, der nicht von alldem angetan ist", bestätigte Amber. „Die Leute überschlagen sich regelrecht." Ihre freie Hand legte sich auf Elizas nackten Unterarm, lenkte sie fort von den Stehtischen und führte sie entlang der beleuchteten, zum Teil erhöhten Spots, vor denen sich Gäste versammelt hatten, die nahezu schwärmerisch ihr Entzücken ausdrückten. „Ich bin selten so gut unterhalten worden – und erst recht nicht auf einer Hochzeitsfeier", rief Amber aus und klatschte in die Hände. „Was Sie hier auf die Beine gestellt haben, Eliza, grenzt an Genialität. Sehen Sie nur: Dieses kleine altmodische Karussell, auf dem sich die Kinder vergnügen. Phänomenal! Wie schaffen Sie es nur, für jedes Ersuchen Ihrer Auftraggeber die passenden Kontakte aus dem Hut zu zaubern? Ihr Netzwerk muss riesig sein, ihr Know-how nicht von dieser Welt!"

Amber hatte recht. Eliza Itterford hatte sich innerhalb weniger Jahre von der mittelmäßig erfolgreichen Eventmanagerin zur selbstständigen und heiß begehrten Hochzeitsplanerin hochgearbeitet. Sie liebte ihren Job und wollte ihn gegen nichts in der Welt eintauschen. Ihren Kunden jeden Wunsch von den Augen abzulesen und alles möglich zu machen, erfüllte sie mit größter Zufriedenheit. Viele der von ihr geplanten Hochzeiten wurden von der Presse begleitet, Lob und

Anerkennung waren ihr gewiss, wo sie auch auftauchte.

„Es freut mich, dass es Ihnen so gut gefällt, Amber!" Mit einer kaum sichtbaren Handbewegung machte Eliza eine Angestellte des Caterings darauf aufmerksam, dass jemandem ein Malheur mit seinem voll beladenen Teller passiert war. Sofort huschte die Frau zwischen die Tische und machte sich daran, den Boden zu säubern.

„Wissen Sie", flüsterte Amber, kicherte und lehnte sich zu Eliza, als wären sie zwei Freundinnen, die über ein Geheimnis beratschlagten. „Fred und ich sind seit gut zwei Jahren ein Paar, und ich habe das Gefühl, er wird mir demnächst einen Antrag machen." Sie trat einen großen Schritt nach vorn, stellte sich Eliza in den Weg und ergriff ihre Hände. „Und wenn es so weit ist, möchte ich *Ihnen* die Konzeption und Organisation der Trauung übergeben."

Eliza wollte die Berührung zuerst abschütteln, weil sie sie als unpassend empfand und ihr bewusst war, dass die freudige Hitze, die Ambers Körper ausstrahlte, mit der unangenehmen Kälte kollidierte, die ihre eigene Haut überzog. Dennoch entschied sie sich gegen den Rückzug. Der Kunde war König, auch der potenzielle. „Darüber freue ich mich natürlich sehr, Amber. Und ich bin gespannt auf Ihre Vorstellungen. Wollen wir so verbleiben, dass Sie mir eine Nachricht zukommen lassen, sobald es", sie räusperte sich verheißungsvoll, „akut wird?" Eliza öffnete ihre Clutch aus schwarzem Leder, zog eine ihrer glänzenden Visitenkarten hervor und reichte sie Amber.

„Ich kann es gar nicht erwarten!", piepste diese, betrachtete die Informationen auf der Karte und lächelte versonnen. „Am liebsten würde ich unter offenem Himmel feiern. In irgendeinem alten Gemäuer, so richtig urig. Was innerhalb Londons schwierig werden dürfte, ich weiß. Doch wie ich hörte, pflegen Sie weitreichende Kontakte, korrekt?"

„So ist es!" Eliza zwinkerte Amber zu, während sie innerlich gegen ein schmerzhaftes Ziehen hinter ihrem Brustbein ankämpfte. Verstohlen warf sie einen Blick auf die Smartwatch an ihrem Handgelenk. Es war ein hübsches Exemplar, bei dem kaum auffiel, dass es sich um einen Tracker für Fitness- und Vitalwerte handelte. Doktor Germic hatte ihr vor einem halben Jahr dazu geraten, ihrem Blutdruck mehr Aufmerksamkeit zu schenken. „Wenn Sie mich für einen Augenblick entschuldigen würden, Amber." Es half nichts mehr! Eliza konnte weder die Hitze, die ihr über das Dekolleté kroch, noch das unangenehme Kribbeln, das damit einherging, länger ignorieren. Ihr Blutdruck lag jetzt bei 160/100, die winzigen Ziffern auf dem Display ihrer Uhr leuchteten in einem alarmierenden Rot.

„Geht es Ihnen gut, Eliza? Soll ich …?" Amber runzelte die Stirn und sah sich Hilfe suchend um.

„Nein, es ist alles in Ordnung." Eliza brachte ein Lächeln zustande, beeilte sich aber, Amber den Rücken zuzukehren. Das Letzte, was sie brauchte, war negative Publicity. Welchen Eindruck würde es machen, wenn die Hochzeitsplanerin schwächelte? Ihr Ruf, Höchstleistungen zu erbringen und dabei glänzend auszusehen, eilte ihr voraus und gehörte nicht aufs Spiel gesetzt. „Ich bin gleich wieder bei Ihnen!" Sie legte eine

Hand auf ihre Brust, spürte das unerbittliche Pochen darin und bog in einen Gang ab, der zu den Waschräumen führte. Wenn sie sich einen Moment in der Zurückgezogenheit einer Toilettenkabine sammelte, ein paar Atemübungen durchführte, die ihr Yogacoach ihr beigebracht hatte, und ein Aspirin gegen die höllischen Kopfschmerzen einwarf, würde sie sich in Windeseile wieder um die Party kümmern können. Und um Amber.

Im Vorbeistolpern entdeckte sie eine umgestürzte Vase auf einem Beistelltisch. Gedanklich notierte Eliza, gleich die Mitarbeiterin des Blumenlieferanten darauf anzusetzen, die in der Vorhalle damit beschäftigt war, kleine Abschiedsarrangements aus leuchtenden Gerbera für die Damen der Gesellschaft zu binden. Es konnte ja nicht angehen, dass ...

Eliza klopfte sich kräftig aufs Dekolleté, weil ihr Herz ein paar Extraschläge getan hatte und aus dem Rhythmus geraten war. Manchmal half das. Heute jedoch nicht. Endlich erreichte sie die Toilette, stieß die Tür energisch mit dem Ellbogen auf und verschwand sofort in einer der Kabinen. In Windeseile klappte sie Deckel und Sitzbrille nach oben und beugte sich leicht über die Schüssel. Der Geruch eines WC-Duftsteins stieg ihr in die Nase und bewirkte, dass sich ihr Magen augenblicklich umstülpen wollte. Ein erstes Würgen entstieg ihrer Kehle. Hoffentlich war sie allein. Hoffentlich würde niemand mitbekommen, wenn sie sich übergab. Hoffentlich würde sie ihr Kleid dabei nicht bespritzen. Sie würgte ein weiteres Mal, stemmte beide Hände gegen die Trennwand und krümmte ihren Oberkörper. Tief inhalierte sie das Aroma von Meeresbrise und Urinstein. Nur Sekunden später platschten einige Glas Mineralwasser, eine kleine Menge Champagner und ein Stück Brot in die Kloschüssel. Elizas Pulsschlag verlangsamte sich, ihr Blutdruck aber schien noch unbeeindruckt. Trotzdem atmete sie auf, rollte Toilettenpapier ab und wischte sich die Lippen trocken. Vielleicht hatte sie sich den Magen verdorben. Doch wodurch? Ihre letzte richtige Mahlzeit hatte sie vor Stunden zu sich genommen, genauer gesagt irgendwann am frühen Vormittag. Eventuell war auch ein aufgeschnapptes Virus verantwortlich für ihre Misere. Im Frühjahr kursierten doch standardmäßig Magen-Darm-Infektionen.

Eliza lauschte in die Stille des Waschraums. Niemand betätigte eine Spülung, keiner drehte am Wasserhahn, das Gebläse des Handtrockners blieb stumm. Prüfend sah sie an sich hinunter, strich den Stoff ihres schwarzen Midikleides glatt und stellte erleichtert fest, dass sie sich nicht versehentlich bespuckt hatte. Sie spülte und setzte sich auf den Toilettendeckel. Mit geschlossenen Augen lehnte sie sich zurück und genoss die Kühle der Kacheln, mit denen der Spülkasten verkleidet war. Hinter ihrer Stirn pochte es noch leicht, das Dröhnen des Blutstroms in ihren Ohren wurde leiser. Eliza konzentrierte sich auf ihre Atmung und versank in der samtenen Schwärze hinter ihren Augenlidern.

Als sie sich kräftig genug fühlte, verließ sie die Kabine und schluckte mit einer Handvoll Wasser ein Aspirin. Kritisch betrachtete sie sich in dem Spiegel, der über die ganze Länge der Waschbecken angebracht war. Die warme Farbnuance der Beleuchtung ließ ihr Gesicht gesünder aussehen, als sie sich fühlte. Unter ihren Augen begann das Make-up zu bröckeln, Schatten und feine Äderchen, die in einem schwachen Blau schimmerten, arbeiteten sich an die Oberfläche. Die rot geschminkten Lippen zitterten. Eliza kramte in ihrer Clutch nach einer Puderdose, betupfte die Augenpartie und stöhnte laut auf. Unmöglich konnte sie das Fest jetzt schon verlassen. Ein bisschen musste sie noch durchhalten. Wenigstens eine Stunde. Besser zwei. Erst dann würde sie mit einem halbwegs ruhigen Gewissen die Heimreise antreten können, natürlich nicht, ohne dem Hochzeitspaar nochmals die vereinbarte Garantie auszusprechen, bis zum Ende der Feierlichkeiten telefonisch abrufbereit zu bleiben.

Die Tür schwang auf.

„Entschuldigen Sie", nuschelte Amber, als sie den Raum betrat und an Elizas Seite stehen blieb. „Ich will nicht aufdringlich wirken, aber Sie sahen vorhin tatsächlich etwas angegriffen aus. Und seit Sie zur Toilette verschwunden sind ..." In ihren Gesichtszügen war Besorgnis abzulesen. *Echte* Besorgnis. „Seitdem ist beinahe eine halbe Stunde vergangen."

Eliza legte den Kopf schräg und wartete einige Wimpernschläge, bis der innere Schock an Wucht verloren hatte. Dann winkte sie ab. „Ich habe noch ein paar wichtige Telefonate geführt." Um ihre Aussage zu bekräftigen, nickte sie und setzte ein strahlendes Lächeln auf. Darin war sie geübt. Von Kindertagen an. Ihre Mutter hatte sie früh instruiert, wie bedeutungsvoll es war, fürs Geschäft den Schein zu wahren. „Ich weiß Ihre Aufmerksamkeit zu schätzen, meine Gute, aber es ist alles in bester Ordnung. Mir geht es hervorragend!"

„Nun gut, wenn Sie es sagen." Amber wandte sich ab und betrat eine der Kabinen. „Vielleicht trinken wir gleich noch einen Schluck, und ich verrate Ihnen meine Wunschlocation für unsere Trauung?"

„Sehr gern!", log Eliza in Richtung der Trennwand und wusch sich die Hände. Hatte Amber recht damit, dass so viel Zeit vergangen war, seit die Übelkeit sie aus dem Festsaal getrieben hatte? Sie schüttelte ungläubig den Kopf und hielt ihre Hände in den Schlitz des Handtrockners. „Ich besorge mir ein Wasser!", rief sie über das Summen des Geräts hinweg. „Was darf es für Sie sein, Amber?"

„Ich glaube, ich vertrage noch einen Champagner, herzlichen Dank und bis gleich", schallte es vergnügt zurück. Ambers Sorge war verflogen.

Eliza hatte ganze Überzeugungsarbeit geleistet. Sie betrat den Flur und beschleunigte ihre Schritte, um sich selbst zu beweisen, dass sie zu gewohnter Form zurückgefunden hatte.

„Ma'am?", hörte sie wie von weit her eine Stimme an ihr Ohr dringen, als sie sich nach einigen Metern auf den Beistelltisch mit der umgestürzten Vase stützte. „Ma'am, soll ich einen Arzt rufen?"

Es ruckelte. Eliza verspürte den Drang, sich festzuhalten, brachte es aber nicht fertig, ihre Arme zu bewegen.

Alles wurde schwarz. Tiefste Nacht.

„Sauerstoffsättigung bei sechsundneunzig Prozent", hörte sie jemanden sagen. „Keine nennenswerten Auffälligkeiten im EKG."

Was, um Himmels willen, war passiert? Sie stöhnte, zuckte mit den Fingern.

„Wir sind in zwei Minuten da", meldete sich eine weitere Person. „Kommt sie zu sich?"

„Ich glaube, ja." Eine Hand legte sich auf ihre Schulter. Leichter Druck wurde ausgeübt. „Miss Itterford? Hören Sie mich?"

Natürlich hörte sie ihn. Wer auch immer er war, sie hörte ihn. „Könnten Sie bitte das Licht einschalten?", fragte sie und war schockiert darüber, dass ihre Stimme so brüchig klang. „Ich kann ... gar nichts sehen."

„Eliza Itterford!" Er sprach ihren Namen mit einem gewissen Nachdruck aus, fast so, als wollte er sie für etwas tadeln. Mum hatte das immer gut gekonnt und konnte es immer noch. „Miss Itterford, Sie müssen Ihre Augen öffnen!"

Eliza erschrak, kam aber im nächsten Moment der Aufforderung nach. Sie hob die Hand an ihr Gesicht, schirmte das grelle Licht ab, das von allen Seiten auf sie herabschien. „O Gott, wie peinlich!" Sie befand sich in einem Krankenwagen. Ihr Kleid war im Brustbereich verschoben, damit die Elektroden für das EKG angebracht werden konnten. Dünne Kabel hatten sich an und um ihren Hals gelegt wie Miniboas. Eliza zupfte wenig erfolgreich an ihrem Ausschnitt herum, griff sich in die Frisur und versuchte, das offensichtliche Durcheinander in Ordnung zu bringen. Bestimmt sah sie aus wie eine Vogelscheuche.

Ein junger Mann, der neben der Pritsche saß, auf der sie lag, beugte sich zu ihr „Ich heiße Gail. Sie befinden sich auf dem Weg ins St. Luisa Hospital. Aber das ist kein Grund, in Panik zu geraten. Wir haben uns bereits gut um Sie gekümmert." Dann lächelte er. „Sagten Sie gerade wirklich: *wie peinlich?*" Sein Grinsen wurde breiter, seine Hand tätschelte ihre Schulter. „Glauben Sie mir, Ihnen muss nichts peinlich sein. Wissen Sie denn überhaupt, was passiert ist?"

„Ich ... Mir wurde schwindlig." Aber klar, sie hatte den Waschraum verlassen, wollte für sich und Amber etwas zu trinken besorgen, nachdem sie ... „Ich hatte mich kurz zuvor übergeben."

„Hm, ja", machte der junge Mann. „Ihr Blutdruck war ziemlich hoch." Er entfernte die Miniboas und prüfte erneut den Sauerstoffgehalt, der ihm neben anderen Daten auf einem Bildschirm angezeigt wurde. Er schien zufrieden.

Eliza rollte mit den Augen. „Ich weiß. Ich ... bin deswegen in Behandlung." Das stimmte nicht ganz. Doktor Germic stellte ihr zwar regelmäßig Rezepte für einen Blutdrucksenker aus, aber sie nahm die Tabletten eher unregelmäßig ein. Nicht, weil sie sie vergaß. Eliza vergaß nie etwas.

Der Wagen hielt, und die Türen wurden schwungvoll geöffnet. Vitalwerte wurden ausgetauscht, der Unfallhergang erklärt. „Synkope, am ehesten durch hypertensive Entgleisung", gab der Rettungssanitäter an einen Arzt weiter, der sich ihr kurz mit: „Wellerton, guten Abend", vorstellte und sie dann gemeinsam mit einer weiblichen Pflegekraft in ein Gebäude und durch lange Gänge schob.

„Wer hat den Notruf gewählt?", wollte Eliza wissen und starrte auf die an der Decke vorbeiziehenden Rasterleuchten.

„Eine Frau, den Namen wissen wir gerade nicht. Sie waren gemeinsam auf einer Feier?"

Eliza nickte.

„Bestimmt meldet sie sich bei Ihnen und erkundigt sich nach Ihrem Befinden. Auf einer Hochzeit kennt doch jeder jeden, nicht wahr?"

Eliza stöhnte auf, verzichtete aber darauf, Arzt und Pflegekraft über ihre Gedankengänge in Kenntnis zu setzen. Wahrscheinlich kursierten bereits Klatschgeschichten, sie hätte sich auf dem Fest betrunken oder leide an einer unheilbaren Krankheit. Oder sie hätte sich mit einem Gast aufs Klo verzogen und sich beim Vögeln den Kopf gestoßen. Gerüchte kochten schneller hoch als jede Pasta. Welches Brautpaar wünschte sich schon so ein Desaster auf der eigenen Hochzeit?

„Wir führen noch ein paar Untersuchungen durch, aber wie es scheint, ist die Akutlage überstanden", informierte sie Doktor Wellerton und schloss sie an einen Überwachungsmonitor an. „Wir geben Ihnen Flüssigkeit über die Vene. Das hilft, den Kreislauf zu stabilisieren."

„Wann kann ich gehen?"

Doktor Wellerton lachte leise. „Warum so eilig, Miss Itterford? Ruhen Sie sich ein bisschen aus! Morgen besprechen wir das weitere Vorgehen. Wen können wir informieren, dass Sie bei uns Patient sind? Gibt es Angehörige?"

Eliza seufzte resigniert. Auf keinen Fall wollte sie, dass Mum und Dad hier auftauchten. Auch ihre Schwester Chloe würde nur für Aufregung sorgen. „Meine beste Freundin. Ihr Name ist Bethany Fielding."

Erste Sonnenstrahlen mogelten sich zwischen die Jalousien und tauchten das Einzelzimmer, in dem Eliza untergebracht war, in roséfarbenes Licht, malten Schatten auf die hellen Fliesen des Bodens. Ließ man die charakteristischen Umgebungsmerkmale und den scharfen Geruch nach Desinfektionsmittel außer Acht, könnte man die Atmosphäre beinahe als behaglich bezeichnen.

Eliza setzte sich auf, legte ihre Beine über die Bettkante und griff nach der Flasche Wasser, die man ihr in der Nacht auf den Tisch gestellt hatte. Sie trank einen Schluck. Es perlte wohltuend an ihrer trockenen Mundschleimhaut entlang und vertrieb zumindest einen Teil des unangenehmen Geschmacks, der sich wie ein Pelz auf ihre Zunge gelegt hatte. Sie musste unbedingt nach einer Einmalzahnbürste fragen.

Es dauerte keine zehn Minuten, da meldete sich ihre Blase. Eliza sah seufzend an dem Infusionsständer hinab, rutschte auf ihre nackten Füße, löste die Bremse an dem Ständer und ratterte zur Toilette. Ihr Kreislauf schien stabil, auch ihre Smartwatch zeigte einen durchaus vertretbaren Blutdruckwert. Alles war bestens. Sobald eine Krankenschwester oder besser noch ein Arzt aufkreuzte, würde sie um die Entlassungspapiere bitten. Sie hatte schließlich Termine einzuhalten. Ein Nachtreffen mit Dorothy und Callum war für morgen datiert, und nach dem Debakel von gestern sollte sie im Vorfeld unbedingt das Gespräch mit den beiden suchen, bevor sie vor deren Tür stand, als wäre nichts gewesen. Wenigstens ein Telefonat mussten sie führen, damit sie die Grundstimmung abklopfen und sich für ihr beschämendes Auftreten entschuldigen konnte.

„Guten Morgen, Miss Itterford!", erklang eine Stimme vor der Toilettentür. „Hallo? Miss Itterford?"

„Ich bin hier drin!", meldete Eliza sich zurück und be-eilte sich, das Krankenhaushemdchen so um ihren Kör-per zu wickeln, dass nicht jeder ihr Hinterteil zu Ge-sicht bekam.

Es klopfte an der Tür. „Darf ich reinkommen?" Die Klinke wurde bereits heruntergedrückt. „Hat man Ihnen nicht davon abgeraten, den ersten Toilettengang allein zu machen?"

„Äh, nein, davon wusste ich nichts!" Und selbst wenn, sie ließ sich doch nicht zum Pinkeln begleiten. Eliza schüttelte ihren Kopf und sperrte auf. „Guten Morgen, ich fühle mich sehr gut", sie schubste mit dem Zeigefin-ger den Infusionsbeutel an, sodass er hin- und her-schaukelte, „die zusätzliche Flüssigkeit, mit all den gu-ten Sachen darin, hat Wunder gewirkt. Ich bin fit wie ein Turnschuh!" Scheppernd setzte Eliza sich in Bewe-gung und lief der skeptisch dreinschauenden Kranken-schwester fast davon. „Sehen Sie?", rief sie ihr über die Schulter hinweg zu. „Wie neu!"

Doch dann verlor sie plötzlich das Gleichgewicht und wäre fast an das Bettgestell gedonnert. „Vielleicht sollte ich beim Gehen besser nach vorn schauen!", versuchte sie die Situation zu entschärfen, während sie schon den festen Griff zweier Hände um ihre Hüfte spürte.

„Vielleicht sollten Sie sich noch etwas Ruhe gönnen, Miss Itterford!", entgegnete die Schwester und lenkte Eliza zurück zum Bett. „Ich bin übrigens Irene. Gleich bringt man Ihnen Ihr Frühstück, und danach steht die Visite an. Doktor Wellerton, der Arzt, der Sie vergan-gene Nacht aufgenommen und untersucht hat, ist un-ser Stationsarzt. Er hatte Dienst, ist noch ein paar Stun-den im Haus und wird nachher mit Ihnen sprechen."

„Das wird nicht nötig sein!" Eliza ließ zu, dass Irene ihr Kissen richtete und die Decke aufschlug. „Ich werde die Klinik noch heute Vormittag verlassen. Ich unterschreibe gern, dass ich dies gegen jeden ärztlichen Rat wünsche."

Irene stemmte die Hände in die Hüften und lächelte, als hätte sie es mit einem uneinsichtigen Teenager zu tun. „Kaffee oder Tee? Es wird dauern, bis ich die Dokumente fertig habe und Sie gehen können."

Eliza verzog den Mund und atmete hörbar aus. „Na gut. Kaffee bitte. Schwarz, kein Zucker." Wie es aussah, saß sie ein bisschen länger fest, als sie vorgehabt hatte. Sie würde Dorothy und Callum später einfach von hier aus anrufen.

Nachdem sie gefrühstückt hatte, öffnete sie den Kalender ihres Smartphones und checkte die für die kommende Woche anstehenden Termine. Langsam scrollte sie durch ihre Notizen, legte einen Finger an die Lippen und rief sich jedes Detail ins Gedächtnis, das in Verbindung mit den Zusammenkünften stand. Morgen würde sie mit Dorothy und Callum zu Abend essen und dabei die gesamte Hochzeitsfeier Revue passieren lassen. Eventuell könnte sie bei diesem Dinner beiläufig etwas über Amber und ihren Auserwählten in Erfahrung bringen. Unter Cousinen, die sich derart nahestanden, wurde doch gern ein Plausch gehalten, und Eliza liebte es, so viel wie eben möglich im Voraus zu wissen, bevor sie die Organisation einer Trauung übernahm. Dienstag stand die Anprobe für Claudine an, die ihre langjährige Partnerin Nelly in vier Wochen auf einem Schiff auf der Themse ehelichen würde und dafür ein Kleid ausgesucht hatte, das an einen Matrosenanzug erinnerte. Eine Schiffskapelle war bereits über die Auswahl der gewünschten Lieder informiert und hatte Eliza eingeladen, am Mittwoch einem Rehearsal in Soho beizuwohnen. Ein Gespräch mit der Traurednerin, einer ehemaligen Kapitänin, hatte sie für Donnerstag auf der Agenda stehen, ebenso ein Treffen mit den Brautjungfern.

Ein zartes Klopfen an der Tür riss Eliza aus ihren Gedanken. „Ja, bitte?"

„Hey, meine Liebe!" Bethanys Lockenkopf erschien im Türspalt. Schnell huschte sie durch das Zimmer und eilte auf Eliza zu. „Wie geht es dir? Du hast mir einen Wahnsinnsschrecken eingejagt." Vorsichtig, als hätte sie Angst davor, ihre Freundin zu verletzen, legte sie beide Arme um Elizas Körper und drückte sie für einen Moment an sich.

„Du sollst dir doch um mich keine Sorgen machen, Beth!" Eliza lächelte, schlug ihre Augen jedoch sofort nieder. Eine Spur Schuldbewusstsein meldete sich tief in ihrem Inneren.

„Red keinen Unsinn!", schimpfte Beth, während sie sich auf die Bettkante setzte. „Du bist mir wichtig, Eli. Wie sollte ich mich nicht sorgen, wenn ich einen Anruf aus dem Krankenhaus bekomme und mir eine wildfremde Person mitteilt, dass du bewusstlos aufgefunden wurdest?"

„Ach." Eliza winkte ab. „Du kennst doch diese Leute, die aus allem ein Drama machen!"

„*Diese* Leute?", fragte Beth, und in ihrer Stimme schwang ein tadelnder Unterton mit. „Du sprichst von

Fachpersonal! Meinst du, die denken sich ihre Diagnosen aus?"

„Ja", entgegnete Eliza prompt. „Ja, manchmal ist das so. Davon habe ich schon des Öfteren gelesen. Die halten manche Patienten regelrecht fest, damit sie an ihnen ihre teuren Tests durchführen und unnötige Medikamente verschreiben können."

„Du bist unverbesserlich!" Beth legte den Kopf schief. Sie befeuchtete ihre Lippen, biss darauf herum und trat unruhig von einem Fuß auf den anderen.

„Man könnte meinen, du willst etwas loswerden", murmelte Eliza. „Etwas, von dem du weißt, dass es mir nicht gefallen wird."

„Ich habe mir erlaubt, etwas ... nun, sagen wir ... einzufädeln."

„Solange es nicht um meinen Gesundheitszustand geht." Eliza setzte sich gerade hin und verschränkte die Arme vor der Brust. „An dem, by the way, überhaupt nichts zu beanstanden ist."

„Da bin ich anderer Auffassung." Doktor Wellerton hatte das Zimmer betreten und offensichtlich Elizas letzte Worte mitangehört. Im Schlepptau hatte er Irene, die mindestens genauso ernst dreinschaute wie der Arzt selbst.

Eliza holte tief Luft und streckte ihren Oberkörper noch ein bisschen mehr. Sie sollten ruhig sehen, dass sie sich vollkommen gesund und stark genug fühlte.

„Dürfte ich Sie für ein paar Minuten nach draußen bitten?", wandte sich Doktor Wellerton an Beth, während er sein iPad studierte, ohne auch nur aufzusehen. Wie es sich für einen Gott in Weiß gehörte, klang seine

Frage nicht nach einer Frage, sondern nach einer Aufforderung, die keinen Widerspruch duldete.

„Ich möchte, dass Sie bleibt." Eliza setzte eine strenge Miene auf und presste ihre Lippen aufeinander. Sie konnte Beths Unterstützung jetzt gut gebrauchen. Falls sie sie unterstützen wollte. Sie sackte ein Stück in sich zusammen.

„Nun, wie Sie meinen", antwortete der Arzt, klickte auf dem Tablet herum und hob endlich sein Kinn. Seine Stirn lag in tiefen Falten. „Miss Itterford, ich habe den Eindruck, dass Sie sich nicht im Klaren darüber sind, welche Gefahren Ihnen drohen, wenn Sie so weitermachen wie bisher."

„Jetzt übertreiben Sie aber!", gab Eliza zurück und lachte. Sie räusperte sich und schluckte hart.

Doktor Wellerton schüttelte den Kopf. „Keineswegs! Ich habe Rücksprache mit Ihrem Hausarzt gehalten, den ich zufällig privat kenne."

Eliza verdrehte die Augen. Das hatte ihr noch gefehlt: Zwei von der Sorte, die ihr einreden wollten, dass mit ihr etwas nicht stimmte. „Geht es um meinen erhöhten Blutdruck? Die Werte haben sich verbessert. Ich trage eine Uhr, die ..."

„Miss Itterford!" Der Arzt klemmte sich das iPad unter den Arm und trat einen Schritt näher ans Bett. „Die Blutuntersuchungen beweisen, dass Sie dehydriert waren, ihre Entzündungswerte sind erhöht, das Immunsystem steht unter Dauerbeschuss, und ihr Blutdruck ist viel zu hoch. Sie steuern auf einen Abgrund zu. Sehenden Auges!"

Eliza wich instinktiv zurück, spürte aber sogleich das aufgestellte Bettende in ihrem Rücken und nahm Hilfe suchend Blickkontakt mit Beth auf.

„Ich habe es dir doch gesagt", gab diese von sich, statt ihrer Freundin unter die Arme zu greifen und dafür zu sorgen, dass diese Farce ein Ende nahm.

Eliza schnappte nach Luft.

„Sie müssen dringend nicht nur einen Gang zurückschalten, sondern mindestens drei", ergriff Doktor Wellerton wieder das Wort und drehte sich zu Irene, die bislang kein Wort gesagt hatte und damit beschäftigt war, ein weiteres Tablet zu bedienen. „Wir benötigen ein psychiatrisches Konsil, bitte informieren Sie Doktor Trades."

„Psychiatrisch?" Eliza fuhr auf. Das musste sie sich nicht bieten lassen. „Jetzt reicht es. Ich bitte Sie darum, mir umgehend meine Entlassungspapiere auszuhändigen."

„Eli, jetzt sei doch vernünftig!" Beth drängte sich an dem Arzt und der Krankenschwester vorbei und setzte sich neben Eliza, legte ihr eine Hand auf den Rücken und streichelte sie. „Du darfst das nicht falsch verstehen!"

„Ich fasse es nicht, dass du ihm beipflichtest. Ich dachte, du stehst auf meiner Seite!" Energisch befreite sich Eliza aus Beths Liebkosung und ließ ihren Blick durch das Zimmer schweifen. Wo, zur Hölle, hatte man ihr Kleid versteckt? In diesem Krankenhausfummel konnte sie unmöglich auf die Straße gehen.

„Miss Itterford. Es geht nicht darum, Ihnen etwas zu unterstellen oder Ihnen eine Therapie aufzuschwatzen. Doktor Trades ist eine Koryphäe auf seinem Gebiet und kann Ihnen dabei behilflich sein, mit Fachleuten gemeinsam zu überlegen, an welcher Stelle Sie kürzertreten können. Man selbst sieht die Notwendigkeit oft nicht, aber Sie sollten sich meine Warnung unbedingt zu Herzen nehmen. Es ist fünf vor zwölf!"

Eliza stand auf, stolperte an allen vorbei und riss eine Schranktür auf. Da war es ja, das gute Stück. Wütend zerrte sie an dem Kleiderbügel. „Ich denke, ich habe meinen Standpunkt deutlich gemacht, Doktor Wellerton. Wenn ich Sie nun nochmals darum bitten dürfte, meine Papiere fertigzustellen? Ich verspreche Ihnen, alsbald mit meinem Hausarzt Kontakt aufzunehmen." Das war keine Lüge. Sie würde Doktor Germic gleich morgen anrufen und um einen Telefontermin bitten. Ganz so uneinsichtig, wie man sie hier hinstellen wollte, war sie nicht. Dennoch grenzte das Tamtam für sie an maßlose Übertreibung. Fünf vor zwölf! So ein Quatsch!

Doktor Wellerton und Irene wechselten einen Blick, der Resignation ausdrückte, nickten Beth hingegen aber vielsagend zu. Dann machten sie sich auf den Weg zur Tür. „Passen Sie gut auf sich auf, Miss Itterford. Den vorläufigen Entlassungsbrief können Sie in etwa zwanzig Minuten am Schwesterndienstzimmer abholen."

Als sie wieder allein im Raum waren, atmete Eliza laut auf. „Endlich", gab sie von sich und verschwand in dem kleinen Badezimmer, aus dem sie kurz darauf wieder heraustrat. „Ein bisschen overdressed, um aus einer Klinik zu spazieren, aber sei's drum! Können wir?"

Beth seufzte. „Eli, komm, setz dich noch einen Moment." Sie deutete auf einen kleinen Tisch. „Lass uns nichts überstürzen! Bitte, ich bin deine beste Freundin.

Du musst dir anhören, was ich zu sagen habe. Das bist du mir schuldig!"

Eliza kräuselte ihre Lippen. „Ich habe zwar keinen Schimmer, warum ich dir etwas schuldig sein sollte, aber gut." Sie streifte sich ihre Pumps über, stöckelte auf Beth zu und ließ sich auf einem der Stühle nieder. „Wenn du mir versprichst, dass du danach kein Wort mehr über diesen ... Vorfall verlieren wirst!" Sie sah ihre Freundin an, bemerkte das Zögern, das in deren Augen aufflackerte, und kniff die Augen zusammen. Beth hielt sich selten an Versprechen.

„Erinnerst du dich noch an das Haus meines Onkels?" Beth ergriff Elizas Hände und drückte sie leicht. „Das in Italien."

Kapitel 2

Valerio

Valerio Rossini öffnete die Haustür und trat über die zwei ausgetretenen Stufen hinaus in den taufrischen, noch in der Dämmerung ruhenden Morgen. Langsam setzte er den Rand der Tasse an seine Lippen und genoss den heißen Cappuccino. Er schloss die Augen, während die cremige Flüssigkeit seine Mundschleimhaut verwöhnte und er sie hin- und herschwenkte, um das Aroma auszukosten. Seine Wimpern zuckten, als sich durch das Schwarz hinter seinen Lidern ein Hauch Licht stahl. Er blinzelte ein paarmal, bis er bereit war, aus seinem Moment der Zurückgezogenheit aufzutauchen. Über der Senke, die rechts von ihm lag, hatte sich Frühnebel ausgebreitet, der bis ins Tal hinunterreichte. Von Montabello, der kleinen Stadt, die sich auf einem eigenen Hügel aus der Tiefe erhob, war nicht mal die Kirchturmspitze der *Piazza Paradiso* erkennbar, alles war in gespenstische Schwaden gehüllt. Wäre Valerio nicht genau hier groß geworden und hätte sich der Anblick der umliegenden Hügel nicht unwiderruflich in sein Gedächtnis gebrannt, er wäre dem Trugschluss verfallen, dass rings um ihn herum keinerlei Zivilisation existierte. Das Haus, in dem er aufgewachsen war, lag ohnehin nicht inmitten eines Wohngebietes, doch wenn er sich nach rechts und nach links drehte, konnte er im Normalfall seine nächsten Nachbarn erkennen. Oder zumindest die Zufahrten zu deren Häusern.

Erneut nippte er an seinem Cappuccino und trat von einem Fuß auf den anderen. Der Untergrund zu seinen Füßen, schwerer Mutterboden, aus dem sich vereinzelt Grashalme reckten, gab einen schmatzenden Laut von sich. Der Dauerregen, der in den letzten Tagen niedergeprasselt war, hatte die Landschaft vielerorts unter Wasser gesetzt, und erst seit gestern Abend hatten sich die Niederschläge verzogen. Die Temperaturen lagen unterhalb des für Anfang April üblichen Durchschnitts, und ein leicht modriger Geruch erschwerte die Frische der Frühlingsluft. Valerio leerte seine Tasse, stellte sie auf dem niedrigen Mäuerchen neben der Eingangstür ab und umrundete langsamen Schrittes das Haus. Konzentriert begutachtete er die Fassade, prüfte an auffälligen Stellen die Festigkeit von Lehm und Naturstein, indem er den Zeigefinger in die bröckeligen Fugen legte und daran kratzte. Die jahrzehntelange Vernachlässigung des in die Jahre gekommenen Hauses und die Feuchtigkeit vor allem des letzten Winters hatten dem Baumaterial sichtlich zugesetzt.

Valerio sprang über eine Pfütze, in der sich das Zartrosa des erwachenden Tages spiegelte, und betrat die Terrasse. Lockere Betonstücke, die sich aus dem Verbund der Bodenplatte gelöst hatten, waren ins Gras abgerutscht, die hölzernen Dielen, die Valerios Vater vor fünf Jahren angebracht hatte, hatten sich verzogen, man stolperte leicht über die hochstehenden Kanten. Valerio seufzte und fuhr sich durch sein dunkles langes

Haar. Eine Handvoll Strähnen raufte er im Nacken zu einem Knäuel zusammen, kratzte über seine Kopfhaut und ließ die Haare dann wieder über seine Schultern fallen. *Du siehst aus wie ein Mädchen mit Dreitagebart*, pflegte seine Mutter ihn zu necken, wenn er sie im Haus ihrer Schwester, seiner Tante Loretta, besuchte, wo sie seit ihrem Sturz und dem anschließenden langen Krankenhausaufenthalt wohnte. *Die Frauen von heute sind vielleicht selbstständiger als zu meiner Zeit, aber sie suchen immer noch nach einem richtigen Mann an ihrer Seite.* Valerio grinste bei dem Gedanken an seine Mutter, die sich beinahe pausenlos um seinen Familienstand sorgte: ledig, ungebunden, keine Kinder. Ihrer Meinung nach war er mit seinen fast dreißig Jahren im besten Alter, um zu heiraten und Nachwuchs in die Welt zu setzen. Und im Grunde lag es ihm fern, dem etwas entgegenzusetzen – wenn er den Glauben an die wahre Liebe nicht begraben hätte. Dachte er an die Frauen, mit denen er in den letzten Jahren Beziehungen geführt hatte, musste er sich eingestehen, dass nicht eine unter ihnen gewesen war, bei der er ernsthaft in Erwägung gezogen hatte, ihr einen Antrag zu machen. Die meisten seiner Verflossenen hatte vor allem jene Tatsache abgeschreckt, dass Valerio sich weigerte, seine Heimat zu verlassen. Auf Dauer im Haus seiner Eltern zu wohnen, hatte seine Freundinnen ebenso wenig gereizt, wie die Aussicht darauf, sich mit einer Anstellung als Servicekraft in einem Hotel oder in einer der Trattorias Montabellos zufriedenzugeben. In Richtung Stadt aufzubrechen und sich dort ein neues Leben aufzubauen, ein Leben, das eine Vielzahl von Möglichkeiten bot, hatte immer irgendwann zur

Diskussion gestanden und war in vielen Fällen der entscheidende Grund für die Trennung gewesen. Doch Valerio war nicht umsonst nach Montabello zurückgekehrt, nachdem er nahe Siena eine Ausbildung zum Schreiner absolviert und eine Zeit lang in der Stadt gewohnt hatte. Die Sehnsucht nach den Hügeln seiner Heimat hatte überhandgenommen, und erst, als er wieder zurückgekommen war, hatte sein Innerstes aufgeatmet. Und so hatte er die Frauen nie aufgehalten, wenn sie des Landlebens überdrüssig geworden waren. Er war ein Freund der Routine, und wenn das bedeutete, dass er Junggeselle bliebe, dann war es eben so. Es gab Wichtigeres.

Ziellos kickte er einen der losen Betonklötze der Terrasse die Böschung hinunter und folgte dem Pfad, der zur Rückseite des Gebäudes führte, wo das Schmetterlingshaus noch im Schatten lag. Dunkel ragten die Silhouetten von Orangen- und Kiwibäumen, Engelstrompeten und stark verzweigtem Oleander in den fast fünf Meter hohen Dachfirst. Hinter den milchigen Glaselementen regte sich nichts, keinerlei Bewegung war auszumachen, denn es war noch zu früh, und zu wenig Tageslicht schien ins Innere. Gerade machte Valerio sich an der Verriegelung der Doppeltüren zu schaffen, da vernahm er das Motorengeräusch eines sich nähernden Autos. Er wusste, dass er seinen Bruder würde begrüßen dürfen, noch bevor dessen SUV die letzte Biegung nahm.

Breitbeinig stellte Valerio sich auf die sandige Auffahrt, gleich neben seinen rostigen Ford Ranger aus dem letzten Jahrtausend, und stemmte beide Hände in die Hüften.

Gianni bremste so scharf ab, dass die Kiesel unter den Reifen seines Wagens hervorschossen.

„Unverbesserlich!", rief Valerio und lachte, als Gianni ausstieg und ihm zuwinkte.

„Keine Ahnung, wovon du sprichst." Die Augen des hochgewachsenen Mannes, der vier Jahre vor Valerio das Licht der Welt erblickt hatte, blitzten. Bis vor Kurzem hatten er und seine Frau in einer winzigen Wohnung vor den Toren Montabellos gelebt. Doch als Francesca nach dem Tod ihrer Nonna ein Haus in Florenz erbte, hatte die kleine Familie – mittlerweile war das zweite Kind unterwegs – nichts mehr halten können.

„Ich wette, wenn Alfonso nicht schon vor zwei Stunden aufgestanden wäre, hättest du ihn ohne Zweifel um seinen Schönheitsschlaf gebracht." Valerio breitete seine Arme aus und begrüßte Gianni herzlich.

„Der alte Kauz", feixte Gianni, ließ sich in Valerios herzliche Umarmung ziehen und klopfte ihm auf den Rücken. „Der wird nicht mehr hübscher, egal, wie lang er im Bett bleibt!" Er sah über seine Schulter in Richtung des Bauernhofes des alten Mannes. Das alte Gemäuer ragte in einiger Entfernung zwischen den Baumkronen mehrerer Kastanien hervor.

„Ich werd's ihm bei Gelegenheit ausrichten."

„Besser nicht!" Gianni sah Valerio an und legte seine Hände um das Gesicht des Bruders. „Geht es dir gut?"

„Si. Der Frühling kommt, es gibt viel zu tun. Ich kann mir nicht vorstellen, dass du das vergessen hast." Valerio zwinkerte fröhlich, obwohl ihm der besorgte Unterton in der Stimme Giannis nicht entgangen war.

„Ich weiß", sagte er. „Und ich will dich auch nicht lang aufhalten. Eigentlich bin ich auf der Durchreise zu unserer Mutter. Ich war schon so lang nicht mehr bei ihr und Tante Loretta." Er ging zurück zum Auto und öffnete den Kofferraum. „Im Übrigen habe ich dir eine Kleinigkeit mitgebracht. Oder besser gesagt ... deinen Faltern."

Valerio hörte ein Ächzen und fragte, ob er behilflich sein könne, doch sein Bruder wuchtete bereits eine Bananenstaude stattlichen Umfangs herbei.

„Das ist ein Prachtstück, oder?" Gianni grinste, doch der Ausdruck seiner Augen verriet Valerio, dass er sich gedanklich bereits mit etwas anderem, etwas Schwerwiegenderem, auseinandersetzte. Seine Stirn lag in Falten, direkt über seiner Nasenwurzel hatte sich ein dicker Wulst gebildet, der seine freundlichen Gesichtszüge verdunkelte und ihn um Jahre älter aussehen ließ.

„Ich danke dir, Bruderherz! Ich werde die Staude noch vor der Arbeit einpflanzen." Valerio umfasste eine von Giannis Schultern und drückte sie leicht. „Willst du mir jetzt erzählen, was dich bedrückt?"

Gianni ließ ein leises Lachen hören. „Ist es so offensichtlich?"

„Ich kenne dich mein Leben lang. Also ja!"

„Hast du einen Cappuccino für mich? Wir sollten das nicht hier draußen besprechen."

Valerio schluckte hart. „Ist mit Francesca alles in Ordnung? Mit dem Baby?"

Gianni sah ihn an, als hätte er vergessen, dass seine Frau schwanger war. „Natürlich", stammelte er. „Es sind alle wohlauf. Auch Giulia. Sie kann's kaum erwarten, die Morphos wieder bestaunen zu dürfen. Wir ...

sollten bald mal wieder hierherkommen und gemeinsam essen." Sein wehmütiger Blick huschte über das Gelände und blieb am Haus hängen.

Valerio spürte eine Welle von Traurigkeit auf sich zurollen und schüttelte sich. Und obwohl er nicht einzuordnen vermochte, was es war, das Gianni so beschäftigte, fürchtete er dennoch, dass es auch ihn in einen Abgrund befördern würde. Er hasste es, einen Tag mit schlechten Neuigkeiten zu beginnen.

„Lass uns reingehen", sagte er. „Dann können wir reden."

Gianni nickte stumm, und gemeinsam umrundeten sie das Haus.

Als sie den unbeleuchteten Flur betraten, von dem mehrere Türen nach rechts und links in die Räume der unteren Etage führten, zog Gianni seine Schultern hoch und rieb sich die Hände.

„Jetzt sag bloß, dir ist kalt?", fragte Valerio, ließ das Gäste-WC, das von niemandem mehr genutzt wurde, sowie das Wohnzimmer, in dem er kaum Zeit verbrachte, rechts liegen und schritt in die Küche.

„Na, angenehm kuschelig nenne ich das nicht!"

„Du bist nichts mehr gewöhnt." Valerio hob neckend seine Augenbrauen. Die düstere Stimmung schien sich zu verflüchtigen. Vielleicht hatte Gianni sich lediglich von einer unbegründeten Angst die Laune verderben lassen und fing sich jetzt wieder. „Soll ich dir einen Pulli von mir geben? Nicht, dass du dein schickes Oberhemd bekleckerst und deine Kunden dich schief angucken." Er war schon auf dem Weg zurück in die Diele, doch Gianni winkte ab.

„Geht schon, und ich hab erst am Nachmittag Dienst. Aber sag, warum heizt du nicht ein bisschen mehr? Der Frühling lässt in diesem Jahr auf sich warten. Wer weiß, wie lang wir uns noch mit diesen winterlichen Temperaturen herumschlagen müssen."

„Ach, ich glaube, nicht mehr lang." Valerio verspürte keine große Lust, seinem Bruder Rede und Antwort zu stehen, ganz besonders nicht, wenn es dabei um das leidige Thema Finanzen ging. Diskussionen dieser Art führten in der Regel nur dazu, dass Gianni das Elternhaus als Ruine betitelte und sich darüber ausließ, welche Unsummen investiert werden müssten, um dem Verfall entgegenzuwirken. Wenn er dann die Liste der Mängel am Haus herunterbetete, musste Valerio sich eingestehen, dass sein Bruder recht hatte. Das Gebäude befand sich tatsächlich in einem desolaten Zustand, und das Geld für eine Instandsetzung war schlicht und ergreifend nicht vorhanden. Doch Valerio versuchte, sich der Schwarzmalerei zu entziehen, und stützte sich auf die Hoffnung, dass irgendwann von irgendwoher ein Geldsegen auf ihn niederregnen würde. Er wandte sich ab, um den Espressokocher mit Wasser und Kaffeepulver zu befüllen. Der Blick seines Bruders bohrte sich zwischen seine Schulterblätter, er konnte es deutlich fühlen. Die Atmosphäre kühlte sich ab, während Wasserdampf und Kaffeemehl sich zu einem duftenden Gebräu vereinten. „Willst du ein Cornetto mit Marmelade?" Valerio schaute kaum auf, richtete seine Konzentration darauf, Milch zu erhitzen und sie mit einem Schneebesen zu feinem Schaum aufzuschlagen.

„Danke, nein." Es war nicht mehr als ein Flüstern, das er von Gianni vernahm, bevor für Minuten Stille einkehrte und jeder seinen Gedanken nachhing.

„Prego!" Valerio goss den fertig zubereiteten Cappuccino in eine dickwandige, weite Tasse und reichte sie seinem Bruder.

„Mhm", gab Gianni von sich, als er den ersten Schluck getrunken hatte und sich über die Lippen leckte. „Wirklich gut!" Er nahm einen weiteren Schluck und sah sich um. „Der Schimmelfleck da oben ..."

Valerio zuckte zusammen und fühlte sich wie ein Insekt, das reglos in einem Spinnennetz ausgeharrt hatte und trotzdem entdeckt worden war. Gianni stellte seine Tasse auf den Tisch und zeigte auf jene Wand, die an den verwilderten Garten grenzte.

„Verblasst, sobald die Temperaturen steigen", entgegnete Valerio. „Im Sommer ist davon quasi nichts zu sehen."

„Aber du weißt schon, dass der Pilz sich nur in einen inaktiven Ruhezustand versetzt, aber weiterwächst, sobald ihm wieder genug Feuchtigkeit zur Verfügung steht?"

Valerio stöhnte auf. Sein Bruder hatte zur alten Gewohnheit zurückgefunden, ihm das Haus madigmachen zu wollen. Immerhin war bereits eine Viertelstunde vergangen. „Wie läuft es daheim? Der Laden brummt, hörte ich von Mamma."

Der „Laden" war die Apotheke, die Gianni zusammen mit Francesca im Erdgeschoss ihres neuen Hauses betrieb. Der Umbau und die Renovierungsmaßnahmen hatten sämtliche Ersparnisse dahingerafft, doch wurde das Geschäft von den Kunden so gut frequentiert, dass die Lage sich allmählich entspannte.

„Wie wäre es, wenn du meine Frage zuerst beantwortest?" Gianni beugte sich leicht über die Tischplatte und hielt Valerio in seinem Blick gefangen. Die Spinne hatte das Insekt im Visier.

Valerio seufzte, weil es nicht fair war, in seinem Bruder ein unliebsames Krabbeltier mit acht Beinen zu sehen. Und trotzdem nervte ihn diese Penetranz. Geräuschvoll räumte er das Geschirr zu einem Stapel zusammen und brachte es zur Spüle. „Ist das dein Ernst? Du bist hergekommen, um mit mir über Schimmelflecken zu reden?"

„Ach, wenn das alles wäre ..."

Valerio drehte sich um und versuchte, im Gesichtsausdruck seines Bruders zu lesen. „Bitte spann mich nicht länger auf die Folter. Deine Laune ist kaum auszuhalten!"

Gianni stand auf und betrachtete den Schimmelfleck aus der Nähe. „Gibt es mehr davon? In den anderen Räumen?"

„Ich glaube nicht, nein."

„Du glaubst?"

Valerio starrte ins Spülbecken und verdrehte die Augen. Wenn er zugab, dass sich an der Außenwand seines Schlafzimmers ein ähnlich großer Fleck ausbreitete, würde sein Bruder am Ende noch die Seuchenbehörde verständigen. Oder ein Abrisskommando. „Ich werde mich darum kümmern!"

Gianni lachte kurz auf. „Das muss fachmännisch beseitigt werden, Val! Der Putz gehört abgeschlagen und mit einem Mittel gegen Schimmelbefall behandelt.

Dann muss alles vernünftig trocknen. Du musst für ausreichend Lüftung sorgen und davon abrücken, Heizkosten einsparen zu wollen. Das ist nämlich ein Schuss in den Ofen!" In seiner Stimme schwelte Argwohn. „Und selbst wenn du das alles erledigen würdest", er warf die Hände in die Luft, „selbst wenn du das Geld besäßest, um das alles zu erledigen ..." Er ließ sich zurück auf den Stuhl plumpsen, seufzte laut und sah Valerio an. „Hast du eigentlich mal deinen Briefkasten geleert?"

Valerio legte den Kopf schief und sah seinen Bruder entgeistert an. „Ich kann dir nicht ganz folgen."

Gianni schloss seine Augen für einen Moment und schüttelte den Kopf. „Also gut! Du scheinst tatsächlich nicht im Bilde zu sein." Er setzte sich wieder an den Tisch und bedeutete Valerio, es ihm gleichzutun.

„Wenn du mich erneut dazu bewegen willst, dieses Haus abzustoßen, sag ich dir gleich: Spar dir deinen Atem! Das wird nicht passieren!" Valerio schnaubte, nahm aber trotzdem seinem Bruder gegenüber Platz und blickte ihn abwartend an.

„Ich vermute, dir wird nichts anderes übrig bleiben." Gianni langte über die Tischplatte und griff nach Valerios Unterarm. Der Druck, den seine Finger ausübten, war sanft und dennoch spürbar. „Und jetzt sag mir, seit wann du deine Post nicht mehr durchgesehen hast."

Valerio zog seine Stirn in Falten. „Es ist eine Weile her. Warum willst du das wissen?"

„Weil eine Benachrichtigung der Stadtverwaltung Montabellos darunter ist", kam die prompte Antwort. Ein Ausdruck des Zweifels verdunkelte Giannis Augen und ließ das warme Braun Kohlschwarz erscheinen.

„Dieses Haus ...", er sah sich um und nickte leicht, als könnte er das, was er im Begriff war auszusprechen, selbst nicht glauben. „Es gehört nicht uns." Ein irres Lachen entwich seiner Kehle. „Es gehörte niemals uns!"

Valerios Mundwinkel zuckten, ein Schauer lief ihm über seine Wirbelsäule, feinste Härchen in seinem Nacken stellten sich auf. „Ich bitte dich! Zu solch üblen Scherzen bin ich wirklich nicht aufgelegt."

Gianni zog seine Hand zurück und sah Valerio an, sein Kiefer mahlte. „Die Lage ist ernst! Ich mache keine Witze."

„Wovon, zur Hölle, redest du? Du weißt genau, dass unsere Großeltern schon hier gelebt haben. Dass Vater hier wohnte, als er unsere Mutter kennenlernte."

„Richtig!" Gianni presste seine Lippen aufeinander und überlegte, bevor er weitersprach. „Das ist die Version, die man uns erzählt hat. Nur leider entspricht sie nicht den Tatsachen, Val!"

Valerio lehnte sich zurück und griff sich in sein Haar, raufte darin und strich es dann mit beiden Händen wieder glatt. „Was genau steht in diesem Schreiben?"

Giannis Atem kam ihm hörbar über die Lippen. Er schluckte mehrmals. „Dass dieses Grundstück und alles, was sich darauf befindet, zu keinem Zeitpunkt auf den Namen unserer Familie eingetragen war."

„Vielleicht hat man es damals versäumt. Es waren andere Zeiten und –"

„Du verstehst nicht, Val! Es ist nicht so, dass es *niemandem* gehört." Giannis Finger krümmten sich um den Griff seiner Cappuccinotasse, bis seine Gelenke weiß hervortraten. „Nur nicht uns!"

„Wem dann?" Valerio erschrak vor dem Klang seiner eigenen Stimme, die pure Hysterie transportierte.

„Einem Mann aus den Vereinigten Staaten. Sein Name ist Billie Costrado, und er hat erst kürzlich davon erfahren, dass er der rechtmäßige Eigentümer eines Hauses in den Hügeln der Toskana ist."

Valerio senkte den Kopf und betrachtete den Schlamm, der an seinen Schuhen klebte. In seinen Ohren rauschte es.

„Vaters Tod brachte den Stein ins Rollen", erklärte Gianni weiter. „Sein gesamter Besitz ging automatisch an Mamma."

Valerio nickte geistesabwesend, weil sich die Puzzlestücke nach und nach zu einem grässlichen Bild zusammenfügten. „Und sie wollte, dass wir als Erbengemeinschaft für das Haus eingetragen werden", brachte er hervor und schlug die Augen nieder.

„Während dieses Prozesses stießen die Behörden auf Ungereimtheiten. Man fand heraus, dass das Haus nicht von Vaters Familie, sondern von einem Fremden erbaut wurde, der sich seinerzeit nach Amerika abgesetzt hat. Er lernte eine Frau kennen, heiratete und verstarb kurz danach durch einen Autounfall."

„Und weiter?", fragte Valerio, obwohl er die Antwort fürchtete.

„Seine Frau war zu diesem Zeitpunkt schwanger. Der einzige Nachkomme dieser Verbindung ist ein gewisser Joseph Costrado gewesen, der wiederum einen Sohn bekam: Billie Costrado. Weitere Verwandte dieser Linie gibt es nicht. Dieses Haus ist also sein Erbe. Es gehört", Gianni seufzte laut und ließ die Schultern resigniert hängen, „ihm."

„Das heißt, Vaters Eltern sind einfach irgendwann hier eingezogen und haben gehofft, dass niemand Fragen stellen würde?"

Gianni zuckte mit den Schultern. „So wird es vermutet."

„Weiß Mamma von der Sache? Hat man auch ihr das Schreiben zukommen lassen?" Valerio wollte sich nicht ausmalen, wie seine Mutter reagieren würde.

„Nein, da sie das Haus an uns überschrieben hat", Gianni wiegte müde seinen Kopf und kniff die Augen zusammen, „sind wir die Ansprechpartner der Behörden. Und dabei sollte es auch bleiben! Ich habe bereits dafür gesorgt, dass Mamma nichts davon erfährt, zumindest vorerst nicht."

Valerio nickte geistesabwesend und fuhr mit seinem Blick die Fugen entlang, die dunkelgrau zwischen den Kacheln ein Irrnetz an Straßen und Wegen zu ergeben schienen. Ohne aufzusehen, hob er ein paar Atemzüge später den Zeigefinger, als sei ihm eine bahnbrechende Idee gekommen. „Wenn das alles so stimmt", er ignorierte das Seufzen seines Bruders, „wieso hat sich die Familie dieses Billie Costrados nie um das Haus bemüht? Sie müssen doch gewusst haben, dass sie in Italien Eigentum besitzen."

„Das kann ich dir nicht beantworten, Val. Fakt ist, dass die Stadtverwaltung den Amerikaner informiert und er sein Interesse bekundet hat. Daran gibt es, so leid es mir tut, nichts zu rütteln."

Valerios Kopf ruckte hoch. „Sein Interesse woran?"

Gianni beugte sich abermals vor, und in seinen Augen blitzte plötzlich etwas auf. „Ich verstehe, dass dich das

Ganze schockt. Ich war ebenso aufgewühlt. Aber in dieser Hiobsbotschaft verbirgt sich eine Chance."

„Ach ja?" In Valerios Eingeweiden machte sich das Gefühl einer düsteren Vorahnung breit, doch weil er von Natur aus eher optimistisch eingestellt war, versuchte er, es zu ignorieren.

„Denk doch mal nach!", forderte sein Bruder ihn auf. „Wir wären in der Lage, zwei Fliegen mit einer Klappe zu erledigen."

Sein Instinkt hatte ihn nicht getäuscht. Gianni war tatsächlich bereit, mit dem Amerikaner zu verhandeln. „Vergiss es!", zischte Valerio.

Gianni schnaubte, und Valerio wusste, sein Blutdruck schnellte genau jetzt in die Höhe. Sein Bruder war von klein auf mit einem feurigen Temperament gesegnet – oder belastet – gewesen. Daran hatte sich bis heute nichts geändert.

„Wieso lässt mich das Gefühl nicht los, ich unterhielte mich mit einem Holzscheit?" Gianni schob seinen Stuhl energisch nach hinten, durchschritt die Küche und knurrte beim Hinausgehen: „Du bist ebenso stur wie unsere Mutter, Val. Das wird dich irgendwann um Kopf und Kragen bringen!"

Valerio hörte die Haustür ins Schloss knallen. Langsam stand er auf, atmete ein paarmal durch und ging auf das Fenster zu, durch das er Gianni beobachten konnte. Sein Bruder hatte einen Fuß auf das Mäuerchen platziert, wippte unaufhörlich mit dem Bein und kraulte sich mit einer Hand den dichten dunklen Bart, der Kinn und Oberlippe bedeckte. Man sah ihm die Erregung an, die zweifelsohne durch seine Adern rauschte. Seine Gesichtshaut war tiefrot gefärbt, sein

Brustkorb hob und senkte sich in rascher Abfolge. Es wäre kein kluger Schachzug, ihm jetzt entgegenzutreten, zumal es auch in Valerios Bauch rumorte. Doch er zwang sich dazu, die Fassung zu wahren und nicht in blinden Aktionismus zu verfallen. In den meisten Fällen wurde weniger heiß gegessen als gekocht, und es bestand zweifelsohne die Möglichkeit, dass Billie Costrado – würde er hier auftauchen, und selbst das stand in den Sternen – keinerlei Ambitionen zeigte, das Haus übernehmen zu wollen. Wenn man es realistisch einschätzte, wäre er ein Idiot. Was sollte er mit einem Gebäude wie diesem schon anfangen?

Und so wischte Valerio über den Tisch und stieg dann die Treppe ins Obergeschoss empor, um sich in seinem Schlafzimmer – jenes mit dem zweiten Stockfleck an der Wand – für die Arbeit umzuziehen. Die weite Jogginghose tauschte er gegen eine zerschlissene Jeans. Über sein kariertes Baumwollhemd zog er einen dicken Wollpulli und eine ärmellose Weste, die er bis unters Kinn schließen konnte. Seine Haare band er zu einem losen Zopf zusammen, den er unter einer Mütze mit Ohren verstaute. Der Wind im Hain pfiff mitunter gewaltig, und eine Erkältung war das Letzte, das Valerio brauchen konnte.

Als er wieder nach unten ging, sah er Gianni in der offenen Tür stehen, ein Lächeln auf den Lippen – seine Art, einen Streit oder eine Unstimmigkeit zu begraben. Keiner der Rossinis war ein Freund davon, das Kriegsbeil länger als unbedingt nötig zu schwingen.

„Musst du gleich los?", fragte sein Bruder. „Zu Alfonso?"

„Si." Valerio nickte, ging an ihm vorbei und steuerte den Holzschuppen an, in dem er Dekoware anfertigte, die er einem Laden für regionale Handwerkskunst in Montabello regelmäßig zum Verkauf zukommen ließ. Er bewaffnete sich mit verschiedenen Schneidewerkzeugen und Greifzangen, die er dann auf die Ladefläche seines Fords hievte, der neben der gepflegten Familienkutsche seines Bruders ein bedauernswertes Bild abgab. „Wir sind im Zeitverzug wegen des schlechten Wetters. Wenn es weiterregnet, werde ich den Boden nicht pflügen können. Der Traktor wird schlichtweg versinken."

„Verstehe." Das tat Gianni wirklich, auch wenn seine Apothekerhände schon lang nicht mehr mit feuchter Erde gekämpft hatten. Doch als junger Mann hatte er sich genau wie Valerio ein Zubrot verdient, wenn er dem Olivenbauern von nebenan zur Hand gegangen war. Und er wusste, was es bedeutete, wenn die Witterung zu wünschen übrig ließ und die Ernte unter einem wenig Erfolg versprechenden Stern stand.

„Wollen wir die Bananenstaude einbuddeln? Ich hätte noch ein paar Minuten, bevor ich Mamma besuchen fahre und mich dann auf den Rückweg mache."

„Du willst doch bloß die Morphos filmen, damit du Giulia beeindrucken kannst", antwortete Valerio und grinste. Giulia war Giannis Tochter. Mit ihren sieben Jahren war sie an allem interessiert, das sich an Land, in der Luft und im Wasser bewegte, und hatte ihren Onkel Val im letzten Sommer sogar dazu überreden können, vor einer Grundschulklasse über sein liebstes Hobby – die Schmetterlingszucht seiner Mutter – zu referieren. Sich und sein Tun so in den Mittelpunkt zu stellen, lag Valerio zwar überhaupt nicht, doch was tat man nicht alles für die Familie.

„Mit den Morphos hab ich nie Glück! Die sind viel zu nervös", antwortete Gianni und schlug den Weg zum Glashaus ein.

Der Nebel hatte sich aufgelöst. Am leicht bewölkten Himmel war die Sonne aufgegangen, sie wärmte die durchweichten Grasflächen und verwandelte die letzten Rinnsale aus Regentropfen auf dem Dach in dampfende Schwaden. „Wenn das Licht hineinfällt und die Umrisse der Gewächse dunkel aufragen, sieht das Ding immer noch so mystisch aus, wie ich es aus unserer Kindheit in Erinnerung habe. Damals habe ich oft gedacht, ich würde eine andere Welt betreten. Dir ging es doch auch so, oder?"

Doch Valerio antwortete nicht auf Giannis Frage. Er war an der Längsseite des Glashauses stehen geblieben, von wo er durch eine lückenhafte Buchenhecke zum nächsten Grundstück schauen konnte. Sein Blick richtete sich starr auf das Nachbarhaus, das in ein paar Hundert Metern Entfernung im Schatten eines kleinen Waldes aus Säulenzypressen lag. „Da brennt Licht hinter den Fenstern im Erdgeschoss!", stellte er fest.

„Und?" Gianni war zu ihm aufgeschlossen. „Was ist so ungewöhnlich daran? Es ist noch früh und die Bäume rings ums Haus sorgen sicher dafür, dass drinnen alles dunkler erscheint, als es ist."

Valerio hob die Hand an seine Stirn und inspizierte das Gebäude. „Ungewöhnlich ist, dass dort jemand zu wohnen scheint."

„Hast du nicht vor einiger Zeit erzählt, ein Geschäftsmann aus – war es England? – wäre dort eingezogen?"

„Richtig. Aber Mister Fielding nutzt das Haus ausschließlich als Feriendomizil für den Spätsommer. Im Frühling lässt er sich hier nicht blicken."

Gianni warf einen Blick auf seine Armbanduhr und seufzte. „Na, vielleicht hat er es sich anders überlegt. Hör zu, ich muss gleich los. Wenn wir jetzt nicht anfangen –"

„Fahr nur", unterbrach Valerio ihn und kniff seine Augen zu Schlitzen zusammen, weil er eine Bewegung hinter einem der Fenster wahrgenommen hatte.

„Bist du sicher?"

Valerio sah seinen Bruder an und lächelte. „Ich danke dir für deinen Besuch. Lass bald wieder von dir hören, grüß mir Mamma und leg dich nicht mit ihr an."

Gianni umarmte ihn und nickte. „Viel Spaß bei der Arbeit. Und dass du mir mit dem Traktor nicht absäufst, unsere Mutter würde dich vermissen." Er grinste. „Vielleicht!"

„Mach, dass du wegkommst!", zischte Valerio und lachte, während er andeutete, seinem Bruder eine verpassen zu wollen. Er sah ihm nach, wie er ins Auto stieg, und winkte, als der Motor startete.

Kaum war Gianni um die erste Biegung verschwunden, richtete Valerio den Blick wieder auf die Fielding-Villa. Es war ein imposantes Gebäude aus hell gemustertem Naturstein inmitten der Schlichtheit der umliegenden Häuser, und Valerio hatte von Anfang an befunden, dass es nicht hierher passte. Hin und wieder spazierte er zwar daran vorbei, doch vornehmlich dann, wenn er wusste, dass der Besitzer nicht darin verweilte. Nur ein- oder zweimal war es unumgänglich gewesen, mit Mister Fielding ins Gespräch zu kommen.

Dass der Mann ausschließlich im Spätsommer in der Toskana Urlaub machte, meistens in Begleitung einer sehr viel jüngeren Frau, wusste Valerio aus diesen kurzen Unterhaltungen, und er hatte sich schon damals gewundert, warum jemand einen solchen Klotz errichten ließ, nur um ganze drei Wochen im Jahr darin zu verbringen. Schließlich musste das Haus geheizt und gelüftet werden. Aber dafür und um regelmäßig nach dem Rechten zu sehen, hatte Fielding eine Frau aus Montabello beauftragt, die ihrer Pflicht mehrfach wöchentlich nachging. Angelica war es auch, die in den regenarmen Monaten die Sträucher und Blumen wässerte, die rings ums Haus angepflanzt worden waren. Riesige, farbenprächtig blühende Rhododendren, die unter Pinien wuchsen, von denen man glaubte, sie berührten den Himmel. Glockenblumen, die in der Nachmittagssonne in intensiven Blau- und Violetttönen leuchteten und den Boden rings um die Zypressen wie ein Teppich bedeckten.

Valerio ging ein paar Schritte weiter, bis er auf den letzten Grasbüscheln seines Grundstücks stand, von wo aus das Terrain zu einer beachtlichen Senke abfiel. Auf der Kante balancierend reckte er den Hals, folgte dem Schemen, der sich im Nachbarhaus von einem Raum zum nächsten bewegte. Wäre die Villa vermietet worden, hätte er ganz bestimmt davon erfahren. Wenn er in der Küche oder im Service des *A Marcella* aushalf, war er am Ende seiner Schicht stets auf dem neuesten Stand der Dinge, was Klatsch und Tratsch betraf. Doch von einem Besucher im Fielding-Haus hatte er nichts gehört.

Die Lampen im Inneren des Gebäudes erloschen nach und nach. Wahrscheinlich schien nun genug Tageslicht hinein. Valerios Aufmerksamkeit ließ nach, weil er die sich bewegende Silhouette nicht mehr erkennen konnte. Doch dann trat eine Person aus der bogenförmigen Tür, die in den Garten führte, und blieb auf dem grasgrünen Rasen stehen. Sie richtete den Blick nach oben, legte den Kopf weit in den Nacken, wobei sich blondes Haar über ihren Rücken ergoss. Valerios Augen erfassten schmale Schultern, einen zierlichen Oberkörper, der in eine knielange Jacke eingewickelt war, und schlanke Waden. Daran, dass es sich bei der Person um eine Frau handelte, bestand kein Zweifel. Doch es war keineswegs Fieldings Gefährtin, dessen war Valerio sich sicher.

Mit beiden Händen schirmte er sein Gesicht vor der Sonne ab, die die letzten Wolken vertrieben hatte, und beobachtete, wie sich die Fremde auf den Rand ihres Grund und Bodens zubewegte. Ihr Gang schien unsicher, fast schon steif, als würde sie sich nicht wohlfühlen und jeden Moment damit rechnen, dass sich vor ihr ein schwarzes Loch auftat. Langsam sah sie sich um, inspizierte den Garten und die Bereiche, die sich hinter dem niedrigen Zaun befanden und einen Blick auf die umliegende Landschaft gewährten. Und gerade, als Valerio sich abwenden wollte, weil er befürchtete, von ihr erspäht zu werden, blieb sie abrupt stehen und starrte in seine Richtung.

Kapitel 3

Eliza

Eliza hob eine Hand an die Stirn und nahm das Nachbarhaus ins Visier, das sich in einiger Entfernung und hinter einem Abgrund auf einer kleinen Anhöhe gegen den Morgenhimmel abzeichnete. Wenn sie nicht alles täuschte, stand dort jemand, reglos wie eine Statue, und sah in ihre Richtung. Womöglich. Die Wahrscheinlichkeit, dass es sich tatsächlich um eine Skulptur handelte, war durchaus gegeben. Vielleicht irgendein Jesus. Immerhin befand sie sich im Herzen Italiens, wo die römisch-katholische Kirche die bei Weitem größte Glaubensgemeinschaft abbildete. Doch etwas in Elizas Innerem schien von ihrer biblischen Annahme nicht überzeugt, und so kniff sie ihre Augen zusammen, bis sich erste Tränen bildeten, die sie wiederum fortblinzelte. Erkennen konnte sie immer noch nicht viel, aber wenigstens meinte sie, eine Bewegung registriert zu haben. Dass sie sich irrte, war aber ebenso denkbar. Ihre Kontaktlinsen bewahrte sie in einem mit Reinigungslösung gefüllten Behältnis auf dem Nachttisch im Obergeschoss der Villa auf. Die Brille lag gleich daneben. Sie könnte kurz ins Haus gehen und ...

„Keep calm, Eli!", murmelte sie, schüttelte, belustigt von ihren völlig sinnfreien Gedankengängen, den Kopf und ließ ihre Hand sinken. Es war mit großer Wahrscheinlichkeit nur ein Einwohner von Montabello, dieser vergessenen Kleinstadt, die auf einem eigenen Hügel etwas unterhalb der Berghänge lag, in denen die Villa erbaut war. Jemand, der einen Spaziergang machte, seinen Hund ausführte und sich auf dem Weg in die ihn umgebende Weite der Natur befand.

Über das noch nasse Gras des vorbildlich geschnittenen Rasens, vorbei an den Rhododendren und Azaleen, von denen einige vorwitzig dem schlechten Wetter trotzten und deren Blüten, zwar ein wenig schlaff aber doch farbenfroh, das Grau dieses Morgens erhellten, ging Eliza zurück in Richtung Gebäude. Bevor sie durch den Rundbogen schlüpfte, ermahnte sie sich, noch ein paar tiefe Atemzüge in ihre Lungen zu pressen. Frisch und mit einem Hauch Feuchtigkeit, den sie wie einen winzigen Tropfen Wasser auf ihrer Zunge wahrnahm, kühlte die eingesogene Luft ihre Atemwege, rief ein leichtes Gefühl von Schwindel hervor. *Du wirst sehen,* hatte Beth sie beschworen, *dein Aufenthalt in Italien wird Wunder wirken.* Ihre beste Freundin hatte sie gestern Abend zum Flughafen gebracht und sie bis zum Check-in begleitet. Währenddessen hatte sie ihr nonstop vorgeschwärmt, wie schnell sie, Eliza, eine Verbesserung ihres körperlichen Befindens feststellen würde. Abgesehen davon, dass Eliza immer noch – oder mehr denn je – der felsenfesten Überzeugung war, dass nichts Ernstes sie quälte und die verschriebene Auszeit so ziemlich das Letzte war, das sie brauchte, hatte sie das Gefühl nicht losgelassen, dass Beth sie dringend außer Landes befördern wollte. Als sei Gefahr in Verzug oder eine Katastrophe stünde kurz bevor. Welcher Art auch immer.

Eliza betrat die Villa, ließ ihre nackten Zehen in die hochflorige Matte sinken, die im Eingangsbereich lag, und schlüpfte dann in ihre weichen Pantoffeln, die sie zu Hause so gut wie nie trug. Inmitten des Raumes, der mühelos die Ausmaße eines kleinen Ballsaals vorwies, gaben zahlreiche bodentiefe Fenster den Blick in einen Teil des Gartens frei. Auf der gegenüberliegenden Seite standen goldgerahmte Fotos aneinandergereiht auf einem langen Regalbrett, das aussah, als wäre es aus dem Stamm eines Mammutbaumes herausgeschnitten worden. Eliza trat näher und inspizierte die vielen Landschaftsaufnahmen, von denen die meisten wohl die Gegend um Montabello, ein paar vermutlich Florenz zeigten. Auch der Schiefe Turm von Pisa war abgebildet. Dazwischen fand sich eine Ansammlung von Bildern Familienangehöriger und Freunden. Auf einem entdeckte Eliza sogar Beth, wie sie sich bei ihrem Onkel untergehakt hatte und mit ihm in die Kamera lächelte. Eliza hatte Mister Fielding nur ein paarmal getroffen. Er war der Geschäftsführer von GlobalBrit, einem Bauunternehmen, das in ganz England Bürogebäude aus dem Boden stampfte und alte Fabrikgelände aufkaufte. Fieldings Lebensstil konnte durchaus als außergewöhnlich, wenn nicht sogar dekadent bezeichnet werden. Er besaß Immobilien in mehreren Ländern und liebte es, mit seinen hin und wieder wechselnden, meist erheblich jüngeren Gefährtinnen um den Erdball zu jetten. Er hatte keine eigenen Kinder, was vielleicht erklärte, warum er Beth zeit ihres Lebens jeden Wunsch von den Augen abgelesen hatte. Nicht, dass Beth seine Großzügigkeit jemals für sich ausgenutzt hätte. Doch war es wohl dem besonderen Verhältnis zu verdanken, dass ihr Onkel bedenkenlos zugestimmt hatte, als Beth vor nicht mal einer Woche an ihn herangetreten war und von ihrem Vorhaben erzählt hatte, Eliza einen längeren Erholungsurlaub zu ermöglichen. Gezahlt hatte Eliza bisher nichts, nicht mal einen Abschlag, obwohl sie darauf bestanden und Beth mehrfach gebeten hatte, sie möge ihr die Kontodaten ihres Onkels mitteilen. Doch Beth hatte nur abgewinkt, war ihr beim Packen ihrer Koffer behilflich gewesen und hatte sie mit Tee und Gemüsebrühe versorgt, als sei sie schwerkrank. Eliza wusste, ihre beste Freundin meinte es nur gut. Und doch hatte sich eine bittersüße Erleichterung in ihr breitgemacht, als sie Beths ständigem Geplapper von Gesundheitsfürsorge entkommen war, ihr eine letzte Kusshand zugeworfen hatte und dann durch die Sicherheitskontrolle gewunken worden war, um wenig später ihren Flieger in die Toskana zu besteigen. Natürlich wäre Eliza viel lieber in London geblieben, um ihrer Arbeit nachzugehen. Schließlich wurde ständig geheiratet, und Eliza empfand es als heilige Pflicht, verliebten Paaren zu einem unvergesslichen Erlebnis zu verhelfen. Sie lebte für diesen Job. Und auch, wenn es wenig Probleme bei der Terminübergabe an andere Hochzeitsplaner gegeben und ihre Kundschaft größtenteils Verständnis gezeigt hatte, wurmte es Eliza, nicht wie üblich Herrin der Lage zu bleiben. Sie war es nicht gewohnt, dass jemand ihr derart vehement ans

Herz legte, einen Gang zurückzuschalten, sich auszuruhen, den Kopf freizubekommen. Ganz im Gegenteil, Schaffensdrang war normalerweise das Stichwort, mit dem all ihre Verwandten und Bekannten sie in Verbindung brachten. Mehr noch: Eliza entsprach dem menschgewordenen Inbegriff von Produktivität. Dass sie sich hatte breitschlagen lassen, für eine Weile aus dem Trubel der Großstadt auszusteigen und ihrem Arbeitseifer eine Pause zu gönnen, war einzig und allein der Tatsache geschuldet, dass Beth sie wohl anderenfalls geknebelt, gefesselt und auf eigene Faust in den Urlaub verfrachtet hätte.

Eliza lächelte und wandte sich von der Bildergalerie ab. Wahrscheinlich würde sie ihrer Freundin einen riesigen Gefallen erweisen, wenn sie sich bemühte, aus ihrem Aufenthalt in *Bella Italia* das Beste zu machen. Sich in der Fielding-Villa wohlzufühlen, sollte dabei das kleinste Problem sein. Sich wirklich zu entspannen, das viel Größere. Eliza durchquerte das Esszimmer und erklomm die wenigen Stufen in den Wohnbereich. Auch hier fanden sich, wie im gesamten Gebäude, hochwertige Terrakotta-Fliesen, die den Boden bedeckten und durch ihre zart ineinanderfließenden Farbkompositionen aus Orange, Rot und Hellbraun für eine warme, wohnliche und erdende Atmosphäre sorgten. Dazu trug selbstverständlich auch die aus massiven Holzbalken bestehende Deckenkonstruktion bei, die ein Gefühl von geschichtsträchtiger Vergangenheit aufkommen ließ, obwohl das Haus ein Neubau war. Wie beiläufig strich Eliza auf dem Weg in die Küche über ein Sideboard aus hochglänzendem weißem

Kunststoff und kontrollierte im Anschluss ihre Finger-kuppen. Kein noch so winziges Staubkorn haftete an ihrer Haut. Beth hatte ihr erzählt, dass ihr Onkel eine Dame aus dem nahegelegenen Ort eingestellt hatte, die regelmäßig nach dem Rechten sah. *Angelica geht ihrer Aufgabe offensichtlich mit großer Sorgfalt nach,* dachte Eliza und ließ ihren Blick über die Einrichtung schweifen. Oberflächen aus Kunststoff und in moder-ner Aufmachung verschmolzen mit Antiquitäten aus edlem Holz. Ein zeitloses Design, das von Geschmack und Weltoffenheit zeugte. Als Eliza die Küche betrat, fiel ihr Blick auf die überdimensionale Obstschale, die auf der Anrichte thronte und in der leuchtende Früchte in Szene gesetzt worden waren. Fast hätte Eliza ange-nommen, sie seien künstlich und dienten nur der De-koration. Aber ein Griff an die Schale einer prallen Grapefruit und das Berühren eines zart-pelzigen, leicht eindrückbaren Pfirsichs überzeugte sie von der Echt-heit der Lebensmittel. Nachdem Eliza gestern um kurz vor Mitternacht in Florenz gelandet und nach einer Ta-xifahrt von mehr als eineinhalb Stunden in den Bergen Montabellos angekommen war, war sie tatsächlich zu müde gewesen, um sich das Haus bis ins Detail anzu-schauen. Das und auch eine Besichtigung des Geländes, das zur Villa gehörte, musste sie heute unbedingt nach-holen. Vielleicht würde sie auch einen Spaziergang in der Umgebung oder einen Abstecher in das Städtchen machen. Vorausgesetzt, sie fand die Zeit dazu.

Ihr Smartphone vibrierte. Wie automatisiert fischte Eliza das Telefon aus der Tasche ihrer Oversize-Strick-jacke und erinnerte sich für einen Wimpernschlag an

den Rat Doktor Germics, es mit der ständigen Verfüg-
barkeit etwas weniger ernst zu nehmen – zumindest,
solange sie in Italien verweilte. Doch der Moment
verging zu schnell, um Beachtung zu verdienen, und
schon war Eliza auf einen der Barhocker gerutscht, die
entlang der Küchentheke aufgereiht standen, den Blick
auf das grell leuchtende Display ihres Handys gerichtet. Sie öffnete eine Nachricht von Beth:

*Hey sweetie, ich hoffe, du hattest eine erholsame erste
Nacht?*

Darunter prangten drei leuchtend rote Herzen und
ein Kussmund-Emoji.

Elizas Zeigefinger huschte über den Touchscreen.
Was ihre Skills betraf, Nachrichten zu tippen, war sie
durchaus sportlich unterwegs, das Einfingersystem
hatte sie dennoch nie perfektionieren können.

Hi Beth, ich fühle mich bereits wie neugeboren.

Sie fügte einen Zwinkersmiley hinzu und drückte auf
Senden. Ihre beste Freundin konnte mit ihrer mitunter
sarkastischen Ader gut umgehen, es bestand keine Notwendigkeit, die Dinge schönzureden. Ihre erste Nacht
in der Villa war selbstverständlich alles andere als ge-
ruhsam verlaufen. Eliza war an einen streng getakteten
Tages- und Nachtrhythmus gewöhnt und es brachte sie
aus dem Konzept, wenn ihre Routinen gestört wurden.
Ein freies Wochenende konnte einiges durcheinander-
bringen, ganz zu schweigen von einem *Urlaub*. Nicht,
dass sie nicht fähig wäre, sich anzupassen – in ihrem

Beruf war es unabdingbar, sich Punktum auf fremde Menschen oder unerwartete Ereignisse einzustellen. Und trotzdem fühlte sich Eliza wohler, wenn sie genau wusste, was auf sie zukam. Sie öffnete den Kühlschrank. Aufschnitt, Marmeladen, Säfte, Milch, Eier, Quark und Joghurts türmten sich in den vielen Fächern. Auch die Gemüseschublade war gut beladen und ließ keinerlei Wünsche offen. Doch woran Elizas Blick sofort hängenblieb, war ein dicht verzweigter Grünkohl.

Eine Push-Benachrichtigung erschien just in diesem Moment auf ihrem Handydisplay.

Bist du schon an deinem Frühstück angekommen?

Eliza wurde das Gefühl nicht los, dass die so unschuldig klingende Frage Beths mit dem monströsen Grünkohl in Verbindung stand.

Ich fürchte ja. Doch ich hoffe, dass das nicht dein Ernst ist!

Sie schloss den Kühlschrank und schaute sich nach einer Kaffeemaschine um. Nicht genug damit, dass Eliza heute früh auf dem Weg ins Bad im Obergeschoss an einem Raum vorbeigekommen war, der ohne Weiteres als Mini-Fitnessstudio durchging und sie an Doktor Wellertons Empfehlung erinnerte, ab sofort feste Sporteinheiten in ihren Alltag zu integrieren. Jetzt wollte ihre beste Freundin sie auch noch nötigen, ihre Frühstücksgewohnheiten zu ändern.

Schau mal, der ist ganz fix zubereitet und du hast alle Zutaten im Haus.

Beth hatte einen Anhang mitgesendet, der eine Rezeptanleitung für einen Smoothie beinhaltete. Einen Grünkohl-Smoothie. Eliza schüttelte sich. Wie ekelhaft konnte etwas aussehen? Beth schwärmte schon seit geraumer Zeit von dieser Pampe, die sie jeden Morgen trank und die – so drückte sie sich aus – ihre Lebensgeister wie nichts anderes auf der Welt weckte. Für Eliza übernahm diese Funktion seit jeher und absolut verlässlich Kaffee. Schwarzer Kaffee. Jede Menge davon.

Eliza rollte mit den Augen und schloss den Chat, ohne eine Antwort zu tippen.

Wenig später und nachdem sie sich eine dunkle Businesshose und eine eng anliegende Bluse angezogen hatte, setzte Eliza sich in einen Sessel, der im Esszimmer nahe der Fensterfront stand. Sie kam nicht umhin, Stolz zu empfinden, während sie ihre Beine überschlug und an einer Tasse dampfenden Kaffees nippte. Normalerweise würde sie um diese Uhrzeit entweder in ihrem Büro sitzen oder unterwegs zu einem Termin sein. Stattdessen befand sie sich in einem toskanischen Ferienort und checkte – selbstverständlich nur beiläufig – ihren Maileingang über das Smartphone. Niemand konnte von ihr verlangen, dass sie von jetzt auf gleich alles stehen ließ und ins Blaue hineinlebte. Sich nicht um ihre Nachrichten oder auch das ein oder andere Telefonat zu kümmern, empfand Eliza als illusorisch. Außerdem schauten ihr weder ihr Arzt noch ihre beste

Freundin über die Schulter, um zu kontrollieren, inwiefern sie sich an die Abmachungen hielt, die sie hoch und heilig versprochen hatte, bevor sie abgereist war. Es würde ja nur eine, maximal zwei Minuten dauern, bis sie sich davon überzeugt hatte, dass bei ihren Kunden alles zur vollsten Zufriedenheit ablief. Sie scrollte sich durch eine Handvoll unwichtiger Benachrichtigungen, stoppte hier und da, wenn der Betreff einer Nachricht ihre Aufmerksamkeit erregte, und warf dann einen Blick auf jene Mails, die sie über den Stand der Dinge bezüglich bevorstehender Hochzeiten informierten. Auch neu eingetroffene Anfragen waren dabei. Eliza hatte sich bislang nicht dazu durchringen können, eine Abwesenheitsnotiz zu aktivieren. Viel zu besorgt war sie, nicht up to date zu bleiben. Routiniert switchte sie zwischen Mail-Programm und Kalender hin und her, notierte, glich ab und überarbeitete, während sie ihre Kaffeetasse und die Thermoskanne, die sie neben sich auf einem Beistelltisch platziert hatte, leerte. Der Vormittag verging wie im Fluge, und ehe Eliza sich versah, schien die Mittagssonne durch die Fenster und tauchte den Raum in ein diffuses Zwielicht. Eliza ließ sich für ein paar Minuten von der Schönheit des Augenblicks vereinnahmen und ihr Handy in den Schoß sinken. Stille legte sich wie eine Decke über sie, hüllte sie ein und ließ ihre Lider schwer werden. Fast wäre sie versucht gewesen, in die Schwärze einzutauchen, mit der ein kurzes Schläfchen lockte. Doch bevor Eliza diesem ungewohnten Begehren nachgab, schüttelte sie die Müdigkeit aus ihren Gliedern und stand enthusiastisch auf. Zu enthusiastisch. Für mehr als ein paar Sekunden drehte sich das

Esszimmer, sodass sie sich an der Kopflehne des Sessels festhalten musste, bis sich das Schwindelgefühl verzog. Eine völlig nachvollziehbare Reaktion, sie hatte lang gesessen. Sie warf einen Blick auf ihren Fitnesstracker. Ihr Blutdruck bewegte sich zwar nicht ganz auf dem Niveau, der gemessen an ihrem Alter der Norm entspräche und bei Doktor Germic Glücksgefühle hervorrufen würde. Doch lag er in einem deutlich niedrigeren Bereich als bei ihrem ... kleinen Unfall vor ein paar Tagen. Eliza vollführte innerlich einen Freudentanz. Von Anfang an war sie der Auffassung gewesen, es sei unnötig, aus ihrem Arbeitsalltag auszusteigen. Wahrscheinlich hätte es ausgereicht, zwei Tage auszuschlafen und den ein oder anderen Termin zu verschieben. Und als würde das Universum sie in ihrer Annahme bestätigen wollen, klingelte genau in dieser Sekunde ihr Telefon. Eliza erwartete, einen Kunden oder ein Unternehmen zu begrüßen, das einen ihrer Aufträge übernommen hatte und nun ihren Rat für die Planung oder Durchführung einer legendär extravaganten Hochzeit suchte. Als sie stattdessen den eingespeicherten Namen ihrer Schwester auf dem Display sah, überlegte sie kurz, wie sie reagieren sollte. Ihre Familie darüber zu informieren, dass sie sich in Italien aufhielt, stand nicht zur Debatte. Es war also wichtig, Vorsicht walten zu lassen, damit niemand Verdacht schöpfte.

„Chloe, wie schön, dass du dich meldest!" Die etwas überschwänglich formulierte Begrüßung klang selbst in ihren eigenen Ohren wenig authentisch, und Eliza war sich der Tatsache bewusst, dass ihre Schwester sofort Lunte roch.

„Was ist passiert?" Chloes Gegenfrage war durchsetzt mit Argwohn. Eliza biss sich auf die Unterlippe. Ihre Schwester und sie hatten einen guten Draht zueinander, doch kam es eigentlich nie vor, dass sie ein *entspanntes* Gespräch miteinander führten, egal ob am Telefon oder Face to Face – was selten genug passierte. Mindestens einer von ihnen war ständig auf dem Weg zu einem Meeting, befand sich in einer Besprechung oder war damit beschäftigt, einen Termin zu planen.

„Es ist alles in Ordnung", beeilte Eliza sich, zu antworten. „Ich habe gerade ein paar Minuten, um durchzuschnaufen. Was kann ich für dich tun?"

„Mir einen großen Gefallen erweisen, indem du dich um die Restaurant-Reservierung und ein Geschenk für Mums Geburtstag kümmerst. Ich bekomme es zeitlich einfach nicht hin."

Eliza hielt die Luft an und packte sich an die Stirn. „Ja, sicher", stammelte sie. Im Kopf überschlug sie den Zeitraum, der zwischen dem heutigen Tag und dem Geburtstag ihrer Mutter lag. „Bis dahin sind es noch etwas mehr als zwei Wochen." Dass sie dieses Datum verdrängt hatte, konnte nur an diesem Durcheinander liegen, den man um ihren Blutdruck und ihre angebliche Erschöpfung machte.

„Ganz genau", gab Chloe gedehnt von sich. „Und wie du weißt, sind die angesagten Restaurants innerhalb Londons begehrt. Wir sollten frühzeitig reservieren."

„Natürlich!" Eliza schluckte. Eigentlich wäre es ein gelungener Vorwand, ihren Aufenthalt für den Geburtstag ihrer Mutter abzubrechen. Doch sie hatte sowohl Beth als auch Doktor Germic versprochen, eine Auszeit von wenigstens vier Wochen einzuhalten. Der Deal, den sie mit dem Arzt getroffen hatte, war die eine Sache. Ihm schuldete sie keine Rechenschaft und er würde im besten Fall nichts davon mitbekommen, reiste sie früher als geplant zurück nach London. Aber was würde Beth sagen? Sie hatte sich so liebevoll gekümmert, alles in die Wege geleitet und sie verließ sich darauf, dass ihre beste Freundin ihre Sorge, sei sie nun berechtigt oder nicht, ernst nahm.

„Also wählst du ein Restaurant aus, Eli? Du weißt ja, worauf es Mum ankommt. Ein Blumenstrauß dazu wäre sicher nicht verkehrt und ... ich weiß nicht, vielleicht die passenden Ohrringe zu der Kette, die Dad ihr zu Weihnachten überreicht hat?"

Eliza überlegte fieberhaft, was sie entgegnen sollte, und wog innerlich ab, ob es sich lohnen würde, den Urlaub vorzeitig abzubrechen, Beth darüber im Unklaren zu lassen, sie eventuell sogar zu belügen, um Chloe und ihre Eltern nicht aufzuscheuchen und dieser Einöde, die hier herrschte, ein paar Tage eher zu entkommen.

„Eli? Bist du noch dran?", meldete sich Chloe, und Eliza wusste, dass ihre Schwester in diesem Moment auf ihr Handy starrte, um die Verbindung zu prüfen.

„Ich kann dich gut verstehen. Ich ... bin hier", murmelte Eliza und ließ sich zurück in den Sessel plumpsen. Sie war *hier*! Das traf den Nagel auf den Kopf.

„Würdest du mir dann bitte meine Frage beantworten?" Ihre Schwester klang gehetzt. Ihr hastig ein- und ausströmender Atem war durch das Telefon zu hören; wahrscheinlich war sie gerade zu Fuß unterwegs und hatte das nächste Meeting im Fokus. Sie führte eine sehr erfolgreiche Londoner Werbeagentur. Freizeit war für sie ebenso ein Fremdwort wie für Eliza.

„Es gibt da ein kleines Problem." Das entsprach einer maßlosen Untertreibung, denn in Wahrheit war es ein Desaster, das in einem einzigen Chaos gipfeln würde.

„Nämlich?", hakte Chloe nach. „Du wirst doch keinen deiner Hochzeitstermine auf Mums Ehrentag gelegt haben. Ich bitte dich, Eli. Das kannst du ihr nicht antun! Du weißt, wie viel Wert sie darauf legt, uns an ihrem Geburtstag bei sich zu haben."

Das wiederum hatte mit der Realität ebenso wenig gemein, wie ein Schwein, das die Welt umsegelte.

„Ich kann leider nicht garantieren, dass ich es zu Mums Geburtstagsdinner schaffe." Eliza schloss ihre Augen und zählte gedanklich bis drei. Es bedurfte keiner hellseherischen Fähigkeiten, um sich der Ereignisse bewusstzuwerden, die nun ihren Lauf nahmen.

Chloes hektisches Atmen verebbte. „Wie bitte?", stieß sie hervor, und vor Elizas innerem Auge setzte sich ein Bild zusammen, in dem ihre Schwester mitten auf dem Gehweg zwischen einer Million Menschen stehengeblieben war, von nichts Geringerem als ihrem Glauben abfallend.

„Es tut mir leid!", flüsterte Eliza. Das tat es wirklich. Weil sie wusste, dass Chloe sich mit ihr an ihrer Seite stärker fühlte. Ihre Eltern, vielmehr ihre Mutter, verlangten ihren Töchtern viel ab, schließlich zählten für die Itterfords Reichtum und Ansehen mehr als alles andere. Eliza konnte mit der immens hohen Erwartungshaltung ihrer Eltern zwar auch nur halbwegs umgehen und spürte oft, wie viel Macht vor allem ihre Mutter noch über sie hatte. Doch immerhin ließ sie sich nicht alles gefallen und sprach aus, wenn ihr etwas gegen den Strich ging. Chloe hingegen brachte es nicht fertig, in *irgendeiner* Weise gegen Mum und Dad aufzubegehren.

„Aber ..." Ihre Schwester keuchte. „Wieso kannst du nicht? Was ist von größerer Bedeutung?"

Eliza hörte Beths aufgebrachte Stimme irgendwo in ihren hintersten Hirnwindungen. *Du bist wichtiger,* schrie sie. *Du bist verdammt noch mal viel wichtiger!*

„Nichts!", hauchte sie stattdessen und sah durch die Fenster auf die Hügel rund um Montabello, die sich wie Wellen in die Landschaft ergossen.

„Dann verstehe ich nicht, warum es dir nicht möglich ist –"

„Ich bin nicht in London!", fuhr Eliza ihrer Schwester über den Mund und fügte dann kleinlaut hinzu: „Nicht mal in England."

Chloe gab ein Lachen von sich, das dem des *Jokers* alle Ehre bereitete, verstummte aber gleich wieder. „Sag bloß, du liegst an irgendeinem Strand an der Südsee und balancierst einen Cocktail auf deinen braungebrannten Beinen!"

„So ähnlich."

Stille. Gefühlt minutenlang. Elizas Herz raste.

„Bist du noch dran, Chloe?"

„Eli, wann warst du das letzte Mal im Urlaub?"

Sie hatte recht. Es musste eine Ewigkeit her sein. Am ehesten irgendwann kurz nach dem Studium.

„Und wo zur Hölle bist du genau?"

„Italien. Ich brauche ein wenig ..." Was? Was sollte sie ihrer Schwester sagen? Dass sie Ruhe brauchte? Das entsprach nicht der Wahrheit. Sie war nicht hier, weil sie selbst von der dringenden Notwendigkeit einer Pause überzeugt gewesen war. Und trotzdem hatte sie sich darauf eingelassen, war den mit Vehemenz ausgesprochenen Ratschlägen der Ärzte und ihrer besten Freundin nachgekommen. „Doktor Germic meinte, es wäre an der Zeit, dass ich einen Gang zurückschalte." Das wiederum war nicht gelogen. Eliza atmete auf.

„Geht es ... geht es dir gut, Eli?" Chloes Stimmlage hatte sich verändert und war augenblicklich von Sorge gefärbt. „Du hast zuletzt nicht den Eindruck gemacht, als ob du krank wärst."

Natürlich nicht. Dass sie eine Meisterin darin war, sich über Befindlichkeiten hinwegzusetzen, die andere längst einen Arzt aufsuchen ließen, war Eliza bewusst. Wie alles im Leben war auch dies eine Frage der Priorität.

„Ich bin nicht krank, Chloe. Es ist nur so, dass ... Ach, du weißt doch, wie Doktor Germic ist."

„Weiß ich nicht."

Eliza rang die Hände. „Mach dir bitte keine Gedanken. Ich wohne in einer wirklich wundervollen Unterkunft, man könnte behaupten, ich *residiere*." Sie lachte, war sich aber sicher, dass ihre Schwester das Zittern in ihrer Stimme auffiel. „Gib mir ein bisschen Zeit. Es ist nicht unwahrscheinlich, dass ich mich entschließe, demnächst abzureisen. Nur für den Fall, dass etwas ... Unvorhersehbares eintritt."

„Eli, jetzt machst du mir Angst!"

Eliza griff sich an die Stirn. Das klang in der Tat, als müsse man davon ausgehen, dass sie demnächst das Opfer einer tödlichen Herzattacke werden und man sie in einem schwarzen Sack zurück nach England fliegen würde. „Ich verspreche dir, Chloe, ich bin in Ordnung. Wir sehen uns bestimmt bald!"

Ein paar Sekunden sagten sie beide nichts, bis Chloe seufzte. „Mum würde alles andere als erfreut sein, wenn du fehlst. Das ist dir doch klar, oder?" Der unbehagliche Tonfall war geblieben, doch hatte sich ihr Fokus offensichtlich verschoben. Ihre Schwester sorgte sich nicht mehr vorrangig um Elizas Gesundheit, sondern um das Echo, das von ihrer Mutter ausgehen würde, wenn sie erfuhr, dass in diesem Jahr womöglich nicht beide Töchter ihrem Geburtstag beiwohnten. Für Margerie Itterford entsprach die Anwesenheit ihrer Familie an ihrem Ehrentag einer heiligen Pflicht. Das war schon immer so gewesen.

„Ich bitte dich, mit niemandem darüber zu sprechen. Keiner muss wissen, dass ich ... nicht in der Stadt bin", wies Eliza ihre Schwester an. „Und niemand, absolut niemand darf aufschnappen, dass mein Arzt der Meinung war, ich ... bräuchte diese Pause. Er hat sowieso maßlos übertrieben. Dieser Irrtum gehört nicht in die Welt getragen." Die Gerüchteküche brodelte ohne Unterlass. Die alleinige Behauptung, Eliza Itterford sei krank, hätte unter Umständen zur Folge, dass sich interessierte Paare von vornherein an andere Hochzeitsplaner wandten. Es war nicht absehbar, welchen Schaden ihre Karriere davon nehmen würde.

„Hast du mich verstanden, Chloe?", wiederholte sie. „Niemand darf davon erfahren!"

„Wann wirst du entscheiden, ob du zu Mums Geburtstag wieder da bist?" Chloes Stimme war leise, Enttäuschung schwang darin mit. Und auch ein bisschen Angst, denn ohne Eliza an ihrer Seite, war Chloe den fortlaufenden Forderungen ihrer Mum, sie solle dies oder jenes besser machen, sich noch mehr anstrengen und größere Kunden vertraglich an die Agentur binden, haltlos ausgesetzt.

„Ich hatte mich gefreut, dich zu sehen", schob sie kaum hörbar hinterher.

Eliza seufzte. „Ich vermisse dich auch. Unser letztes Treffen ist Wochen her, ich weiß."

„Es war im Februar."

Eliza schwieg einige Sekunden. „Ich melde mich in ein paar Tagen, ich verspreche es. Dann wird immer noch Zeit genug sein, um eine Restaurant-Reservierung zu vereinbaren und ein Geschenk zu besorgen."

„Pass auf dich auf!" Chloes hatte sich vermutlich wieder in Bewegung gesetzt. Sie atmete hastig. Im Hintergrund hörte Eliza fahrende Autos, Hupen und Stimmengewirr.

„Und du auf dich!" Sie legte ihr Handy beiseite und starrte in den Garten. Die Sonne stand hoch am Himmel, es war nach Mittag und Eliza verspürte den Drang, diesem Zimmer, diesem Haus, am besten diesem Land zu entkommen. Was tat sie in dieser Einöde? Ihre Kundschaft zählte genauso auf sie, wie ihre Schwester. Ihr Platz war in London.

Die Brille auf ihrer Nase zurechtrückend, versuchte sie, über die Senke hinweg zum Nebengrundstück zu spähen. Durch die mannshohen Rhododendren und den ein oder anderen Stamm einer Kiefer, der die Sicht versperrte, war das kein leichtes Unterfangen. Und doch konnte Eliza jetzt sicher sagen, dass definitiv keine religiöse Statue über das Anwesen ihres Nachbarn wachte. Da war nichts. Niemand.

Ihr Schädel brummte, während sie das Smartphone in ihrer Gesäßtasche verschwinden ließ und das Esszimmer durchquerte. Die Unschlüssigkeit ihre nächsten Schritte betreffend nagten schwer an ihrem Wohlbefinden. Solange das Wetter sich hielt, war es vielleicht keine schlechte Idee, etwas frische Luft zu schnappen, um ihre Gedanken zu ordnen. Vielleicht würde der Tapetenwechsel es ihr erleichtern, eine Entscheidung zu treffen. Eine Entscheidung darüber, ob es sinnvoll wäre, den nächsten Flieger in die Heimat zu buchen.

Ausgestattet mit festen Schuhen und einer dünnen Jacke verließ Eliza die Villa durch die Vordertür und schaute sich um. Die Landschaft sah in der Tat nicht mehr so unscheinbar aus wie gestern Abend, als sie angekommen war und die Dunkelheit alles verschluckt hatte. Jetzt wechselten sich Licht und Schatten ab, krochen im Wettlauf über die Hügel, tauchten sie in schier unzählbare Abtönungen von Grün. Die meisten der Anhöhen dienten dem Anbau der Weintrauben, für die die Toskana in der ganzen Welt berühmt war. Es musste herrlich aussehen, wenn die Reben ergrünten, doch momentan konnte von einem Austreiben noch keine Rede sein. Eliza drehte sich um ihre eigene Achse und ließ ihren Blick schweifen. Ein Stück unterhalb der Villa lag Montabello. Zwischen unzähligen Bäumen ragte eine Kirchturmspitze der kleinen Stadt, die bei Touristen hoch im Kurs stand, stolz in den Himmel, und jede Straße, die von dort aus in die Ferne oder die Berge hinauf führte, war gesäumt von kerzengeraden, dunkelgrünen Zypressen. Eliza umrundete das Gebäude, bis sie auf einen steil ansteigenden Trampelpfad stieß, der etwas abseits der Schotterstraße lag. Der Boden unter ihren Füßen war mit dem Wasser der Regengüsse vollgesogen, die vor ihrer Ankunft das Land beinahe in einen einzigen Sumpf verwandelt hätten. Bei jedem ihrer Schritte spritzte Matsch an Elizas Hose, ihre Turnschuhe waren bereits nach wenigen Metern völlig verdreckt, und nachdem sie fast ausgerutscht wäre, war sie drauf und dran, den Rückweg anzutreten. Und ihre Koffer zu packen.

Doch urplötzlich ging der morastige Pfad in einen Kiesweg über, der trittsicher um die Senke herumführte, die sie am Morgen hinter ihrem Haus entdeckt hatte. Den Blick auf das Nachbargrundstück gerichtet, dem sie sich unaufhörlich näherte, atmete Eliza tief ein und aus. Die klare Luft breitete sich wohltuend in ihren Lungen aus, verscheuchte den Nebel, der sie in ihrer Rationalität hinderte, seit sie Chloes Anruf entgegengenommen hatte. Der Duft nach – war es Rosmarin? – stieg ihr krautig und herb in die Nase, kitzelte an ihrem Gaumen und rief ihr in Erinnerung, dass sie noch nichts gegessen hatte. Wie auf Kommando meldete sich ihr Magen mit einem laut vernehmlichen Knurren. Ein langer Spaziergang würde es also eher nicht werden. Vielleicht könnte Eliza dem Grünkohl zu Leibe rücken, wenn sie wieder in der Villa angekommen war. Doch eine Zeit lang würde sie es noch aushalten. Dem Hunger zu trotzen, war schließlich nichts, das sie nicht von Berufs wegen kannte.

Nach gut zehn Minuten hatte sie den Grund und Boden ihres Nachbarn erreicht, ließ den schmalen Kiesweg hinter sich und schlenderte auf das Gebäude zu, das schon aus einiger Entfernung einen baufälligen Eindruck auf sie machte. Ob hier überhaupt jemand wohnte? Eliza trat näher, warf einen verstohlenen Blick in Richtung der Fenster, deren Holzrahmen brüchig und an vielen Stellen aufgeplatzt waren. Das Licht der einfallenden Sonne tünchte die Scheiben in ein milchiges Grauweiß, dunkle Sprenkel waren quer über das Glas verteilt. Das Haus schien aus mehreren Anbauten zu bestehen, eine fortlaufende Struktur suchte man vergebens. Alles wirkte wie nachträglich hinzugeschustert und erinnerte an die Künste eines Kleinkindes beim Spiel mit Bauklötzen. Zwar war für alles der in der Toskana übliche Naturstein verwendet worden, doch waren die Außenwände zweifelsohne nicht aus einem Guss entstanden. Der Zustand des Mauerwerks ließ an manchen Stellen mehr als zu wünschen übrig. Zement war teils großflächig ins Gras oder in den Kies gebröckelt. Efeu und andere Kletterpflanzen hatten sich in den Stein gefräst, waren bis aufs Dach hinaufgeklettert, wo sie sich über Ziegel legten, die, wie es aussah, nur noch durch den Verbund von Blättern und Ranken an Ort und Stelle gehalten wurden. Eliza schaute über ihre Schulter. Sofort fiel ihr Blick auf die Fielding-Villa, die sich in mehr als einer Hinsicht von den Häusern dieser Gegend absetzte. Im Grunde genommen passte der Prunkbau nicht hierher, musste sie zugeben. Allein der Garten war mit nichts gleichzusetzen, das ihr an dieser Stelle begegnete. Wo eine Auswahl exquisiter Palmen, edler Ziergehölzer und zu beinahe jeder Jahreszeit blühender Sträucher sich in die Perfektion schmiegten, die die Villa ausmachte, umgab diese – in Wahrheit war es nicht viel mehr als eine Ruine – lediglich Gras und Gestrüpp. Zwischen langen Halmen, die sich in der leichten Brise hin und her wiegten, entdeckte Eliza eine Katze. Eigentlich war nur ihr Kopf zu erkennen, der Rest verschwand im Dickicht. Mit aufgestellten Ohren und aus Augen, die groß und kugelrund wirkten, beobachtete das Tier sie mit einer Mischung aus Gelassenheit und Interesse. Eliza war kein ausgesprochener Katzenliebhaber, sie hatte nie in ihrem Leben ein Haustier besessen. Und doch ging sie in die Hocke, spitzte ihre Lippen und gab ein quietschendes Geräusch von sich, mit dem sie die Katze anzulocken versuchte.

Kapitel 4

Valerio

Valerio lenkte seinen Kleinschlepper an den Rand des Olivenhains und hinein in eine kleine Absenkung. Der alte Traktor gab ein gurgelndes, schnaubendes Geräusch von sich, das sich in Valerios Ohren alles andere als gesund anhörte. Er hatte Alfonso davon in Kenntnis gesetzt, jedoch nichts als ein Schulterzucken zur Antwort erhalten. Selbstverständlich schloss sich Valerio der stillen Hoffnung des Bauern an, seine Maschinen würden noch lange Zeit funktionieren. Jedoch war ihnen beiden bewusst, dass dieser Optimismus eher einem Wunschdenken entsprach. Leider fehlte es Alfonso an den nötigen finanziellen Rücklagen, um seine landwirtschaftlichen Geräte regelmäßig zu warten, und so hatte der alte Kauz es sich zur Gewohnheit gemacht, sich jedes Mal zu bekreuzigen und einen flehenden Blick gen Himmel zu senden, wenn Valerio aus dem Hain zurückkehrte und der alte Traktor immer noch tat, was er sollte.

Sein Gesicht der Sonne zuwendend, die vor gut einer Stunde alle Wolken vertrieben und die Luft angenehm erwärmt hatte, griff Valerio in den Fußraum des Schleppers und bekam seinen löchrigen Rucksack zu fassen. Stunden waren seit dem Frühstück vergangen und schon seit geraumer Zeit beschwerte sich sein Magen, indem er über das Motorengeräusch des Traktors hinweg grummelte und ächzte. Auch jetzt zog er sich krampfartig zusammen, sodass Valerio sich ein paar Zentimeter nach vorn beugte und die Augen zukniff. Ihm war klar, dass seine Beschwerden nicht allein dem Umstand geschuldet waren, dass er einen Bärenhunger verspürte. Seine Unterhaltung mit Gianni beschäftigte ihn schon den ganzen Vormittag, die Erkenntnisse, die sein Bruder mit ihm geteilt hatte, lagen Valerio im wahrsten Sinne des Wortes schwer im Magen.

Als der Schmerz in seinem Bauch nachgelassen hatte, streckte sich Valerio, ließ den Kopf zu beiden Seiten fallen und zog die Schulterblätter fest zusammen. Dann rutschte er seitlich aus dem Sitz und kam neben seinem Traktor zum Stehen. Der Boden des Hains war noch recht aufgeweicht, auch wenn der Hain so angelegt war, dass Regenwasser schnell abfloss und der Untergrund von maximaler Sonneneinstrahlung profitierte. In der Senke, in der Valerio für seine Mittagspause Halt gemacht hatte, war der Rasen hingegen immer noch feucht und ein modriger Geruch stieg ihm in die Nase. Er beschloss, es sich auf einem umgestürzten Baum etwas oberhalb gemütlich zu machen, zog den Reißverschluss seines Rucksacks auf und wühlte in der zerbeulten Innentasche.

„Verdammt!", zischte er und verdrehte die Augen. Er hatte die Dose mit seinen belegten Panini in der Küche liegengelassen. Auch an die Thermosflasche mit Tee hatte er nicht gedacht. Das war ohne Zweifel der verworrenen Situation zu verdanken, in die sein Bruder ihn – natürlich unbeabsichtigt und dennoch mit voller Wucht – manövriert hatte. In Anbetracht der nebulösen Zukunft, die Valerio und seinem Elternhaus nebst der Schmetterlingszucht seiner Mutter mit einem Mal bevorstand, war es nachvollziehbar, dass er sich gedanklich mit Wichtigerem als seiner Mittagsmahlzeit auseinandersetzte. Auch wenn er zugeben musste, dass seine Grübelei ihn kein Stück weitergebracht hatte. Wie es nun weitergehen sollte, was sein Elternhaus betraf, stand in den Sternen. Hinzukam, dass Valerio – im Falle einer Übernahme des Grundstücks durch den Amerikaner – nicht nur das Haus und die Schmetterlingszucht verlieren würde. Auch die Planung bezüglich seines eigenen kleinen Olivenhains, den er seit zwei Jahren auf dem freien Feld hinter seiner Auffahrt kultivierte, würde sich in Nichts auflösen.

Valerio seufzte tief. Innovation und Tatendrang gehörten zu den Eigenschaften, die eher Gianni als ihm zuzuschreiben waren, und so spekulierte er insgeheim auf eine zündende Idee, die ihm sein Bruder in Kürze mitteilen würde. Obwohl die Wahrscheinlichkeit verschwindend gering war, dass Gianni den Dingen nicht seinen Lauf ließ. Er war schließlich derjenige, der der Erhaltung des elterlichen Hauses schon lange mehr als skeptisch gegenüberstand und Valerios Zukunft ganz klar nicht in Montabello und schon gar nicht als irgendwann selbstständiger Olivenbauer sah. Wie hatte er sich ausgedrückt? Man könne zwei Fliegen mit einer Klappe erledigen.

Valerio zog seine Stirn kraus und presste seine Lippen aufeinander, bevor ein Fluch darüber entweichen konnte, den er bereuen würde. Er wünschte seinem

Bruder bei Gott nichts Böses, und ihn, wenn auch lediglich im Stillen, zu verwünschen, lag ihm fern. Außerdem, und damit entsprach sein Denken dem der meisten seiner Landsleute, lag die wahre Kunst darin, sich in Geduld zu üben und abzuwarten. Fürs Erste mit einer herzhaften Mahlzeit, etwas Obst und einem Becher Tee. Valerio schlenderte zurück zu seinem Kleinschlepper, saß auf und grinste, als der Motor prompt auf die Zündung reagierte. Er würde nicht viel Zeit verlieren, wenn er kurz zu Hause vorbeischaute, sein Mittagessen einsammelte und während der Rückfahrt in den Olivenhain seine Brote verspeiste. In der Ruhe lag die Kraft.

Etwa eine Viertelstunde später holperte der alte Traktor auf Valerios Haus zu. Als er auf der Auffahrt parkte, nahm er eine Bewegung wahr. Es schien, als hätte sich jemand fluchtartig von seinem Grundstück entfernt. Valerio rutschte in den Stand und sah sich um.

„Hallo?", rief er in Richtung der Sträucher und Büsche, die an die Auffahrt grenzten, und machte ein paar Schritte auf das breite Dickicht zu, hinter dem sich seine Olivenbäume befanden. Erneut war ihm, als versuche jemand, sich seinen Blicken zu entziehen; etwas raschelte, ein Vogel flog aufgeschreckt davon.

„Ich besitze nichts von Wert! Nur guten Cappuccino – und den geb ich nicht her", rief er ins Grün, während er für einen Moment versuchte, hindurch zu spähen. Dann drehte er sich um, kramte in seiner Hosentasche nach dem Schlüssel und begab sich zur Rückseite des Hauses. Als er in der Küche stand und den schmerzlich vermissten Proviant endlich in seinem Rucksack verstaute, vernahm er das Geräusch sich nähernder

Schritte durch die geöffnete Tür. Er hob den Kopf und richtete seinen Blick durch die Diele nach draußen.

„Ist hier jemand?", hörte er eine leise Stimme. „Ich will mich nicht aufdrängen, aber ..."

Hatte der Flüchtige, wer auch immer er war und was auch immer er wollte, wirklich den Mut, sich zu stellen? Valerio räusperte sich laut. „Ich bin hier!", rief er und ging auf die Haustür zu, abwartend und ein kleines bisschen gespannt, mit wem er in der nächsten Sekunde Bekanntschaft schließen würde.

Ihr Duft erreichte ihn, noch ehe er sie sah. Süß wie Honig, darunter – kaum wahrnehmbar – eine gewisse Schärfe, vielleicht Ingwer. Der Geruch wehte zu ihm herüber, umwölkte ihn und stieg ihm augenblicklich zu Kopf, wo er eine leichte Benommenheit hervorrief.

Dann kam sie auf ihn zu und lächelte. „Buongiorno!" Sie war groß, schlank und feingliedrig, und im Sonnenlicht leuchtete ihr langes Haar in einem warmen Goldton. Valerios Gedanken kreisten, er erinnerte sich an den Moment, als er mit Gianni draußen gestanden und zur Fielding-Villa hinübergesehen hatte.

„Warum haben Sie sich versteckt?" Seine Begrüßung klang schroffer als zunächst beabsichtigt. „Ich habe doch gesehen, dass Sie von meinem Grundstück Reißaus genommen haben!" Ihr von vornherein eine böse Absicht zu unterstellen, war vielleicht nicht nötig. Doch hatte er jedes Recht, zu erfahren, was sie auf seinem Grund und Boden trieb und warum sie bei seiner Ankunft in die Büsche geflohen war, als hätte sie etwas verbrochen.

Ihr Lächeln gefror. „Interessant, dass Sie annehmen, ich hätte irgendeinen Grund, mich vor Ihnen zu verstecken. Warum sollte ich das tun?" Ihr Italienisch war perfekt, ihre Stimme klang nüchtern, und doch meinte Valerio, einen gewissen Unterton darin zu vernehmen. Die Fremde stand mit erhobenem Kinn vor ihm, sah ihn geradeheraus an und erweckte den Eindruck, als könne kein Wässerchen sie trüben.

„Sie sagten etwas von Cappuccino", sagte sie und versuchte sich an einem neuen Lächeln. „Da wäre ich nicht abgeneigt." Irisierende Sprenkel betonten das Grün ihrer Augen. Für einen Moment fühlte Valerio sich wie hypnotisiert; ein ungewolltes Seufzen kam ihm über die Lippen, bevor er sich zusammenriss und zurück in die absurde Situation fand.

„Sie sind ganz schön dreist", schnaubte er, „aber gut, wenn's sein muss!" Dass er sie tatsächlich hereinbat, wunderte ihn sehr und es kam ihm fast vor, als würde er sein Tun von einer Position außerhalb seines Körpers beobachten – und verurteilen. Dass die Frau sich an ihm vorbeischlängelte und den Flur betrat, als würde sie hier regelmäßig ein- und ausgehen, überraschte ihn hingegen kaum. Sie war gerade im Inneren des Hauses angekommen, da ließ sie ihren Blick schon umherschweifen. Kritisch beäugte sie die alten Bilderrahmen, die noch von seinen Eltern stammten und größtenteils vergilbte Aufnahmen seiner Familie zeigten, bevor sie, mit einem fragenden Blick über ihre Schulter, auf den er nicht reagierte, die Küche betrat. „Wohnen Sie schon lange hier?"

Valerio presste die Lippen aufeinander. Es war nichts Neues für ihn, dass weiblicher Besuch sich mit Komplimenten zurückhielt, wenn es darum ging, seine Art zu wohnen zu bewerten.

„Ich bin hier aufgewachsen", entgegnete er widerwillig.

Die Fremde nickte, zog einen Stuhl unter seinem Küchentisch hervor und machte Anstalten, sich zu setzen.

„Signora." Valerio schüttelte ungläubig seinen Kopf. „Ich bin in Eile."

„In Ordnung", unterbrach die Fremde ihn, und Valerio atmete auf. Endlich würde sie verschwinden und er könnte zurück in Alfonsos Hain fahren, um seine Arbeit zu erledigen. „Ich bin auf meinem Spaziergang hier vorbeigekommen. Ich wohne ein Stück die Straße hinunter, das heißt, eigentlich wohne ich nicht hier. Nicht dauerhaft. Vielmehr ist es so, dass ich ... Urlaub mache. Der Weg hier hoch führt unweigerlich an Ihrem Haus vorbei."

Valerio legte den Kopf schief und gab ein brummelndes Geräusch von sich, als wäre die Angelegenheit für ihn erledigt, wandte sich dann aber doch noch mal der Fremden zu. „Kein Grund, ins Gebüsch zu springen!"

Die Frau klimperte ein paarmal mit den Wimpern, bevor sie die Hände in die Luft warf. „Also gut. Ich war neugierig, habe mich umgeschaut und war zu der Überzeugung gekommen, dass in diesem ...", sie blickte nach rechts und links, „in diesem Haus niemand lebt. Ich war dabei, meinen Weg fortzusetzen. Aber dann sah ich eine Katze im Gras sitzen, gleich neben der Auffahrt."

Valerio nickte. „Dicke Katze. Das ist meine."

Ihre Augen weiteten sich, ein Ausdruck von Ungläubigkeit legte sich auf ihre Züge und an ihren Mundwinkeln zupfte ein Lächeln. „Das ist nicht ihr richtiger Name, nehme ich an."

„Doch, doch", gab er zurück und zuckte mit den Schultern. Sie war nicht die Erste, die sich über den Namen seiner Katze wunderte. Dabei hatte die Namensgebung nichts mit irgendeiner Art von Abneigung oder Gleichgültigkeit zu tun. Dicke Katze war dick. Das entsprach einer Tatsache. Valerio liebte sie abgöttisch, schätzte ihre stille Begleitung und empfand es als äußerst beruhigend, wenn sie ihn aus ihren großen bernsteinfarbenen Augen ansah.

„Das ist schon ein bisschen ... primitiv", meldete sich die Fremde zu Wort.

„Und hat Sie nicht im Geringsten zu interessieren!", vervollständigte Valerio, raffte seinen Rucksack und wies die Frau wortlos an, die Küche, sein Haus, am besten sein Leben zu verlassen. Worauf sie nicht reagierte.

„Als ich Ihren Traktor hörte, war mein erster Reflex, das Weite zu suchen."

„Weil es Ihnen peinlich war, hier ungefragt herumzuspionieren?" Valerio verschränkte die Arme vor der Brust.

„Nun, spionieren würde ich es nicht nennen. Aber ja, es war mir unangenehm. Und es tut mir aufrichtig leid." Sie stand auf und kam einen Schritt auf ihn zu, streckte ihm ihre Hand entgegen. „Ich heiße Eliza! Verraten Sie mir Ihren Namen?"

Er sah auf ihre Hand herab, überlegte, ob er sie ergreifen sollte und welche Konsequenzen sich aus ihrer Bekanntschaft ergaben. Die Aussicht, ihr in nächster Zeit möglicherweise öfter zu begegnen, wenn sie sich erst mal wie gute Nachbarn miteinander verständigten, widersprach seinem Drang nach Einsamkeit und Zurückgezogenheit. Doch bevor er eine bewusste Entscheidung treffen konnte, war ihm die Antwort schon aus dem Mund gepurzelt. „Valerio", murmelte er und verfolgte mit seinem Blick, wie sich ihre Finger um seine legten und überzeugt zudrückten. Ihre Haut fühlte sich weich und zart an, an harte Arbeit schien sie nicht gewöhnt. „Sie wohnen in der Fielding-Villa, richtig? Ich sah Sie heute Morgen im Garten."

Jetzt war es an ihr, ihn anzustarren. Ein Ausdruck der Erkenntnis huschte über ihr Gesicht, als erinnerte sie sich an etwas, das die Situation aufklärte und entschärfte. Ein sonores Lachen kam über ihre Lippen, wenn auch unterdrückt. „Ich dachte zwar zunächst an ... eine christliche Erscheinung, doch ja, auch ich habe Sie bemerkt, Valerio. Sie standen ganz still am Rande dieser Vertiefung und blickten in meine Richtung."

Die Art, wie sie ihn bei seinem Namen nannte, jagte ihm einen Schauer über seine Wirbelsäule. Die Tatsache, dass sie ihn ebenso beobachtet hatte, wie er sie, tat sein Übriges. Valerio spürte, wie seine Handinnenflächen heiß wurden und sein Puls sich beschleunigte. Er glaubte, zwischen ihren Worten etwas herauszuhören. Etwas, das er nicht einzuordnen wusste. Es war vielleicht dieser amüsierte Unterton, gewürzt mit einer Prise offener Herausforderung, der sein Innerstes in einen mittelschweren Aufruhr versetzte. Dem musste er entgegentreten. Er verspürte weder die Motivation, noch hatte er die Zeit, diese *Begegnung* zu intensivieren.

Valerio räusperte sich und sah auf seine Armbanduhr. „Es wird Zeit, ich muss wirklich los!"

„Also kein Cappuccino?"

Er sah sie an, kämpfte erfolglos dagegen an, dass sich
ein Lächeln auf seinem Gesicht ausbreitete. „Sie werden nicht locker lassen, hab ich recht?"

Sie grinste. „Sehen wir darin einfach ein gegenseitiges
Friedensangebot."

„Ich wusste gar nicht, dass wir uns im Clinch befinden!"

„Nun, unser erstes Aufeinandertreffen könnte man
schon als außergewöhnlich bezeichnen, finden Sie
nicht?" Er antwortete nicht, drehte sich stattdessen
zum Herd und hatte in wenigen Minuten einen perfekten Cappuccino zubereitet. Unwillkürlich kam ihm das
Gespräch mit seinem Bruder in den Sinn, doch er bemühte sich, die dunklen Wolken zu vertreiben.

„Wohin müssen Sie eigentlich? Dahin zurück, von wo
Sie gekommen sind?", fragte sie ihn, als er ihr die dampfende Tasse reichte. Ihr neugieriger Blick, der über sein
Äußeres schweifte und wahrscheinlich seinen Klei-
dungsstil prüfte, entging ihm nicht. Diese Frau sah sich
nicht einfach nur um. Sie inspizierte. Eine Eigenart, mit
der Valerio sich nicht sonderlich wohlfühlte. Und doch
war etwas an ihr, das ihn festhielt, ihn faszinierte. Sie
war bildschön, das ließ sich nicht leugnen, aber von reinen Äußerlichkeiten ließ sich Valerio schon lang nicht
mehr beeindrucken. Um die Wahrheit zu sagen, hatte
er dies noch nie für erstrebenswert gehalten.

„Ich arbeite im Olivenhain", antwortete er knapp,
während er dabei zusah, wie ihre Lippen sich um den
Rand der Tasse schlossen und bereits nach dem ersten

Schluck ein Schaumbärtchen unterhalb ihrer Nase klebte.

„Dürfte ich Sie ein Stück begleiten? Die Gegend ein bisschen kennenzulernen, kann ja nicht schaden, und sicher können Sie mir ein paar schöne Fleckchen zeigen, während wir in den Olivenhain fahren." Sie verdrehte kurz die Augen. „Das soll natürlich nicht heißen, dass ich mich alleine nicht zurechtfinden würde!"

Valerio lachte leise. Dass sie hilflos umherirrte, war ein Bild, das er sich beim besten Willen nicht vorstellen konnte. Diese Frau war definitiv fähig, sich auf eigene Faust durchzuschlagen. Zumindest war sie nicht auf den Mund gefallen. Er überlegte, ob er sich auf ihren Vorschlag einlassen sollte, und verfolgte die Bewegung ihrer Zunge, die über ihre Lippen fuhr und den Schaum für sich vereinnahmte. „Ist das Teil des Friedensangebotes?"

„Unbedingt!" Sie nickte und in ihre Augen trat ein Glanz, der Valerio einen irritierten Moment bescherte, sich aber ohne Weiteres in die skurrile Situation einfügte, in der er steckte. Es wäre so simpel gewesen, sie seines Grundstücks zu verweisen, spätestens nach ihrer windigen Erklärung. Stattdessen saß sie in seiner Küche, trank Kaffee und ... sah bezaubernd aus. Sie war attraktiv und ihre offene Art beunruhigte und gefiel ihm gleichermaßen. Wenn er darauf achtete, sie nicht näher als nötig an ihn herankommen zu lassen, lief er wahrscheinlich nicht Gefahr, in etwas hineinzugeraten, das er später bereute. Ganz davon abgesehen, stand ihm der Kopf nach allem anderen als einem Flirt mit einer Touristin. Höflichkeit war jedoch das Mindeste, was er ihr entgegenzubringen bereit sein sollte.

„Einverstanden. Aber ich werde Sie nicht nach Hause fahren."

Sie gab ihm die leere Tasse zurück und stand auf. „Sì, non c´è problema. Ich wollte mir sowieso noch ein wenig die Füße vertreten. Den Rückweg finde ich garantiert."

Sie schlenderten zur Auffahrt, auf der Valerio den Kleinlader geparkt hatte. Eliza ging voraus, sodass Valerio nicht umhinkam, ihre Rückansicht in Augenschein zu nehmen. Ihr weicher Hüftschwung beanspruchte seine Aufmerksamkeit mehr, als er sollte.

„Sehen Sie, sehen Sie!"

Valerio schaute in die Richtung, in die sie deutete und entdeckte Dicke Katze, die mit halbgeschlossenen Augen das Geschehen an sich vorüberziehen ließ; von *verfolgen* konnte beim besten Willen nicht die Rede sein.

„Ich sagte doch, dass ich eine Katze im Gebüsch entdeckt hatte!"

„Ich nahm auch nicht an, dass sie mich diesbezüglich angelogen haben." Valerio verzichtete darauf, nochmals aufzurollen, was ihn an ihrem Verhalten stutzig gemacht hatte. Er ging in die Knie und lockte Dicke Katze mit einem leisen Pfeifton, auf den sie zwar ansprach, der sie aber nicht aus der Ruhe zu bringen vermochte. Gemächlich kam sie auf die Beine und reckte sich ausgiebig, bevor sie sich sehr langsam in Bewegung setzte.

Eliza neben ihm gluckste. „Wenn sie so durch das hohe Gras streunt und die Halme sich biegen, als würde eine Horde Elefanten den Urwald durchschreiten, könnte man fast meinen –", ihr blieb der Mund offen stehen, als Dicke Katze aus dem Grün hervortrat und sich an Valerios Beine schmiegte. „Mein Gott, sie ist wirklich fett!"

„Und Sie sehr direkt." Als müsste er Dicke Katze vor weiteren Beleidigungen schützen, schenkte er ihr eine extra Portion Aufmerksamkeit und kraulte sie, bis sie laut schnurrend von dannen trottete.

Eliza schüttelte den Kopf. „Sie müssen ihr dringend ein Fresschen abziehen! Sie tun ihr nichts Gutes, wenn Sie sie überfüttern – auch wenn ich absolut verstehen kann, dass –"

Valerio starrte die Fremde an. „Bevor Sie mir weitere Vorschriften machen, schlage ich vor, Sie steigen auf den Traktor und wir fahren los. Die Chancen, dass ich es mir anders überlege, stehen zurzeit nicht schlecht!"

Er meinte es ernst. Auf Besserwisser und Miesepeter reagierte er allergisch. Es reichte, wenn Gianni diese Masche abzog – und der war sein Bruder, genoss also ein gewisses Sonderrecht.

Elizas Mund klappte zu. Sie erwiderte nichts, was ihn in der Tat ein bisschen wunderte. Stattdessen holte sie Schwung und war mit einem Satz oben auf dem Traktor, den Blick stur geradeaus gerichtet.

Das konnte ja heiter werden!

Während der ersten Minuten, die sie die Schotterstraße entlangtuckerten, vorbei an Eichen und Kastanien, die diesen Weg schon gesäumt hatten, lange bevor Valerio und Gianni zwischen ihnen Fangen spielten, schwiegen sie. Doch sosehr Valerio die Stille genoss und sich damit begnügte, dem Gezwitscher der Vögel zu lauschen und den Wind auf seiner Haut zu spüren, so unwohl schien Eliza sich zu fühlen, wie sie neben ihm hockte und den Eindruck erweckte, als verbiete sie sich den Mund.

„Ist alles in Ordnung?", erkundigte sich Valerio, gleich bevor er sich selbst fragte, aus welchem Grund ihn ihr Befinden kümmerte. Er hatte doch vor, auf Abstand zu bleiben. Gerade wollte sie zu sprechen beginnen, ein Ausdruck ungeheurer Erleichterung auf ihrem Gesicht, da begann sein Handy zu läuten. Die Melodie dudelte bereits mehrere Sekunden in den Untiefen seines Rucksacks, bevor Eliza ihn von der Seite musterte. „Wollen Sie nicht rangehen?"

„Eigentlich nicht, nein." Er ignorierte den Klingelton ebenso wie ihren verwunderten Blick und nahm Kurs auf die nächste Ausfahrt, die schon bald in Alfonsos Olivenhain münden würde.

„Aber es könnte wichtig sein." Sie zeigte auf den im Fußraum liegenden Rucksack und zog ihn zu sich auf den Schoß, nestelte an den Reißverschlüssen.

Valerio stieß geräuschvoll seinen Atem aus. „Haben Sie schon mal etwas von Privatsphäre gehört?"

Sie fischte sein Smartphone hervor, ohne auf seine Frage einzugehen, starrte das Telefon an und lauschte dem Lied, das als Klingelzeichen eingespeichert war. „ZZ Top? *Sharp dressed man*?" Die Klangfarbe ihrer Stimme entsprach einer Mischung aus Belustigung und Ungläubigkeit, bevor ihr Tonfall wieder ernster wurde. „Ein super Song. Er läuft ziemlich oft während der Feierlichkeiten, die ich berufsbedingt besuche. Ich plane Hochzeiten, wissen Sie? In London. Waren Sie schon einmal dort?"

Valerio riss ihr das Handy aus der Hand und spürte, wie seine Wangen erröteten. Dio mio, was war nur los mit ihm? Nie zuvor war ihm ein Klingelton so peinlich gewesen wie in diesem Moment, als die Fremde neben ihm offensichtlich versuchte, den abgespielten Song in direkte Verbindung mit ihm oder seinen Verhaltensweisen zu setzen. Zugegeben, auch ihm würde das schwerfallen. Mal davon abgesehen: Es hatte niemals in seiner Absicht gelegen, dass irgendwer ihn, Valerio Rossini, in Relation zu einem Lied sah, das von einem Kerl erzählte, der so sexy war, dass ihm die Frauen in Scharen hinterherrannten. Immerhin hatte Eliza im letzten Moment noch die Kurve gekriegt und war auf ihren Job zu sprechen gekommen. Das Gefühl, dass sie nur darauf wartete, ihm mehr aus seinem Leben zu erzählen und ihre Bekanntschaft zu vertiefen, ließ ihn nicht los. Doch zunächst zeigte sie auf sein immer noch klingelndes Handy.

„Auch das noch!", brummte er, als den Namen des Anrufers auf dem Display las. Den Blick auf Eliza gerichtet, lehnte Valerio das Telefonat mit einem Klick ab und ließ das Handy in seiner Hosentasche verschwinden. Erst dann konzentrierte er sich wieder voll und ganz auf die vor ihnen liegende Straße. Es dauerte nicht mehr als eine halbe Minute, da meldete sich Eliza wieder zu Wort.

„Es gibt Menschen, die es als unhöflich empfinden, wenn man sie einfach wegklickt."

„Das bekommt doch keiner mit."

Sie echauffierte sich. „Natürlich merkt der Anrufer, dass er unerwünscht ist. Das Freizeichen geht in das Besetzt-Zeichen über, da weiß man umgehend Bescheid!"

Valerio zog eine Augenbraue hoch und verzog den Mund. Sie war offensichtlich jemand, der oft mit Menschen übers Telefon kommunizierte. „Für Anrufe hab ich jetzt keine Zeit", sagte er und nickte zur Bestätigung. „Wir sind übrigens angekommen. Hier arbeite ich."

Sie hatte gerade Luft geholt, wahrscheinlich, um ihn über die Notwendigkeit von Nonstop-Erreichbarkeit zu unterrichten, doch hielt sie unverzüglich inne, als sie den Kopf nach vorn drehte und sich der Olivenhain vor ihr ausbreitete wie ein Teppich, der hier und da sanfte Falten schlug. Valerio hielt an, um den Blick in die Weite zu genießen. Er liebte dieses Stück Land, das für ihn mit einem Teil seiner Kindheit und Jugend verbunden war, einer Zeit, in der Unbeschwertheit und unbändige Freude Platz für Erinnerungen geschaffen hatten, von denen er sein Leben lang zehren würde. Sofort sah er Gianni und sich als Zehn- und Vierzehnjährige zwischen den knorrigen Bäumen herumlaufen, ihr Lachen und Rufen durch die flirrende Sommerluft klingend. Unwillkürlich musste er lächeln.

„Womit beschäftigen Sie sich zurzeit?", wollte Eliza wissen. „Ich kenne mich mit der Pflege von Olivenbäumen nicht aus. Die Aufgaben variieren doch sicherlich, je nachdem, welche Jahreszeit angebrochen ist, nicht wahr?"

Valerio nickte eifrig. Ihr Interesse an seiner Arbeit ließ sie in seinem Ansehen ein Stück aufsteigen. „Der Bauer und ich sind etwas später dran als gewöhnlich, weil es so lange nass und auch kühler war. Im Februar und März war ich mit Aufräumarbeiten beschäftigt. Ich entferne nutzlose, beschädigte und überwucherte

Äste und dünne das Blätterdach aus. Das ist wichtig, damit die Früchte später genug Platz haben und ungehindert in der Sonne reifen können."

Sie folgte seinen Handbewegungen, die anzeigten, wie er bei seiner Tätigkeit vorging. „Das ist interessant und auch ... schön", sagte sie in einem Tonfall, der von einer gewissen Ehrfurcht zeugte, ihre Stimme leise, der Blick offen. „Aber mir kommt es ein wenig abgelegen und sehr ruhig vor. Plagt Sie denn niemals die Langeweile?"

Valerio seufzte. Er konnte nicht nachvollziehen, warum sich manche Leute nicht einfach eines Anblicks oder einer Beschäftigung erfreuen konnten, ohne im Anschluss nach dem Haar in der Suppe zu fahnden. Die Arbeit im Hain empfand er als eine Art Meditation, als geschenkte Zeit, in der er völlig abschaltete und seine Gedanken auf eine unbestimmte, ziellose Reise schickte.

„Sie kommen hierher, um Urlaub zu machen, und wundern sich über die Stille, die so typisch für diese Region ist, wie das Sandkorn am Strand?" Sie entsprach definitiv seiner Vorstellung einer Großstadtpflanze, die nur dann überlebte, wenn es den ganzen Tag zuging wie auf dem Rummel. Ganz und gar nicht sein Fall. Und trotzdem ...

Mit jedem Ruckeln des Kleinladers streifte ihr Bein das seine, tippte seine Schulter an ihre. Die zufälligen Berührungen sendeten Schauer über seinen Rücken und bewirkten, dass sich die feinen Härchen auf seinen Armen aufstellten. Er konnte es sich nicht erklären, er *wollte* es sich nicht erklären – und doch befeuerte Elizas bloße Anwesenheit seine Fantasie in einem Maß, das ihm beinahe schwindelig wurde. Er blies sich eine Strähne aus dem Gesicht und nahm die Stelle ins Visier, an der er vorhin seine Pause hatte einlegen wollen. „Ich muss dringend etwas essen", stieß er aus, als der Traktor stillstand und er abstieg. „Ein Stück höher gibt es einen Baumstamm, auf den wir uns setzen können." Er beäugte ihre feine Garderobe, die völlig ungeeignet für einen Aufenthalt im Hain war, und räusperte sich. „Ihre Hose könnte etwas abbekommen. Die Rinde des Baumes ist feucht und moosig."

Sie sah an sich herunter, strich über ihre Oberschenkel, als wollte sie schon jetzt kontrollieren, ob ihre Kleidung durch die Fahrt auf dem verdreckten Kleinlader Flecken davongetragen hatte. „Ach, das ist unwichtig. Außerdem könnten Sie mir Ihren Rucksack als Unterlage borgen."

Natürlich! Valerio grinste, nachdem er ihr den Vortritt gelassen hatte und sie gemeinsam die kleine Anhöhe hinaufkletterten. Sie waren noch nicht oben angekommen, da meldete sich erneut Valerios Telefon. „Ich bin gleich bei Ihnen", rief er Eliza hinterher, während sie den umgestürzten Baum anpeilte und er sich ein paar Meter abseits bewegte, um ungestört telefonieren zu können. Gianni würde es ihm übelnehmen, wenn er ihm ein zweites Mal das Gespräch verweigerte. Sich gegen eine weitere Schreckensnachricht wappnend – mit einer positiven Veränderung der Situation war kaum zu rechnen – hielt er sich das Handy fest ans Ohr und würgte Billy Gibbons und Dusty Hill mitten im Refrain ab.

„Gianni! Ich bin im Hain. Gibt es etwas Wichtiges?"

„Dies ist nicht mein erster Anruf, Val. In Anbetracht der Lage wäre es angebracht –"

„Ich hab das Klingeln überhört!"

„Die lahme Ausrede kannst du jemandem wie Alfonso präsentieren, aber nicht mir." Eliza hatte also recht behalten mit ihrem Hinweis. Für die Zukunft sollte Valerio ihren Rat bedenken.

„Jaja, nur die Ruhe! Es passte vorhin wirklich nicht."

Gianni schnaubte wie ein Stier beim Anblick eines roten Tuches, ein sicheres Zeichen dafür, dass sein Blut zu kochen begann. „Billie Costrado hat sich gemeldet."

„Etwa bei dir persönlich?"

„Nein, bei den Behörden in Montabello. Er hat ihnen mitgeteilt, dass er sich das Grundstück schon bald ansehen möchte und ..." Giannis Stimme brach, nur sein angestrengtes Atmen war durch das Telefon zu hören.

„Was und?" Valerio war im Hang stehengeblieben, stützte sich auf einem Oberschenkel ab und starrte ins Nichts.

„Costrado will das Haus nicht für sich selbst", antwortete Gianni und gab ein gekünsteltes Husten von sich.

Valerio entließ seinen angehaltenen Atem, während er sich aufrichtete. „Aber das sind doch gute Nachrichten! Ich kann es nicht fassen, dass alles doch noch glimpflich ausgehen wird. Wahnsinn! Das müssen wir feiern!"

„Val!", rief sein Bruder ins Telefon, seine Stimme schrill und höchst alarmierend. „Val, das ist nicht alles!"

„Was meinst du damit?"

„Er wird das Haus ... er wird es abreißen! Mit allem, was dazu gehört. Das Hauptgebäude, alle Anbauten, die

Auffahrt, das Schmetterlingshaus. Alles soll dem Erdboden gleichgemacht werden."

Valerio schwankte, suchte nach etwas, das ihm Halt versprach, griff aber ins Leere und torkelte ein Stück den Hang hinunter. „Ich verstehe nicht", keuchte er. „Wozu soll das gut sein?"

Gianni seufzte. „Dort, wo das Haus steht, will er eine Ferienanlage bauen lassen. Etwas für die Touristen, die außerhalb der Stadt wohnen möchten. Abgeschieden, inmitten der Natur, doch ausgestattet mit sämtlichem Komfort."

Valerios Herz machte einen vorsichtigen Hüpfer. „Das wird man ihm niemals genehmigen. So ein Neubau passt schließlich überhaupt nicht ins Bild!"

„Die Fielding-Villa als direktes Nachbargebäude passt sogar ganz hervorragend, versicherte man mir."

Mit einem Rums ließ Valerio sich in das feuchte Gras fallen, zog die Knie an und ließ seinen Oberkörper darauf sinken. Alles in seinem Kopf drehte sich, sogar das Schwarz hinter seinen geschlossenen Augenlidern schlug Wellen. „Das kann nicht wahr sein!"

„Hast du Zeit vorbeizukommen, Val? Wir sollten über alles sprechen, nachhorchen, wie viel Zeit dir bleibt, um das Haus zu räumen. Es klang, als verfolge Costrado einen straffen Ablaufplan und -"

„Das Haus räumen? Ich denke nicht im Traum daran!"

„Dir wird nichts anderes übrigbleiben, Bruder. Wir hatten das Thema doch heute früh schon."

Valerio verspürte große Lust, einfach aufzulegen. Mit einem Satz war er zurück auf seinen Füßen, das

Schwindelgefühl war einem Beben gewichen, das seinen ganzen Körper erfasste. „Ich mache da nicht mit, Gianni. Ich lasse nicht zu, dass irgendein dahergelaufener Amerikaner mit seinem irrwitzigen Vorhaben alles zerstört, das unsere Großeltern und Eltern sich aufgebaut haben. Dass er mir nimmt, woran mein Herz hängt."

Seine Schläfen pochten, blanke Wut raste durch seine Adern, seine Hände zitterten.

Gianni hingegen erweckte den Eindruck völliger Resignation. Jetzt, wo er die Bombe hatte platzen lassen, schien sämtliche Angespanntheit, die Valerio vor wenigen Sekunden noch wahrgenommen hatte, von ihm abgefallen.

„Lass uns zusammensetzen, Val! Lass uns wie erwachsene Menschen darüber reden!"

„Wann hast du deinen Kampfesgeist begraben, Gianni? Wohin hat sich deine Leidenschaft, dein Feuer verabschiedet?"

Ein paar Sekunden verstrichen, ehe sein Bruder antwortete: „Es ist mir nicht egal, falls du das meinst. Das war es nie! Was uns unterscheidet, ist, dass ich weiß, wann es vorbei, wann der Punkt erreicht ist, an dem sich Widerstand nicht mehr lohnt und der einzige Sinn darin besteht, sich der Realität zu stellen. Auch wenn sie bitter ist."

Ohne noch ein Wort zu sagen, beendete Valerio das Gespräch.

„Was ist? Machen Sie schlapp?" Eliza stand auf dem Hügel und winkte ihm lachend zu. Auf eine Unterhaltung mit ihr hatte er keine Lust, jetzt noch weniger als zuvor. Am liebsten würde er die letzte Stunde zurückdrehen, bis zu jenem Zeitpunkt, an dem er ihr begegnet war, an dem sie auf seinem Grundstück herumgeschnüffelt hatte. Wieso war er nicht ein paar Minuten später nach Hause aufgebrochen, um sich seine Mittagsmahlzeit zu besorgen? Dann wäre sie vermutlich schon weitergezogen und sie wären sich nie über den Weg gelaufen. Valerio war bewusst, dass er Eliza in diesem Fall wahrscheinlich später getroffen hätte. Immerhin wohnte sie im Nachbarhaus. Da blieb es nicht aus, dass man sich irgendwann kennenlernte. Aber warum gerade heute? Und wieso machte er sich mehr Gedanken über sie als über sein aktuellstes Problem, dessen Lösung um ein Vielfaches wichtiger war?

„Bin unterwegs!", rief er halbherzig den Hügel hinauf.

Er stapfte die Anhöhe hoch und kam deutlich außer Atem bei Eliza an. Sie streckte die Hand aus, nahm seinen Rucksack an sich, holte Frischhaltedose und Thermosflasche hervor und breitete die Tasche dann so auf dem Baumstamm aus, dass sie ihr Hinterteil passend platzieren konnte. Dann sah sie ihn an, ein schelmisches Funkeln in ihren Augen.

„Von jemandem wie Ihnen hätte ich eine bessere Kondition erwartet. Sie sind ja völlig aus der Puste!"

Valerio überlegte einen Moment, ob er ihr etwas entgegnen sollte. Ob er klarstellen wollte, dass sein Keuchen nichts mit fehlender Grundfitness zu tun hatte, sondern vielmehr den sich überschlagenden Ereignissen geschuldet war, die ohne Unterlass auf ihn einwirkten. Eine bleierne Müdigkeit behinderte sein Tun, ließ seine Knochen schmerzen und jagte ihm einen qualvollen Stich nach dem anderen durch seine Eingeweide. Es wäre zwecklos, Eliza Konter zu bieten. Sie hatte nicht die geringste Ahnung von den Schwierigkeiten, in denen er steckte.

„Ist das Kaffee?", fragte sie, als er sich neben sie gesetzt hatte und die Thermosflasche öffnete.

„Tee."

Sie schüttelte sich. „Den bekomme ich nur runter, wenn ich krank bin."

„Sagt die Frau, deren Heimat der Teekultur huldigt", knurrte Valerio und biss in sein Käse-Panino.

„Dass dort jeder literweise Tee in sich schüttet, ist ein Ammenmärchen, wage ich zu behaupten."

„Schön für Sie." Er ließ seinen Blick schweifen, versuchte, seine Gedanken zu ordnen, nahm aber aus dem Augenwinkel wahr, dass Eliza ihre Stirn in Falten legte. Sie hatte sich ein Stück vorgebeugt, damit sie ihn besser anschauen konnte. „Ich weiß, ich rede manchmal zu viel, aber wissen Sie, in meinem Beruf ist Kommunikation unabdingbar ... und ich vergesse manchmal, dass es nicht jeder meiner Gesprächspartner schätzt, wenn es gleich so persönlich hergeht. Ich wollte Sie nicht überrumpeln!" Sie sah ihn eindringlich an, ein Ausdruck von Ehrlichkeit in ihre grünen Augen, der die Bedeutung ihrer Worte unterstrich.

Er glaubte ihr. Das tat er wirklich. Und doch könnte der Zeitpunkt nicht unpassender sein, um neue Bekanntschaften zu schließen.

„Ich muss jetzt arbeiten. Wollten Sie nicht einen Spaziergang machen?"

Er stand auf, wartete darauf, dass sie sich ebenfalls erhob, und hoffte inständig, sie verstand seine Anspielung – die unmissverständlich war.

„Natürlich!" Sie kam auf die Beine und reichte ihm seinen Rucksack. „Ich hatte nicht vor, Ihnen im Weg zu stehen."

Kapitel 5

Eliza

Eliza streckte sich auf ihrer XXL-Sonnenliege aus und legte das Buch beiseite. Sie hatte es in einem der antiken offenen Holzschränke gefunden, die im Wohnzimmer standen und versucht, darin einzutauchen. Die Story war nicht schlecht, und trotzdem fühlte sich Eliza nur unzureichend von ihr gefesselt, sodass ihre Gedanken immer wieder abschweiften und sie die letzten zwei Seiten bereits mehrfach gelesen hatte, weil sie ständig den roten Faden verlor.

Ihr Handy summte. Endlich antwortete Beth ihr auf die Nachricht, die sie ihr vor mehr als zwanzig Minuten gesendet hatte und in der sie sich über das Gefühl einer sich steigernden inneren Leere beschwerte.

Das ist keine innere Leere, Sweetheart! Das ist eine gesunde Form von Langeweile. Wichtig zur Entspannung und völlig normal, wenn man einem stressigen Leben, wie du es führst, einfach mal den Rücken kehrt.

Genau das wollte sie nicht hören!

Schließ doch mal deine Augen und versuche, alles los-
zulassen, das mit deiner Arbeit zu tun hat. Ich bin mir
sicher, du wirst dich eingrooven.

Dass Chloe sich gemeldet und ihr aufgetragen hatte, sich um den Geburtstag ihrer Mutter zu kümmern, hatte sie Beth noch nicht erzählt. Sie würde eins und eins zusammenzählen und sofort ahnen, dass Eliza dies als Ausrede nutzen würde, um ihren Urlaub abzubrechen. Eine Diskussion würde sicher in einem Disput enden, weswegen die Überlegung, Beth womöglich über keinen ihrer Schritte, die in diese Richtung gehen könnten, zu informieren, immer mehr zu einer Entscheidung avancierte.

Ich gebe mein Bestes!

Das war nicht mal gelogen, fand Eliza und schickte ihre Antwort ab.

Ihr Blick wanderte an den Pinien vorbei und über die Senke hinweg. Drei Tage waren seit dem Aufeinandertreffen mit ihrem Nachbarn vergangen. Drei Tage, während derer sie immer wieder an ihn hatte denken müssen und sich gefragt hatte, was er gerade tat und wo er sich aufhielt. Als sie in den Büschen gehockt und ihn zwischen frisch ergrünten Zweigen entdeckt hatte, wie er auf ihr Versteck zugekommen war, hatte sie den Atem angehalten. Nicht nur, weil ihr sein plötzliches Auftauchen verbunden mit ihrer Anwesenheit auf seinem Grundstück unsagbar peinlich gewesen war. Ihre Nervosität war ebenso dem Anblick geschuldet, den er ihr bot. Seine dunklen Augen hatten in ihre Richtung gestarrt, die Tiefe, die sich darin spiegelte, hatte sie sogleich berührt, sodass sie ihn am liebsten gefragt hätte, was ihm so schwer auf der Seele lag. Ihr war gewesen, als trübten Sorgen seinen Blick. Auf unerklärliche Weise hatte sie eine Verbundenheit zwischen ihnen gespürt und war allein deshalb seiner zweifelsfrei nicht ernst gemeinten Aussage, er könne lediglich Cappuccino anbieten, nachgekommen.

Eliza strich sich die Haare aus der Stirn und nippte an ihrem Wasserglas, in dem Eiswürfel fröhlich aneinanderklirrten. Die Temperaturen waren gestiegen, die Sonne schien stundenlang, und am azurblauen Himmel zogen nur vereinzelt Wolken vorüber, die keinerlei Niederschlag ankündigten. Der toskanische Frühling hatte mit voller Kraft Einzug gehalten. Eliza hatte erst gestern in einem Reiseführer geblättert, der bei ihrer Ankunft neben einer Flasche *Chianti classico* für sie bereitgelegen hatte. Die für die Region typische Vegetation, immergrün und sowohl von Büschen, Felsheiden und niedrigen Wäldern durchsetzt, lud zum Träumen ein und ließ das Herz eines jeden Naturliebhabers höherschlagen. Soweit das Auge sah, erstreckte sich ein riesiges Blütenmeer aus Mimosen, Rosmarin, wilden Osterglocken und Orchideen. Der Duft von Salbei, Wacholder, Pistazie und Lorbeer lag in der Luft und vermischte sich zu einem aromatischen Bouquet für die Sinne. Mandelbäume blühten in zartrosa, verströmten einen sanften Geruch, und schon bald würden die Kirschbäume nachziehen.

In der Tat lief man Gefahr, sich Hals über Kopf in die Toskana zu verlieben. Aber bei all der Schönheit, die

die Gegend zu bieten hatte, empfand Eliza die ungewohnte Stille, das „süße Nichtstun", wie es gemeinhin genannt wurde, als eher ... lästig. Gestern schon hatte sie sich telefonisch bei den Whites aus Knightsbridge erkundigt, ob sie mit den Bemühungen der Vertretung zufrieden waren, die Eliza vor ihrer Abreise für sie organisiert hatte. Sie mochte Harold und Betsy White einfach zu sehr, hatte sie gleich in ihr Herz geschlossen, als sie vor gut sechs Monaten an sie herangetreten waren, um von ihr ihre Traumhochzeit im Hyde Park planen zu lassen. Sie hatten sich ein Spiegelkabinett für ihre Gäste gewünscht, und Eliza war dabei gewesen, die notwendigen Genehmigungen einzuholen, als ihr das Malheur auf der Hochzeit von Dorothy und Callum passiert war. Sie errötete heute noch bei dem Gedanken daran, dass sie mit ihrem Zusammenbruch die gesamte festliche Atmosphäre gesprengt hatte. Ein Glück, dass Dorothy und Callum es ihr nicht übelgenommen hatten; dennoch war Eliza bezüglich des Vorfalls untröstlich gewesen und hatte sich mit einem überdimensionalen Blumenstrauß bei der Braut und einem teuren Duft beim Bräutigam entschuldigt.

Bei den Whites waren die Planungen phänomenal angelaufen, es versprach ein rauschendes Fest zu werden und Eliza hatte von Anfang an ihre freudige Erregung bis in die Zehenspitzen gespürt. Organisation lag ihr einfach, nichts machte ihr mehr Spaß, als die Dinge in die Hand zu nehmen, alle Möglichkeiten auszuschöpfen und sich jedes Mal selbst zu übertreffen, wenn sie ein Paar während ihres schönsten Tages begleitete.

Daran konnte doch nichts falsch sein. Und schließlich hatte sie bereits mehrere Tage entspannt – so gut sie eben konnte. Deshalb hatte sie auch nur kurz gezögert, bevor sie sich bei Harold und Betsy White gemeldet hatte. Die beiden waren zwar überrascht gewesen, dass Eliza sie aus dem Urlaub kontaktierte, doch am Ende waren sie froh gewesen, dass ein Gespräch stattgefunden hatte. Natürlich hatte es bei den Genehmigungen Probleme gegeben, aber dank Elizas Beziehungen zu nahezu jeder Behörde in London, durften sich die Whites nun auf ihr besonderes Fest freuen. Dass Betsy Eliza für ihren selbstlosen Einsatz in den Himmel gelobt und ihr zugesichert hatte, sie würde sie vorbehaltlos an jede unverheiratete Frau in ganz England weiterempfehlen, hatte Eliza das Herz gewärmt. Für ein paar Augenblicke war sie sich ein kleines Bisschen weniger ... unnütz vorgekommen.

Sie setzte sich auf, weil sich Valerio erneut in ihr Denken geschlichen hatte und sie meinte, eine Bewegung am hinteren Teil seines Hauses ausgemacht zu haben. Irgendetwas hatte aufgeblitzt oder das Licht der Sonne reflektiert. Eliza schlich durch den Teppich aus Glockenblumen bis an die hintere Begrenzung des Gartens und starrte auf die andere Seite der Senke. Ein bisschen war es wie Fernsehen. Das konnte sie natürlich auch im Wohnzimmer – der passende Flatscreen glitt per Knopfdruck aus dem Boden – doch interessierten Livebilder sie mehr. Insbesondere, wenn ein langhaariger Italiener die Hauptrolle spielte. Sie schob vorsichtig die dicken pinkfarbenen Blüten eines Rhododendrons beiseite und linste angestrengt in Richtung ihres Nachbarn.

„Oh!", entfuhr ihr ein Laut des Erstaunens, während sie noch ein Stück näher an den Zaun rückte und ihren

Kopf so weit vorstreckte, dass ihr Nacken rebellierte. Bis auf eine Hose, die ihm bis zu den Knien reichte, schien Valerio keine Kleidung am Leib zu tragen. Auf einer seiner nackten Schultern balancierte er einen recht sperrigen Gegenstand am Gebäude vorbei. Kurz bevor er aus Elizas Sichtfeld verschwand, verfing sich nochmals das Sonnenlicht darin und entsendete einen Strahl, der bis zu ihr herüberreichte und sie blendete. Sie nahm das als Aufforderung, ihre Siesta, die keine gewesen war, zu beenden, sich etwas überzuziehen und in Erfahrung zu bringen, mit welch offensichtlich schweißtreibender Arbeit Valerio beschäftigt war. Das Buch und die Sonnenliege liefen ihr schließlich nicht davon.

Die Luft summte. Unzählige Insekten schwirrten über die Wiesen, angelockt durch das explosionsartige Pflanzenwachstum der letzten Tage. Die feuchte Erde hatte die Wärme der Sonne schnell gespeichert, sodass der Boden noch nicht ganz trocken, aber viel besser zu begehen war. Auf ihrem Trampelpfad entlang der Senke genoss Eliza die Aussicht über die Schattierungen von Grün, die die hügelige Landschaft kennzeichneten, lauschte auf das melodische Läuten der Kirchenglocken aus Montabello, das mit dem Wind in die Höhe getragen wurde, und beschloss, alsbald das Städtchen zu besuchen, bevor es an der Zeit sein würde, abzureisen.

Als sie auf Valerios Auffahrt ankam, waren ihre Wangen erhitzt und sie fragte sich, ob allein die für einen Frühlingstag so hohen Temperaturen dafür verantwortlich waren.

„Ciao!", hörte sie Valerios tiefe Stimme, noch bevor sie ihn bemerkt hatte. Auf einem Findling, der nahe der Hauswand im Schatten lag, hatte er es sich bequem gemacht und trank aus einer Wasserflasche, an der unaufhörlich Kondensflüssigkeit herablief. Schweiß glitzerte auf seiner Stirn, ebenso auf seiner Brust, die sich schnell hob und senkte, während ihm hastige Atemzüge über die Lippen strichen.

„Hallo", antwortete Eliza und näherte sich ihm. „Sie sehen ganz schön geschafft aus."

Er schüttelte den Kopf und ließ selbigen dann hängen. Eliza biss sich auf die Lippe. Sie hatte sehr wohl bemerkt, dass Valerio mit ihrer Art, die Dinge beim Namen zu nennen und ihrem Interesse an allem, was um sie herum passierte, überfordert war. Es entsprach ihrer Natur, genau zu beobachten, Dinge in Erfahrung zu bringen, Menschen zu lesen – Eliza war überzeugt davon, dass sie auch deswegen in ihrem Job so viel Erfolg hatte. Den attraktiven Italiener damit zu verunsichern oder gar zu vertreiben, hatte niemals in ihrer Absicht gelegen.

Valerio sah auf, als sie vor ihm stehenblieb; ein zaghaftes Lächeln umspielte seine Mundwinkel. „Sie aber auch!"

„Wie bitte?"

„Na, Sie sehen auch sehr geschafft aus", wiederholte er und wies mit dem Kinn in die Richtung der Villa. „Für jemanden wie Sie ist so ein Anstieg ja beinahe mit der Begehung des Mount Everest zu vergleichen."

Eliza grinste. „Also jetzt übertreiben Sie! Eigentlich bin ich relativ fit."

Valerio legte den Kopf schief. Sein Blick schien über sie zu schweifen, hier und da verharrend, nur um dann weiterzuziehen. Dann wandte er sich ab und trank seine Flasche in einem Zug leer.

„Müssen Sie heute nicht in den Hain?", fragte Eliza, um das Gespräch wieder in Gang zu bringen. Das Gefühl, von ihm angesehen, vielleicht sogar begutachtet, zu werden, hatte ein zartes Prickeln auf ihrer Haut hinterlassen und ein Feuer entfacht, das sich über ihr Dekolleté den Hals hinauf bis in ihr Gesicht ausbreitete. Sie musste aussehen wie ein Truthahn.

„Es stehen andere Aufgaben an." Valerio erhob sich und zog den Bund seiner tief sitzenden Jeansshorts wieder über seine Hüften. Ein winziges Rinnsal Schweiß lief vom Hals über seine – nur wenig behaarte – Brust, die leicht definierten Bauchmuskeln und verschwand schließlich im Stoff seiner Hose.

Eliza zwang sich, ihren Blick loszureißen, und lächelte Valerio offen an. „Vielleicht –", setzte sie an, wurde aber jäh von ihm unterbrochen.

„Ich wünsche Ihnen einen schönen Tag, Signora!"

Er hatte tatsächlich vor, sie stehenzulassen. Doch sie wäre nicht Eliza Itterford, wenn sie sich von einer Absage aus dem Konzept bringen lassen würde.

„Vielleicht kann ich Ihnen behilflich sein", beeilte sie sich zu sagen. „Ich bin handwerklich nicht ungeschickt." Um Himmels willen, die Zweideutigkeit, die sich in ihrem Angebot versteckte, war unüberhörbar. „Ich meine", sie rieb sich den Nacken, fuhr sich durch ihren Pferdeschwanz, der ihr weit über die Schultern fiel, und schloss für einen Moment die Augen. Was zur Hölle redete sie da?

„Ich weiß, wie Sie es meinen, keine Sorge."

Eliza lächelte. „Das ist ... gut zu wissen." Sie räusperte sich, bevor sie einen weiteren Anlauf nahm. „Also gibt es etwas, wobei ich Ihnen helfen kann?"

„Wollen Sie denn nicht weiter in der Sonne schmoren?" Fast unmerklich nickte er zur Villa, bevor er die leere Wasserflasche nahm und um die Hausecke verschwand.

„Das kann ich auch hier. Und außerdem ..." Woher wusste er, dass sie im Garten der Villa ein Sonnenbad genommen hatte?

„Was ist, kommen Sie jetzt oder nicht?", schallte es aus seiner Richtung.

„Ich bin gleich hinter Ihnen!" Sie folgte ihm auf die andere Seite des Gebäudes, wo er sich an einem langen Balken zu schaffen machte, der auf zwei Holzböcken ruhte. Valerio hielt einen Pinsel hoch und zeigte mit der anderen Hand auf einen Eimer, der eine dunkle Flüssigkeit enthielt. „Meinen Sie, Sie bekommen es hin, das gute Stück damit einzukleistern? Es schützt das Holz vor Feuchtigkeit. Muss mehrfach wiederholt werden. Die erste Schicht ist bereits aufgetragen."

„Nichts leichter als das!" Eliza nahm den breiten Pinsel, tunkte ihn in den Eimer, ließ ihn abtropfen und begann, den Balken entlang seiner Maserung zu bestreichen. Mit einem Seitenblick registrierte sie, dass Valerio nur ein paar Schritte abseits ihr Tun genau verfolgte. „Warum werde ich das Gefühl nicht los, dass du mir gewisse Fertigkeiten nicht zutraust?"

Er hob seine Augenbrauen und sah sie unvermittelt an. Seine Überraschung der persönlichen Anrede wegen stand ihm ins Gesicht geschrieben. „Sie werden sich ... du wirst dich schmutzig machen. Das ist so sicher wie das Amen in der Kirche!" Er zeigte auf ihr Outfit – eine dunkle Pluderhose und ein weißes Top – und grinste bedeutungsschwanger.

„Das ist schon okay", versicherte sie ihm. Sie hatte zwei Kofferladungen Kleidung in die Schränke und Schubfächer ihres Schlafzimmers in der Villa eingeräumt. Wenn ein, zwei Teile litten, wäre das kein wirklicher Verlust.

„Also gut!" Valerio entfernte sich, ließ sich in Sichtweite an einer Terrasse nieder und bearbeitete eine Reihe aus Backsteinen, die er entlang der Außenkante verlegt hatte. Die Lücke, die darüber klaffte, entsprach in etwa den Ausmaßen des Balkens, dem Eliza den Anstrich verpasste.

„Willst du die Terrasse generalüberholen?"

Valerio sah auf und dann hinter sich, wo sich unter einem Flachdach eine Fläche von etwa zwanzig Quadratmetern erstreckte, auf der ein Tisch und ein paar Korbsessel standen. „Einige der Bodendielen haben sich schwer verzogen. Die werde ich austauschen." Er blickte zu ihr herüber. „Kommst du zurecht?"

Eliza rümpfte die Nase und zwinkerte. „Du hältst mich für unfähig, oder?"

„Na ja", gab er gedehnt zurück und strich Mörtel ab, der zwischen zwei Steinen hervorquoll, „ehrlich gesagt dachte ich, dass du dich während deiner Freizeit in London nicht mit Heimwerken beschäftigst."

Es klang ein bisschen wie eine Frage. Eliza lächelte. „Ich erzähle dir gern, was ich daheim so treibe. Vielleicht bei einer Tasse Cappuccino?"

Valerio lachte laut. „Wir haben gerade erst angefangen, da sprichst du schon von einer Pause?"

„Planung ist das halbe Leben", grinste sie und kehrte ihm den Rücken zu, weil sie auf die andere Seite der beiden Holzböcke trat.

Die Stunden vergingen. Der Balken war inklusive einer Trocknungsphase, in der Eliza und Valerio in der Küche Kaffee getrunken und ein Panino gegessen hatten, fertig imprägniert und wartete nun auf seine Weiterverarbeitung. Nach ihrer Pause hatten sie gemeinsam Betonabfälle auf die Ladefläche von Valerios Ford Ranger gehievt, damit er sie später entsorgen konnte. Außerdem war Eliza längere Zeit damit beschäftigt gewesen, den bröckelnden Fugenmörtel zwischen den Natursteinen auf der Regenschlagseite des Gebäudes herauszukratzen, bevor Valerio die entstandenen Spalten im Mauerwerk vornässte und sie anschließend mit neuem Mörtel versiegelte.

Die Sonne stand tief, als sie eine Art Segel an der Hauswand anbrachten, das die Füllmasse in den Fugen vor Witterungseinflüssen schützte, bis die Aushärtung abgeschlossen war.

Elizas Gesicht glühte, ihre Hände sahen aus wie die eines Bauarbeiters, der Lack auf ihren Fingernägeln war abgeplatzt und auf ihrem gesamten Körper hatte sich eine feine Staubschicht niedergelassen. Sie war müde, aber ihr Herz tanzte. Valerio war im Laufe des Tages aufgetaut und hatte ihr erzählt, dass das Haus zwar alt und marode sein mochte, er aber fest daran glaubte, es wieder instand setzen zu können. Er gab jedoch zu, dass es ihm einerseits an den finanziellen Mitteln fehlte, andererseits auch an Zeit, und deswegen nur langsam Fortschritte zu verzeichnen waren. Eliza erfuhr von seiner Arbeit als Schreiner, der er nur nachging, um seine laufenden Kosten besser decken zu können, seinem zweiten Job als Kellner in einer Trattoria in Montabello, wo er vor allem an den Wochenenden aushalf, und von seinem Vorhaben, sich irgendwann ausschließlich um Olivenbäume zu kümmern. Auch erzählte er ihr von seiner Mutter, die er regelmäßig im Nachbarort besuchte, wo sie bei ihrer Schwester untergekommen war, nachdem sie durch einen Unfall kaum noch Treppen steigen konnte und auf Barrierefreiheit angewiesen war. Eliza hatte sich gefreut, dass Valerio sich ihr geöffnet hatte und die Befürchtung, er sei ein Griesgram – ein hübscher Griesgram, aber dennoch ein Griesgram – sich zerschlagen hatte. Gleichzeitig schien auch er von seinen Vorurteilen ein Stück weit kuriert. Die Annahme, sie könne nicht zupacken und würde sich womöglich mit nichts als Make-up und Modezeitschriften beschäftigen, hatte er zwar nicht ausgesprochen, aber Eliza war sicher, dass er etwas in diese Richtung vermutet hatte, als sie sich begegnet waren.

„Was hältst du von einem Glas Rotwein?", fragte sie ihn, während sie sich den Dreck aus der Hose klopfte. „Ich würde sagen, eine kleine Belohnung haben wir uns redlich verdient."

Er schmunzelte verlegen. „Grundsätzlich stimme ich dir zu. Aber", er saß auf dem Mäuerchen gleich neben der Tür und streifte seine Sneakers ab, „ich hab leider keinen im Haus."

„Aber ich!", triumphierte Eliza. „Pass auf, hier kommt mein Vorschlag: Ich mache mich zu Hause ein bisschen frisch, pack uns einen Korb mit Käse, Brot und Wein und bin in Nullkommanichts wieder bei dir. Was denkst du?"

„Klingt verlockend!"

„Dann in einer Stunde?"

Valerio atmete tief ein und aus, als ringe er mit der Entscheidung. Doch dann öffneten sich seinen Lippen zu einem breiten und hinreißenden Lächeln, das seine dunklen Augen zum Strahlen brachte. „Einverstanden!"

Eliza hatte ihre völlig verdreckte Pluderhose und das Top, das mit Mörtelsprenkel übersät gewesen war, gegen Jeans, eine dünne Langarmbluse und eine Sweatjacke getauscht. Die frisch gewaschenen Haare fielen ihr über die Schultern und kringelten sich in den Spitzen, weil sie sie nicht komplett trocken geföhnt hatte. Sie wählte die Schotterstraße, um auf den Hügel zu steigen, und genoss den Ausblick auf einige der ihr zugewandten beleuchteten Häuser in Montabello. Die Temperaturen waren gesunken und im Gegensatz zur schweißtreibenden Hitze des Tages jetzt der Jahreszeit angemessen; der Himmel zeigte sich in seinen schönsten Sonnenuntergangsfarben: Rot verband sich mit einem zarten Orangeton, Nachtblau ergoss sich in Nuancen von Violett und dunklem Pink. Die Säulenzypressen, die die Straße hinunter in Richtung Stadt säumten, ragten wie Wächter empor, eine Brise fuhr durch das frische, noch lückenhafte Blätterwerk der Eichen, die weiter oben ein Wäldchen bildeten; ihr Rascheln ertönte wie ein Lied, das durch die Lüfte schwebte. Zum ersten Mal seit sie hier angekommen war – und wenn

sie ehrlich mit sich war: zum ersten Mal seit weit darüber hinaus – empfand Eliza eine Art Frieden in sich,
der sich wohltuend wie eine warme Decke in ihr ausbreitete. Ein Gefühl, das ihr zwar nicht unbekannt war,
doch sich meistens nur dann bemerkbar machte, wenn
sie mit dem Ergebnis eines Arbeitsauftrages in beson-
derem Maße zufrieden war.

Als sie Valerios Auffahrt fast erreicht hatte, hörte sie
Stimmen. Aufgeregte Stimmen, von denen eine zweifelsfrei zu Valerio gehörte. Eliza brauchte keine Minute, um festzustellen, dass es sich um ein Streitgespräch handelte – das sie nichts anging. „Hallo?" Sie
räusperte sich laut, hustete absichtlich.

Valerio lugte hinter einer Hausecke hervor und hob
seine Hand. „Darf ich dich bitten, einen Moment zu
warten? Es dauert nicht lang." Er klang aufgebracht,
sein Tonfall dennoch um einiges bedachter als der seines Gesprächspartners, den Eliza nicht zu Gesicht bekam.

Sie nickte Valerio zu und drehte sich auf dem Absatz
um. Sie stellte den Korb ab und schlenderte um das Gebäude. Irgendwo hier hatte Valerio gestanden, als er ihr
am Tag nach ihrer Ankunft aufgefallen war. Die Erinnerung daran sorgte für einen wohligen Schauer, der
ihr über den Rücken lief. Ihre Mundwinkel hoben sich.
Sie bog ab, stelzte durch hohes Gras, kam an einem
Zaun vorbei, der etwas umgab, das irgendwann einmal
ein kleiner Garten gewesen sein musste, und kämpfte
sich durch das verdorrte, weitläufige Geäst eines Strauches, vermutlich Brombeere. Gerade wollte sie das Han-
dylicht einschalten, weil sie fürchtete, irgendwo hän-

gen zu bleiben oder zu stolpern, da hatte sie wieder festen Boden unter den Füßen. Sie sah auf. Ein Gewächshaus ragte vor ihr in den Nachthimmel. Nur schemenhaft waren hinter den milchigen Glaselementen Bäume oder hohe Sträucher auszumachen; eine Scheibe, die am oberen Rand platziert war, sah neuer aus als der Rest. Sofort hatte Eliza wieder den Moment vor Augen, da sie Valerio etwas hatte schleppen sehen, das sie mehrfach geblendet und schließlich angetrieben hatte, ihn zu besuchen.

Eliza näherte sich dem Treibhaus, strich über die Außenwände, die sich unter ihren Fingerkuppen uneben anfühlten und eine angenehme Wärme transportierten, und suchte nach einer Tür. Weil sie nicht fündig wurde, versuchte sie, einen Blick auf die Fielding-Villa, ihr Domizil, zu erhaschen, und passierte den schmalen Durchgang einer Buchenhecke, die noch nicht belaubt war. Ein spektakulärer Ausblick bot sich ihr, als sie auf ein Stück Wiese trat, das nur wenige Schritte weiter an einem Abgrund endete, der Senke, die sich zwischen der Villa und Valerios Haus auftat. Vereinzelt verschleierten dünne Nebelfelder die Sicht, tauchten die Landschaft in ein geisterhaftes und doch anmutendes Licht, das die letzten Strahlen der untergehenden Sonne geradezu mystisch erscheinen ließ. Es würde wahrscheinlich nur noch Sekunden dauern, bis der dunkelrote Ball hinter einem Hügel versunken war und sich die lebendigen Farben des Himmels zu einem weichen Blauschwarz vereinten.

„Entschuldige bitte." Valerio trat neben sie. „Ich dachte schon, du wärest wieder gegangen."

„Keinesfalls!", gab Eliza zurück und sah ihn an. Das dunkle Braun seiner Augen glitzerte im schwindenden Licht, dann tauchte die Dunkelheit sein Gesicht in Schatten.

„Wenn du erlaubst ..." Sie spürte, wie seine Hand nach ihrer griff. „Im Gegensatz zu dir kenne ich den Weg." Sicher führte er sie zurück durch die Hecke und lenkte sie auf einen gepflasterten Pfad.

„Was baust du eigentlich in dem Gewächshaus an?"

Er sah über seine Schulter. „Nichts. Das Haus beherbergt Schmetterlinge."

„Echte Schmetterlinge? Lebendige?" Eliza war stehengeblieben, der plötzliche Stopp verursachte einen heftigen Ruck an seiner Hand, doch Valerio hielt sie nur etwas fester.

Ein leises Lachen erklang, das Eliza einen lautlosen Seufzer entlockte. „Ich zeige sie dir gern bei Gelegenheit."

„Das fände ich schön!" Ihre Stimme glich einem Hauchen, und fast hätte sie über sich selbst geschmunzelt. Sie sollte davon absehen, sich weiter wie ein schmachtendes Gör zu verhalten. Welchen Eindruck machte das wohl auf Valerio? Andererseits war sie erwachsen und selbstbewusst genug, um ihn wissen oder fühlen zu lassen, dass sie nicht abgeneigt war, ihn näher kennenzulernen. Sie räusperte sich. „Du hattest noch Besuch?"

Er verlangsamte seine Schritte. „Ja", murmelte er, „mein Bruder. Wir ... es gab eine kleine Auseinandersetzung; das hast du bestimmt mitbekommen."

„Ich hoffe, es ist alles in Ordnung?"

Er antwortete nicht, und Eliza beließ es dabei. Es war wohl klüger, seine Offenheit nicht zu überstrapazieren.

Orangefarbenes Licht fiel auf den Untergrund, als sie einen weiteren kleinen Anbau hinter sich gelassen hatten und an der Rückseite des Hauses ankamen, in unmittelbarer Nähe der Veranda, wo inmitten eines Steinkreises ein Feuer brannte.

„Setz dich doch", richtete sich Valerio an sie und deutete auf zwei der Korbsessel, die sie vorhin auf der Terrasse entdeckt hatte. „Ich habe ein paar Decken dazugelegt, falls dir kalt werden sollte. Die lauen Sommerabende liegen noch in ferner Zukunft."

„Danke, das sieht sehr gemütlich aus." Eliza nahm Platz, wollte sich aber gleich wieder erheben. „Der Korb. Ich habe ihn vorne an der Auffahrt –"

„Schon erledigt", unterbrach Valerio sie. „Ich hab ihn gefunden, als ich meinen Bruder zum Auto begleitete." Er entfernte sich kurz und kam mit zwei Gläsern, einem Tablett, auf dem Käse und Trauben angerichtet waren und einer der zwei Flaschen Wein, die Eliza mitgebracht hatte, zurück. „Und hierfür", er stellte alles auf einen niedrigen Tisch ab und nickte, „Mille Grazie! Das schaut aus, als hätte Angelica ganze Arbeit geleistet."

Er setzte sich ihr gegenüber und streckte seine Beine aus, die jetzt in einer dunklen Jeans steckten.

„Du kennst die Dame, die sich um die Villa kümmert und mich mit Lebensmitteln und Köstlichkeiten überhäuft?"

Wieder lachte er, entblößte weiße Zähne hinter geschwungenen Lippen. Elizas Blick klebte förmlich daran.

„Nicht persönlich. Aber irgendwie kennt hier jeder jeden!"

„Das glaube ich sofort", murmelte sie und dachte an die Geschäftigkeit Londons, wo sie auf offener Straße selten den zugewandten Blick eines Fremden erhaschte.

„Mmh, ein *Pecorino*. Hast du den schon mal probiert? Er schmeckt wundervoll pikant und aromatisch." Valerio hobelte den Käse in Scheiben und legte diese auf einen Servierteller.

„Ich muss zugeben, ich bin kulinarisch eher als Hinterwäldler zu bezeichnen. Aber ich lasse mich durchaus gern auf Experimente ein."

Seine Augenbrauen schossen in die Höhe, ein Lächeln umspielte seine Mundwinkel. „Dann bin ich gespannt auf dein Urteil, wenn du das erste Stück dieses Brotes verzehrt hast." Er reichte ihr eine Scheibe und beobachtete sie genau, als sie davon abbiss.

„Ehrlich gesagt", sie zuckte mit den Schultern, „es schmeckt nach nichts."

„Ich dachte es mir." Er nahm ihr die Scheibe Brot aus der Hand, belegte sie mit dem Pecorino und gab sie ihr zurück. „Und was sagst du nun?" Er sah sie an wie ein Junge, der seiner Mutter den ersten selbstgebackenen Kuchen präsentierte und auf ein Lob hoffte. Eliza führte das Brot zum Mund. Sogleich stieg ihr der aromatische Duft in die Nase und regte ihren Speichelfluss an. Als sie Brot und Käse gegen ihren Gaumen drückte, kam das Erlebnis einer Geschmacksexplosion nahe.

„Einfach köstlich!", nuschelte sie.

Er nickte und belegte eine weitere Scheibe des Weißbrotes mit Pecorino. „Dieses Brot nennen wir *Sciarpo*. Wir mögen es auch ohne einen herzhaften Belag, aber

Touristen finden es meist fad, weil bei der Zubereitung auf Salz verzichtet wird."

Eliza kaute beherzt. „Das ist so viel besser, als meine Portion Grünkohl, die ich vorhin hatte."

„Grünkohl, soso!"

Eliza lachte laut. „Ich gebe dir vollkommen recht. Sicher nicht ganz typisch für die hiesige Gegend, und mit meiner Art der Zubereitung kann ich mich erst recht nicht rühmen. Um ehrlich zu sein, Kochen liegt mir nicht besonders. Aber vielleicht können wir ja mal –"

„Kein Problem, unter der Voraussetzung, dass ich dich bekochen darf."

„Gibt es in Montabello etwa keine guten Restaurants?"

„Oh, natürlich! Aber es gibt dort auch jede Menge alte Matronen, die nichts anderes zu tun haben, als sich über den neuesten Tratsch auszutauschen. Wir wären im Nu Stadtgespräch", er zwinkerte, öffnete den Wein und schenkte ihnen beiden ein. Seufzend lehnte er sich in seinem Sessel zurück und ließ seinen Blick über die Hügel schweifen, die sich kaum noch vom Himmel absetzten.

„Du bist gern hier, nicht wahr?", fragte Eliza, während sie den kräftigen Rotwein genoss. „Ich meine, hier, in diesem Haus."

Valerio schaute sie an, in seinen Augen spiegelten sich die Flammen und schenkten ihm ein leicht verruchtes Aussehen. „Es ist mein Zuhause." Er nahm einen großen Schluck aus seinem Glas. „Und das wird es auch immer bleiben. Komme, was wolle!" Ein Ausdruck, der an ein starrköpfiges Kind erinnerte, trat auf seine Gesichtszüge, die Lippen zusammengepresst, die

Kieferknochen mahlend. Es schien, als wolle er noch etwas loswerden, doch er schwieg.

„Ich bin in London aufgewachsen, genauer gesagt in Mayfair", entschloss Eliza sich, von ihrer Heimat zu erzählen. Irgendetwas sagte ihr, dass Valerio nicht bereit war, sie an Dingen teilhaben zu lassen, die womöglich seine Familienverhältnisse betrafen. Der Streit mit seinem Bruder lag ihm schwer auf der Seele, wie Eliza vermutete.

„Mayfair", wiederholte er. „Ist das nicht, wo die Reichen und Schönen residieren?" Er sah sie an und etwas Schelmisches blitzte in seinen Augen auf.

„Ich nehme an, du versuchst, mir ein Kompliment zu machen", lachte Eliza, während sie sich erneut Wein nachschenken ließ. „Ich habe eine Schwester, Chloe, sie ist jünger als ich und wir verstehen uns wirklich gut. Leider sehen wir uns nicht sehr häufig, weil wir beruflich recht eingespannt sind."

„Du sagtest, du planst Hochzeiten. Gefällt dir dein Job?"

„Sehr!", schwärmte Eliza. „Ich bin ein echtes Organisationstalent und zehre unglaublich davon, wenn andere Menschen sich freuen." Sie grinste. „In der Regel ist eine Hochzeit eine gute Gelegenheit." Sie schwang ihre Beine über die Lehne und ließ die Füße baumeln. „Gib es in deinem Leben jemanden, der ... an deine Seite gehört?"

Er hielt inne, während er trank, setzte das Glas dann ab und sah ins Feuer. „Ich bin wohl der eher komplizierte Typ. Also nein, ich habe keine Freundin, wenn du danach gefragt hast." Er kaute angestrengt auf ein paar

Trauben, die er sich nacheinander in den Mund gesteckt hatte. Auch das Thema Beziehungen schien ihm nicht gelegen, mutmaßte Eliza und dachte, sie sei mit ihrem Wissensdrang wieder einmal zu weit gegangen. Doch dann stand Valerio auf, ging zum Hintereingang und machte sich an einem Kasten zu schaffen. „Es mag dir etwas altertümlich vorkommen", begann er, „aber ich besitze tatsächlich noch ein Radio. Und: Es leistet mir treue Dienste."

Italienischer Gesang erklang, ruhig, gediegen, ein Popsong, der ohne viele Drums und mit wenig Gitarren auskam. „Ist das okay für dich?"

Eliza sah zu, wie Valerio an seinen Platz zurückkehrte und sie offen anlächelte. In ihrem Bauch kribbelte es. „Es ist auch so ein schöner Abend", sagte sie, „aber mit der richtigen Untermalung wird er ... unvergesslich."

Mitternacht war längst vorüber, als Eliza die Decken, in die sie eingewickelt gewesen war, beiseiteschob, aufstand und sich in alle Richtungen streckte. Ein Schwindelgefühl setzte ein, ließ sie ein wenig taumeln und mit einem Blick auf das Beistelltischchen musste sie grinsen. Sie hatten beide Flaschen Rotwein ausgetrunken.

„Ich bringe dich nach Hause", sagte Valerio, der die Glut des Feuers mit einer Schaufel voll Sand erstickte. „Ein kurzer Spaziergang wird mir wahrscheinlich ebenso guttun wie dir."

Er legte ihr eine Jacke um die Schulter, weil sie in ihrer eigenen sofort zu frieren begann. Sein Duft, eine Mischung aus Zeder und etwas, das Eliza an Weihnachten erinnerte, vielleicht Marzipan, stieg ihr in die Nase. Zufrieden hakte sie sich bei Valerio unter und verließ sich ganz auf seinen Orientierungssinn, während sie der Schotterstraße hinunter zur Villa folgten. Sie sprachen kaum. Stattdessen achtete Eliza sehr genau auf Valerios Atem, der entspannt ein- und ausströmte. Auch ihm schien der Abend gefallen zu haben, sonst hätte er es wohl nicht so lang mit ihr ausgehalten. Sie hatten sich über ihren Musikgeschmack unterhalten. Er war den klassisch italienischen Interpreten nicht abgeneigt; Eros Ramazzotti, Zucchero und Laura Pausini waren dabei seine Favoriten. Doch er bevorzugte Rockbands der 1980er, 1990er und 2000er Jahre. Er hatte ihr von seiner Passion zu kochen erzählt und seine Lieblingsgerichte aufgezählt, bei denen Eliza das Wasser im Mund zusammengelaufen war. Und auch von seiner Arbeit für den Olivenbauern Alfonso hatte er geschwärmt. Davon, dass der alte Mann ihm seinen Hain, ja sogar seinen Hof, überlassen wollte, wenn er in den Ruhestand ging. Dass Valerio dennoch in seinem Elternhaus wohnen bleiben wollte und mit dem Gedanken spielte, Alfonsos Hof später zu vermieten oder zu verkaufen. Oder von seiner Hoffnung, aus den jungen Olivenbäumen, die er auf seinem Grundstück kultivierte, einen weiteren Hain zu ziehen. Valerio war mit der Einfachheit des Lebens zufrieden, das hatte Eliza schnell herausgehört, und es hatte sie gewundert, wie selbstverständlich sie seine Art, den Alltag zu bestreiten, akzeptieren konnte. Nicht ein einziges Mal war ihr der Gedanke gekommen, dass es ihm hier und mit dem, was er tat, an irgendetwas fehlte.

„Da sind wir schon", stellte er fest, als sie an ihrer Haustür angekommen waren und das schwache Licht des Bewegungsmelders einen sanften Schein auf den

Kiesweg warf. Sie ließ seinen Arm los, den sie die ganze Zeit über gehalten hatte und drehte sich so, dass er ihr direkt gegenüberstand.

„Die Jacke kannst du mir geben, falls ...", er lächelte, „wenn du mich noch mal besuchen kommst."

„Wäre dir das denn recht?"

„Würde ich sonst fragen?"

Eliza schluckte. Etwas in ihr begehrte auf, drängte sie, ihre Hände auf seine Brust zu legen und ihn zu küssen. Sie sehnte sich danach, seine Lippen auf ihren zu spüren, den ganzen Abend hatte sie förmlich daran gehangen, wenn er erzählte.

„Dann", er entfernte sich rückwärts von ihr, als wollte auch er sich noch nicht verabschieden. Als hoffte er, sie würde den ersten Schritt tun, um in eine Verlängerung zu gehen.

Doch der Moment verstrich, und als Valerio ihr schließlich den Rücken zuwandte, sackte sie ein paar Zentimeter in sich zusammen. *Verdammt, Eliza*, schalt sie sich, *es ist der perfekte Zeitpunkt! Worauf wartest du?*

Von einer unbändigen Sehnsucht gesteuert, lief sie ihm hinterher, griff nach seiner Hand und zog ihn an sich. „Ich will nicht, dass du gehst!"

Valerio lächelte, das Schwarz seiner Pupillen glänzte wie Obsidian. „Das will ich auch nicht." Er beugte sich ein Stück zu ihr herab, bis sie seinen Atem auf ihrer Haut spürte. Das Blut rauschte in ihren Ohren. „Dann bleib."

Sie schafften es mit Müh und Not ins Haus, durch die Diele und bis ins Wohnzimmer, bevor sie sich ihrem

Verlangen hingaben und übereinander herfielen, als gäbe es kein Morgen.

Kapitel 6

Valerio

Elizas Augen funkelten, als der Schein der kleinen Tischlampe ihr Gesicht in zartes Licht tauchte. Über ihre geöffneten Lippen kam nur ein Keuchen, als sie Valerio in die Polster der riesigen Ledercouch drückte und damit begann, sich die Jeans aufzuknöpfen.

„Willst du nur zusehen?", fragte sie ihn mit hochgezogenen Augenbrauen und lachte wissend, was ihm einen Schauer über den Rücken jagte.

„Kommt drauf an, wobei", antwortete er und beobachtete, wie ein Kleidungsstück nach dem anderen zu Boden fiel. Für einen Moment ließ er sich von der Vorstellung ablenken, wie Eliza selbst Hand an sich legte, bevor er beschloss, dass ihm dies zwar auch gefallen würde, er aber lieber aktiv werden wollte. Er zog sich seinen Hoodie über den Kopf, ohne seine Augen von Eliza abzuwenden, die, mittlerweile nackt, in die Hocke ging, sich über seine Oberschenkel beugte und an seiner Hose zu schaffen machte. Sein Blick glitt über ihren Rücken, fuhr ihre Wirbelsäule entlang und blieb an der wohlgeformten Rundung ihres Hinterns hängen.

„Der Ausdruck deiner Augen verrät dich", flüsterte sie, als sie ihm Jeans und Boxershorts abstreifte und beides auf den Sessel pfefferte.

Valerio lächelte, sah ihr zu, wie sie sich erhob und wie ihre Brüste dabei wippten. „So? Was will ich denn?", gab er zurück, beugte sich vor und umfasste ihre Hüften, zog ihren Körper zu sich heran. „Das hier vielleicht?" Er küsste ihren Bauchnabel, spürte, wie sich ihre Muskulatur unter seiner Berührung anspannte. „Oder doch eher das?" Seine Hände glitten zu ihren Leisten, sein Daumen streifte sanft über ihren Venushügel.

„Das ist ..." Sie keuchte, griff nach seinen Schultern und drängte ihn zurück, während sie bereits ein Knie auf die Sitzfläche stützte.

„Warte!", unterbrach Valerio ihr Tun und sah sie schmunzelnd an. „Wir sollten ... vorsorgen." Er schob sie ein Stück von sich, sodass sie in die Polster des Sofas sank, stand auf und ging zum Sessel. Er griff in die Gesäßtasche seiner Jeans, aus der er ein Kondompäckchen hervorholte, und kehrte dann zurück an ihre Seite. Für den Bruchteil einer Sekunde legte sich ein Ausdruck auf Elizas Gesicht, der nicht zum Moment passte. War ihr die Situation plötzlich unangenehm? Doch bevor Valerio einen weiteren Gedanken daran verschwenden konnte, nickte sie, nahm das Päckchen entgegen und öffnete es. Betont langsam rollte sie das Gummi über seinen erigierten Penis. Allein der kurze Druck, den ihre Hand ausübte, ließ ihn wohlig zucken. Sie verfolgte jede seine Regungen mit einem verführerischen Lächeln. Sie begehrte ihn genauso wie er sie.

„Komm her!", wies er Eliza zärtlich an und hielt sie an ihren Oberarmen, während sie auf seinen Schoß rutschte. Ihrer beider Atem vermischte sich, als sie sein Gesicht in ihre Hände nahm und er seine Finger über ihre Wangen und entlang ihres Halses bis hinunter zu ihren Hüften gleiten ließ. Kurz hielten sie inne, bevor sie im Begriff war, sich auf ihn zu setzen. Sein Blick fiel auf ihre Lippen, er spürte ihre weiche Haut, ihre Beckenknochen, ertastete ihren Po. „Du bist wunderschön", hauchte er und genoss ihren rasenden Puls und die lockende Feuchtigkeit, die ihn streifte. Dann schob er sie in die richtige Position und schloss die Augen, als sich ihre Arme um seinen Nacken legten und er in sie eindrang.

Als sie Minuten später und nachdem sie gemeinsam zum Höhepunkt gekommen waren, voneinander abließen, richtete Eliza sich auf und sah ihn an. Nur für einen Wimpernschlag. Doch es reichte, um das Bedauern in ihren Augen zu erkennen, die sich langsam anbahnende Einsicht, dass es nicht so weit hätte kommen dürfen. Sie erwähnte es mit keinem Wort, aber er merkte, dass die zuvor so hitzige Atmosphäre auf einen Schlag abgekühlte.

„Ich entsorge das mal", flüsterte Eliza und meinte das Kondom. In eine dünne Decke eingewickelt, flüchtete sie auf nackten Füßen in die Küche. Als sie nicht gleich zurückkehrte, zog er sich an. Auch ihm war bewusst, dass dieser ... Vorfall alles verkomplizieren würde. Er gab nicht gern zu und hatte versucht, es mit aller Macht unter den Teppich zu kehren, dass er Eliza nicht nur attraktiv, sondern auch sympathisch fand. Es war kein unbedeutender One-Night-Stand gewesen. Die Anziehung, die zwischen ihnen herrschte, dieses anfängliche Knistern, die Leidenschaft, die weder sie noch er hatten verbergen können, hatte sich zu einem Brand und dann zu einem flammenden Inferno gesteigert. Sie hatten diesem Verlangen nachgegeben, weil nichts und niemand imstande gewesen wäre, es umzukehren oder aufzuhalten. Es hatte keinen Ausweg gegeben, für keinen von ihnen. Erst jetzt, als das Feuer gelöscht war, beschlich Valerio das dumpfe Gefühl, dass es damit nicht zu Ende war. Natürlich würde es vorbei sein, daran zweifelte er nicht. Sie würde abreisen – er wusste nicht genau wann, aber es würde passieren. Und eben weil es nicht nur Sex zwischen einem Einheimischen und einer Touristin gewesen war, würde es ihnen beiden nicht leicht fallen. Das bewies ihm schon der Moment, als er ihr in die Küche folgte, um ihr mitzuteilen, dass er nicht bleiben würde. Nicht bis zum nächsten Morgen und nicht in ihrem Leben. Letzteres sprach er zwar nicht aus, aber das war auch nicht nötig. Sie nickte und murmelte, dass es wohl das Beste für sie beide wäre.

Und das war es.

„Wir sehen uns bestimmt ... die Tage", flüsterte Eliza beim Abschied und schaffte es nicht, ihm in die Augen zu sehen.

„Ja, vielleicht." Seine Antwort versprühte die gleiche Hoffnungslosigkeit wie ihre Feststellung.

Er dreht sich um und machte sich über die Schotterstraße auf den Rückweg.

Wie hatte das nur passieren können? Valerio seufzte. Von Anfang an hatte er sich nicht bereit gefühlt, eine wie auch immer geartete Verbindung mit Eliza einzugehen. Er wäre besser beraten gewesen, sich auf seinen klaren Menschenverstand zu verlassen und sich nicht seinen Bedürfnissen hinzugeben. Die Sorgen um das Haus und die Tatsache, dass Billie Costrado schon bald anreisen würde, um Grundstück und Umland in Augenschein zu nehmen, beschäftigten ihn genug. Eine komplizierte Liaison mit einer Touristin war das Letzte, das er zusätzlich gebrauchen konnte. Es war ein Fehler gewesen. Ein schöner Fehler. Sein Kopf dröhnte. Ihm war, als sei darin nicht ausreichend Speicherplatz für so viele Dinge, die schiefliefen.

Er war froh, als er endlich in seinem Bett lag und für ein paar Stunden der Leere, die sich in ihm ausbreitete, zu entkommen.

Seine Laune besserte sich über Nacht natürlich nicht. Immer wieder lief das, was gestern zwischen ihm und Eliza geschehen war, wie ein Film vor seinem inneren Auge ab. Immer wieder fand er sich gefangen in einem Strudel aus Glückseligkeit, weil er die Zeit mit Eliza so sehr genossen hatte, und purer Verzweiflung, da er befürchtete, mehr noch: wusste, dass es der Anfang vom Ende gewesen war, mit ihr zu schlafen.

Trotz seiner Unlust, überhaupt aufzustehen, zwang er sich unter eine kalte Dusche, frühstückte einen Happen und setzte sich in seinen Ford Ranger. Er hatte seiner Mutter einen Besuch versprochen und sie wäre untröstlich, würde er ihr absagen. Außerdem hatte Tante Loretta ihm am Telefon mitgeteilt, dass sie für ihn mitkochte, was angesichts seiner abermals schwindenden Vorräte und der Aussicht auf ein eher karges Mahl, zu verlockend wirkte. Selbstverständlich würde er es vermeiden, den beiden Frauen, insbesondere seiner Mutter, auch nur ein Sterbenswörtchen über die aktuelle Situation zu verraten. Die zukünftigen Entwicklungen, das baldige Eintreffen Costrados und die anstehende Diskussion mit ihm um das Haus – mit einer bedingungslosen Kapitulation wollte Valerio sich nicht abfinden –, würden seine Mutter aus der Bahn werfen. Ihr Herz hing mindestens genauso an dem alten Gebäude wie Valerios, ganz zu schweigen von ihren geliebten Schmetterlingen, und es in den Händen anderer Leute zu wissen oder zu erfahren, dass alles planiert und einer Ferienanlage weichen sollte, würde ihr die Seele aus der Brust reißen.

„Sie muss es erfahren, wir kommen nicht daran vorbei!", hatte Gianni ihm gestern einbläuen wollen, als er ihm einen kurzen Besuch abgestattet hatte, wenige Minuten bevor Eliza aufgekreuzt war. Er hatte sich darauf bezogen, weil Costrado bereits für die kommende Woche Termine mit den Behörden anberaumt hatte, bei denen es zumindest um die Vorkehrungen für den geplanten Abriss gehen sollte. „Uns läuft die Zeit davon, Val! Du musst dich damit abfinden. Fang am besten schon mal an, erste Kisten und Kartons zu packen."

Es war laut zwischen ihnen geworden, ein paar Anschuldigungen und Beschimpfungen waren gefallen und am Ende hatte Valerio seinen Bruder mehr oder minder vom Hof befördert. Es grenzte an ein Wunder, dass der Abend mit Eliza nach dem nervenaufreibenden Gespräch mit Gianni überhaupt so erfreulich verlaufen war. Dass Valerio imstande gewesen war, sich dermaßen zu entspannen, dass ...

Eliza! Da war sie schon wieder.

Einfach so war sie erneut auf sein Gedankenkarussell aufgesprungen. Ohne Vorwarnung.

Das musste aufhören, besser früher als später.

Pünktlich zur Mittagszeit rangierte er seinen Ford Ranger in eine der schmalen Parklücken, die unweit des kleinen Hauses lagen, in dem Tante Loretta und seine Mutter zusammen wohnten. Loretta war seit mehr als zwanzig Jahren Witwe und hatte ihrer Schwester nach ihrer Genesung gleich angeboten, bei ihr einzuziehen. Die Ärzte hatten nicht in Aussicht gestellt, dass sie irgendwann wieder schmerzfrei Treppen steigen, ja nicht einmal wenige Stufen überwinden könnte. Der Bruch ihres Oberschenkels war so kompliziert gewesen, dass man eher damit gerechnet hatte, dass sie ohne ständige Gehhilfe nicht mehr laufen konnte. Auch hatten die Ärzte nicht ausschließen können, dass sie im Rollstuhl landete. Doch Mariella Rossini hatte hart gekämpft, jede ihrer Übungen mit zusammengebissenen Zähnen durchgeführt und die Hoffnung nicht aufgegeben. Heute humpelte sie und manchmal, vor allem, wenn der Wind sich drehte oder eine Regenfront anrollte, spürte sie ein dumpfes Ziehen in ihrem Bein, das sie stets mit den Nachwehen ihrer Geburten verglich. Doch sie konnte gehen, brauchte keinen Rollator, nicht mal einen Stock, auf den sie sich stützen musste. Einzig mit den Befürchtungen bezüglich des Treppensteigens hatten die Ärzte recht behalten. Und weil das Haus in den Hügeln alles andere als barrierefrei gebaut war und es überall Stufen gab, die einen Raum mit dem nächsten verbanden, hatte Valerios Mutter sich schweren Herzens damit abfinden müssen, zu ihrer Schwester zu ziehen. Glücklicherweise verstanden sich die beiden sehr gut. Sie kochten gemeinsam, hatten sich einer Gruppe angeschlossen, die zweimal wöchentlich zum Karten spielen zusammenkam, machten Spaziergänge und trafen Bekannte im Café. *Es ist ein gutes Leben*, pflegte sie zu sagen, doch Valerio wusste, sie vermisste die Heimat, ihr altes Haus, die Schmetterlinge und die Weite, die sie so geliebt hatte.

„Valerio, mein Junge, da bist du ja!", begrüßte ihn Tante Loretta, als er durch das Tor kam, welches in den kleinen Garten führte. „Komm, wir haben draußen gedeckt, es ist so herrliches Wetter!" Sie gab ihm einen Kuss auf die Wange und strich über seine Arme.

Er überreichte ihr ein paar Blumen, die er gepflückt und zu einem kleinen Strauß gebunden hatte, bevor er losgefahren war.

„Osterglocken, wie schön, ich danke dir. Und ich nehme an, die sind für deine Mamma?" Sie zeigte auf die überdimensionale Packung mit schokoladenüberzogenen Keksen.

„Si, ich weiß doch, wie gern sie die isst." Valerio grinste und folgte seiner Tante in den Garten. Auf einem Stück Rasen und inmitten blühender Rosenstöcke, die Tante Loretta liebevoll pflegte, saß seine Mutter, die Beine auf einen Hocker hochgelegt, die Augen geschlossen. Ein Sonnenhut mit einer großzügigen Krempe hüllte ihre Gesichtszüge in Schatten, auf ihrem Schoß hielt sie eine Illustrierte, die ihr demnächst von den Beinen rutschen würde.

„Sie ist vorhin eingeschlafen", flüsterte Tante Loretta im Vorbeigehen. „Setz dich ruhig zu ihr, dann kann sie langsam zu sich kommen. Das Essen ist so gut wie fertig, ich bin gleich mit den Antipasti bei euch."

Valerio nahm auf einem Klappstuhl neben seiner Mutter Platz und beobachtete sie. Tiefe Falten hatten sich in ihre Stirn und um ihren Mund gegraben, ihre Oberlippe zierte ein dünnes Damenbärtchen, ihr einst pechschwarzes Haar, das in den letzten Jahren immer mehr ergraut war, hatte sie wie immer in ihrem Nacken zu einem Knötchen zusammengebunden. Im Mai würde sie ihren sechzigsten Geburtstag feiern. Sie hatte Valerio erst vor Kurzem mitgeteilt, dass sie sich ein kleines Fest wünschte, familiär, am liebsten an ihrem Lieblingsort, dem Schmetterlingshaus.

Er lächelte. Niemals würde er seiner Mutter freiwillig irgendeine Bürde auferlegen, stets war er darauf bedacht, ihre Nerven nicht zu überstrapazieren, denn Aufregung tat ihr nicht gut.

Ihre Lider flatterten, ein wohliges Seufzen kam über ihre Lippen. Dann öffnete sie ihre Augen und sogleich erstrahlte ihr ganzes Gesicht. „Tesoro Mio! Mein lieber Schatz!" Sie beugte sich vor, legte die Hände an seine Wangen und ließ ihre Fingerkuppen darüberstreichen. „Wie geht es dir?"

Valerio drückte die Hände seiner Mutter und nickte. „Alles beim Alten, Mamma. Und dir?"

Sie lehnte sich wieder zurück und lächelte versonnen. „Es geht mir gut. Loretta kümmert sich vortrefflich um mich." Ein Zwinkern ließ sie verschmitzt aussehen. „Und ich mich um sie!"

Valerio genoss das gemeinsame Essen – Pasta als Primo, Saltimbocca mit frischem Frühlingsgemüse als Secondo – und bot seiner Tante an, ihr beim Abwasch behilflich zu sein. Doch sie winkte ab. „Genieße deine Zeit mit deiner Mamma, mein Junge. Lass uns gleich noch einen Espresso trinken, d'accordo?" Und schon verschwand sie wieder in die Küche.

„Valerio!", meldete sich seine Mutter und schaute ihn prüfend an. „Ich habe vorhin schon gedacht, dass Sorgen deinen Blick verschleiern. Was liegt dir auf dem Herzen?"

Er schüttelte lächelnd den Kopf. „Es ist nichts, Mamma! Ich bin nur ein bisschen ... müde."

„Das ist Unsinn. Ich sehe es dir doch an!" Sie legte eine Hand auf sein Knie und kniff ihre Augen zusammen. „Was ist es, das dich bedrückt?"

Es kam Valerio vor, als versuchte sie, sein Innerstes zu erforschen. Er war noch nie gut darin gewesen, sie anzulügen. Schon als kleinen Jungen hatte sie ihn durchschaut, wenn er ihr nicht die Wahrheit hatte erzählen wollen, daran hatte sich bis heute nichts geändert. Sie kannte ihn einfach zu gut, das Band zwischen ihnen war fest gewebt.

Seine Gedanken kehrten zu Eliza zurück, er spürte, wie ein Lächeln an seinen Mundwinkeln zupfte. „Es ist ...", begann er und stieß seinen Atem hörbar aus.

„Eine Frau?" Ihre Augen wurden groß und rund, in ihrem Blick lag Erstaunen. „Valerio, sag schon, hast du eine Freundin? Ist es etwas Ernstes?"

Er lachte. „Mamma mia! Wenn du alles weißt ..."

„... dann bin ich nicht mehr neugierig!" Das war schon immer eines ihrer liebsten Argumente gewesen, wenn sie darauf bedacht gewesen war, ihren Söhnen ein paar Geheimnisse zu entlocken.

„Also gut, ich habe jemanden kennengelernt." Aus dem Augenwinkel nahm er wahr, wie seine Mutter beide Hände zusammenlegte und sie vor ihren Mund platzierte. Es würde ihn nicht wundern, plante sie insgeheim bereits seine Hochzeit und überlegte, welche Geschenke sie seinem erstgeborenen Kind machen könnte. Es war wohl angebracht, ihr ein wenig den Wind aus den Segeln zu nehmen. „Aber es ist kompliziert!"

„Ich bin ganz Ohr."

„Sie ist … Engländerin."

„Das ist kein Verbrechen!" Sie warf ihre Hände in die Luft und zuckte mit den Schultern.

Valerio grinste. „Ihr Name ist Eliza und –"

„Eliza." Seine Mutter schloss die Augen, ließ sich jeden Buchstaben auf der Zunge zergehen, als würde ihr damit Auskunft hinsichtlich des Charakters eines Menschen zuteilwerden.

„Sie macht derzeit Urlaub in der Fielding-Villa und wir …"

„Ja?" Ihre Augen blitzten.

„Ich werde nicht ins Detail gehen, Mutter!"

„Nun gut", gab sie sich zufrieden. „Aber worin liegt das Problem?"

„Sie ist einfach anders." Er gab ein grunzendes Geräusch von sich. „Sie ist laut und vorwitzig, weiß auf alles eine Antwort und ihr ständiger Drang, irgendetwas zu tun, kostet mich jeden Nerv. Und außerdem wird sie demnächst abreisen."

„Aber du magst sie." Es war keine Frage.

Er atmete ein paarmal ein und aus, bevor er nickte. „Und doch ist es aussichtslos."

Seine Mutter schwieg.

„Ich weiß, du wünschst es dir anders, Mamma. Aber das ist kein Märchen, wie es im Buch steht. Ich werde die Prinzessin nicht küssen und sie mit auf mein Schloss nehmen, wo wir mit unseren Kindern bis ans Ende unserer Tage leben." Er seufzte tief. „Glaub mir, ich hätte nichts dagegen, wenn es so verlaufen würde, aber es wird anders kommen. Eliza ist keine Frau, die sich mit dem gewöhnlichen Landleben zufriedengibt. Sie lechzt nach Abwechslung, ich kann es ihr deutlich anhören, wenn sie mir von ihrem Alltag in England erzählt."

„Nun, für mich klingt es, als sei sie genau die Richtige für dich, Valerio!" Seine Mutter lächelte. „Manchmal brauchen wir genau das, was wir am wenigstens zu brauchen glauben."

Er legte den Kopf schief. „Ich hatte bisher ausschließlich Pech bei der Wahl meiner Partnerinnen, Mamma. Nie ist es so weit gekommen, dass ich mich ernsthaft mit einer möglichen Zukunft mit ihnen auseinandergesetzt hätte. Vielleicht bin ich einfach nicht für Beziehungen gemacht. Die Liebe steht mir nicht. Ich habe das akzeptiert." Er zog die Schultern bis zu seinen Ohren und seufzte. „Im Übrigen wird Eliza bald abreisen, dann gehört diese ... Sache der Vergangenheit an."

„Hast du sie denn nicht gefragt, ob sie bereit wäre zu bleiben?"

Er lachte auf, tippte sich an die Stirn. „Du kommst auf die irrwitzigsten Ideen, wirklich!" Er schlenderte zum

Haus, um seiner Tante mit dem Herausbringen des Kaffeegeschirrs behilflich zu sein. Doch bevor er die Tür erreicht hatte, hörte er die Stimme seines Bruders, die durch den Flur schallte. Er schien lautstark mit Loretta zu diskutieren.

„Es geht nicht anders! Ich kann das nicht länger für mich behalten", rief er aufgebracht, bevor er nur ein paar Sekunden später im Garten auftauchte und Valerio einen verwunderten Blick zuwarf. „Mit dir hab ich nicht gerechnet", sagte er und wischte sich den Schweiß von der Stirn.

„Nun, ich besuche unsere Mutter wesentlich öfter, als du es tust. Würdest du regelmäßiger vorbeischauen, würden wir uns hier immer wieder mal über den Weg laufen!" Es war keine besonders freundliche Begrüßung, das musste Valerio sich eingestehen. Aber im Grunde hatte er nur die Wahrheit ausgesprochen, und darüber hinaus stand ihm der Sinn nicht danach, so zu tun, als habe er die letzte Auseinandersetzung mit Gianni bereits ad acta gelegt. Sein Bruder durfte ruhig wissen, dass er zu weit gegangen war, als er ihm beim letzten Mal die Pistole auf die Brust gesetzt hatte.

Gianni stemmte die Hände in die Hüften, in seinen Augen funkelte Zorn. Wulstig und dunkelrot waren seine Halsschlagadern hervorgetreten, seine Lippen zusammengepresst zu einem dünnen, farblosen Strich. „Willst du jetzt auch noch darüber mit mir streiten?"

Valerio hob die Schultern, um sie gleich wieder fallen zu lassen. „Eigentlich will ich nichts dergleichen. Du bist derjenige, der ständig nach einem Grund zu suchen scheint, über den er sich auslassen kann."

„Hallo, Gianni!" Die leise Stimme ihrer Mutter ertönte. „Wie wäre es, wenn du dich erst mal beruhigst?"

Gianni schnaubte und schüttelte vehement seinen Kopf. „Ihr seid euch so ähnlich, du und Valerio! Immerzu wollt ihr den Problemen aus dem Weg gehen, anstatt euch ihnen zu stellen."

„Es bringt doch nichts, wenn du in deiner Wut den Wald vor lauter Bäumen nicht mehr wahrnimmst." Sie klang verletzt, versuchte es aber zu überspielen. Valerios Magen krampfte sich schmerzhaft zusammen. Seit Gianni mit seiner Familie nach Florenz gezogen – oder besser gesagt: geflüchtet – war, hatte sich das Verhältnis zwischen ihm und ihrer Mutter verändert. Sie war nicht angetan davon, dass Giulia, ihr bislang einziges Enkelkind, keine innige Beziehung zu ihr aufbauen konnte. Abgesehen davon, entsprach es der Wahrheit, dass Valerio und seine Mutter zu jener Sorte Menschen gehörten, die den Dingen Zeit gaben, eben typisch italienisch. Gianni hingegen konnte sich mit einem abwartenden Verhalten nicht arrangieren, war schon immer darauf bedacht gewesen, aus einem Pool an Möglichkeiten zu schöpfen, und benahm sich manchmal, als käme er von einem anderen Stern.

„Ich wäre bereit, einen guten Espresso zu genießen. Wie sieht's bei euch aus? Gianni, es ist auch noch vom Mittagessen übrig. Wenn du magst, erwärme ich dir schnell etwas", mischte sich Tante Loretta plötzlich ein. Sie hatte zweifelsohne mitbekommen, dass ihre Schwester die Situation nicht zu händeln wusste und das Knistern, das in der Luft lag, im Handumdrehen zu einer Explosion führen würde, wenn niemand eingriff und für das Glätten der Wogen sorgte.

Gianni sah nur kurz über seine Schulter. „Nicht nötig. Ich bin gleich wieder weg. Doch zuvor …", er wandte sich seiner Mutter zu und holte tief Luft.

„Lass es!", entfuhr es Valerio. Es war nicht die rechte Zeit, ihre Mutter mit den Entwicklungen der letzten Wochen zu konfrontieren. Genau genommen wäre es ratsam, sie darüber überhaupt nicht in Kenntnis zu setzen, nicht jetzt und auch nicht später. Zumal das letzte Wort in dieser Angelegenheit noch gar nicht gesprochen war. Jedenfalls, wenn es nach Valerio ging.

Gianni zeigte auf ihn, sein Atem ging schneller, als es gesund für ihn war. „Du hast mir gar nichts vorzuschreiben!"

„Würde mir einer von euch beiden bitte erklären, was los ist? Wieso geht ihr aufeinander los? Was ist passiert, das dich dermaßen aus der Haut fahren lässt, Gianni?"

Valerio eilte an die Seite seiner Mutter, die sich aus ihrem Sessel erhoben hatte und langsam auf ihren Ältesten zuschritt. „Gianni, bitte!", flehte er seinen Bruder an, doch in dessen Augen stand blanke Wut.

„Das Haus wird abgerissen, Mutter. Es gehörte nie euch!"

Als Gianni geendet hatte, war ihre Mutter zurück zu ihrem Sessel geschlichen und hatte sich schwerfällig darauf niedergelassen. Eine Hand auf ihrem Herzen, hielt sie sich mit der anderen ihren Mund zu, damit die Schluchzer, die ihr über die Lippen kamen, gedämpft wurden. Ihr Gesichtsausdruck war schmerzverzerrt, ein Zittern hatte ihren gesamten Körper erfasst und Tränen liefen ihr über die Wangen. Sie war in Minuten um Jahre gealtert.

Valerio stand neben ihr, seine Hand ruhte auf einer ihrer Schultern, streichelte sanft darüber, seine Finger versanken in der Lochstickerei ihrer Jacke. „Ich lasse mir etwas einfallen, du musst dich nicht sorgen", murmelte er und schlug die Augen nieder. „Alles wird gut, Mamma!"

Sie schaute zu ihm hoch, in ihren Augen ein Meer aus Tränen. „Es hört sich nicht danach an, als gebe es Optionen."

„Das siehst du völlig korrekt!" Gianni hatte sich in die Hocke gesetzt und das Gesicht hinter seinen Händen verborgen. Seine Stimme klang wie von weit her. „Billie Costrado wird am Dienstag eintreffen. Wir telefonierten heute früh miteinander."

Valerios Atem ging schwer. Die Verzweiflung seiner Mutter gepaart mit der Hilflosigkeit, die er verspürte, ließ ihn beinahe in die Knie gehen. „Wann werden die Abrissarbeiten beginnen?"

Gianni sah auf. „Wenn alles nach Plan läuft, wahrscheinlich schon in zwei, spätestens drei Wochen." Er erhob sich und ging auf Valerio zu. „Wenn du Glück hast, gewährt er dir vielleicht ein paar Tage zusätzlich, damit du das Wichtigste aus dem Haus herausschaffen kannst."

„Du kannst fürs Erste bei uns wohnen." Tante Loretta war ebenso leichenblass wie ihre Schwester, grundsätzlich aber eher imstande, schlechte Nachrichten zu verdauen und sich anschließend um einen klaren Kopf zu bemühen.

„Das ist gut gemeint, aber ..." Valerio sah zu Boden, kämpfte um die passenden Worte. Die es nicht gab. „Wir werden sehen." Er tätschelte seiner Mutter die

Schulter und ging neben ihr in die Hocke. „Ich muss jetzt los, aber ich melde mich, sobald mir eine Lösung eingefallen ist. Du kannst dich auf mich verlassen." Irgendwo im Hintergrund hörte er Gianni schnauben. Als er sich wieder aufrichtete, sah er seinen Bruder wortlos durch das Gartentor flüchten.

Seine Mutter schaute ihm nach, unfähig, auch nur noch einen einzigen Satz zu formulieren.

„Ich kümmere mich", flüsterte Tante Loretta, als Valerio sich verabschiedet hatte und zum Auto ging. „Aber Junge", sie lehnte sich über die geöffnete Tür des Ford Ranger, „lass mich bald wissen, ob du mein Angebot annehmen möchtest. Das Zimmer herzurichten, kostet ein wenig Zeit."

Valerio nickte stumm. Er hatte gerade rückwärts ausgeparkt, da konnte er seine Emotionen nicht mehr im Zaum halten. Seine Finger umkrampften das Lenkrad, bevor er seinen Tränen freien Lauf ließ und seiner Frustration durch ein tiefes, kehliges Grollen Ausdruck verlieh.

Das *A Marcella* füllte sich langsam. Einheimische wie Touristen, die im mittelalterlich anmutenden Montabello wohnten oder ihren Urlaub verbrachten, strömten unaufhörlich durch die viel zu schmale Eingangstür aus massivem dunklem Holz, schauten sich nach freien Plätzen an den Tischen um oder nahmen schnurstracks einen der Barhocker in Beschlag, die entlang der gemauerten Theke aufgereiht waren. Die Trattoria verfügte über drei Räume, die durch rustikale Rundbögen und scheibenlose Fenster, in denen üppige

Grünpflanzen wucherten, verbunden waren. Je nachdem, wie ausgebucht das Restaurant war, wurden die Gäste ausgehend vom Hauptraum, in dem sich die Theke befand, auf die etwas kleineren Seitenzimmer verteilt. Die Lage des Restaurants war perfekt: Gleich am Marktplatz im unteren Bereich der Stadt, in unmittelbarer Nähe zu einer der drei Kirchen, zwischen alten Wohnhäusern mit kleinen gusseisernen Balkonen und winzigen Läden, die regionale Köstlichkeiten, Handwerkskunst sowie Lederwaren verkauften. Vor allem an den Wochenenden erfreute sich das *A Marcella*, das von außen an eine winzige Festung aus hellem Naturstein erinnerte, über äußerst zufriedenstellenden Zulauf. Heute, in nicht mal einer Stunde, sollte eine Coverband auftreten, die englischsprachige Musik aus den Achtzigern zum Besten gab, ein Publikumsmagnet für die Urlauber Montabellos. Dazu war ein Podest aufgebaut worden, das sich rechts neben der Theke befand. Jemand war dabei, das Standmikro sowie ein kleines Schlagzeug ins Licht zu rücken und im vorderen Bereich einen Zettel mit der Abfolge der Songs aufzukleben, die die Band spielen wollte.

Valerio band sich die dunkelrote Schürze um seine Hüften und beobachtete die Gäste, die sich lachend und in Gespräche vertieft von den Servicekräften an die Tische führen ließen. Es herrschte eine ausgelassene Stimmung, die Veranstaltung war etwas Besonderes und schon vor gut zwei Wochen ausverkauft gewesen. Doch immer noch winkte Marcella, seine Chefin, die sich vor dem Eingang tummelnden Besucher in ihre Trattoria. Vermutlich witterte sie das große Geschäft und wollte die Türen nicht schließen, bis auch der letzte zahlungswillige Gast eingekehrt war. Mittlerweile waren alle Sitzplätze an den kleinen, runden Holztischen besetzt, zum größten Teil von Einheimischen, wie Valerio feststellte. An der Bar hingegen wimmelte es von Touristen und auf dem hell gefliesten Boden hatten sich Jugendliche gleich vor der Bühne niedergelassen. Es ging zu wie in einem Bienenstock.

„Woher kommen die alle?", fragte Domenico, einer der Kellner, mit dem sich Valerio gut verstand, und schüttelte ungläubig seinen Kopf, während er Weingläser polierte.

„Die Hauptsaison hat begonnen, schon vergessen?", stellte Valerio eine Gegenfrage. „Montabello platzt aus allen Nähten."

Er griff in seine Hosentasche, löste zwei Kopfschmerztabletten aus einem Blister und spülte sie mit einem Schluck Wasser hinunter. Seit er vom Besuch bei seiner Mutter zurück war, brummte sein Schädel unaufhörlich. Am liebsten hätte er sich krankgemeldet, doch sein schlechtes Gewissen hatte ihn davon abgehalten. Ihm war klargewesen, dass mit dem anstehenden Konzert im *A Marcella* jede Menge Arbeit auf ihn wartete und er seine Kolleginnen und Kollegen unmöglich damit alleinlassen konnte. Außerdem hätte seine Chefin in Anbetracht der vielen Gäste und der überschaubaren Menge Personal wohl ein mittelschwerer Ohnmachtsanfall heimgesucht, wenn nur ein einziger ihrer Mitarbeiter heute nicht erschienen wäre.

„Übernimmst du die rechte Seite im Hauptraum?", fragte Domenico. „Dann kümmere ich mich um alle, die links sitzen."

Valerio sah sich nach Estella um, der dritten Servicekraft für diese Schicht. Sie winkte ihm von einem der beiden Seitenräume zu und gab per Handzeichen zu verstehen, dass sie die Gäste dort und auf der anderen Seite bedienen würde.

„Alles klar. Dann auf in den Kampf!"

In Windeseile fegte Valerio mit randvollen Tabletts durch die Menge, nahm Bestellungen entgegen und führte belanglose kurze Schwätzchen. Marcella war es wichtig, dass sich die Gäste gesehen, ernstgenommen und unterhalten fühlten. Als kehrten sie bei guten Freunden ein. Das galt gleichermaßen für die Bewohner Montabellos als auch für die Touristen.

Die Musiker stimmten ihre Instrumente, das Licht über der Bühne wurde positioniert, und mit einem Mal kam Unruhe auf. Valerio bahnte sich gerade den Weg zum hintersten Tisch in seinem Bereich. Danach hätte er alle Besucher, für die er zuständig war, in einer ersten Runde versorgt und würde eine kurze Verschnaufpause genießen können, bevor Folgebestellungen eingingen. Er verlangsamte seine Schritte und versuchte auszumachen, warum die Besucher, allen voran Urlauber, ihren offensichtlichen Unmut kundtaten. Pfiffe ertönten, aufgeregtes Rufen hallte durch den Raum, vereinzelt waren Buhrufe zu vernehmen.

„Was darf ich zu trinken bringen?", fragte er, abgelenkt durch das wilde Stühlerücken, das im Nebenraum für Turbulenzen sorgte.

„Einen Aperol Sour bitte!"

Valerio sah auf, weil die Stimme, die er hörte, sein Herz stolpern ließ. „Eliza!"

„Ja, ich." Ihr Blick sprach Bände: Sie wäre lieber nicht auf ihn getroffen. „Ich wusste nicht, dass du genau hier arbeitest. Du hattest mir zwar erzählt, dass du in einer der Trattorias jobbst, aber ..."

„Tja!" Seine Stimme klang schroff, obwohl er ihr eine solche Behandlung nicht zugedacht hatte. Doch ihr zu begegnen und nahe zu sein, obwohl sein Verstand ihn pausenlos ermahnte, ihr bis zu ihrer Abreise aus dem Weg zu gehen, warf ihn aus der Bahn.

„Als ich dich eben erkannte, hatte ich gerade meinen Platz eingenommen. Und dann wurde es plötzlich so voll, dass ich mich kaum von hier hätte fortbewegen können." Sie wies mit der Hand in den überfüllten Raum. „Ist es okay für dich, wenn ich bleibe?"

Valerio versuchte sich an einem Lächeln. „Natürlich!" Eine glatte Lüge! Denn sosehr er auch versuchte, sich von der Sinnlosigkeit einer eventuell und nur sehr unwahrscheinlich ausbaufähigen Verbindung zu Eliza zu überzeugen, irgendetwas in ihm kämpfte dagegen an und machte sich Hoffnungen. War er denn nicht oft genug enttäuscht worden? Dass sie ihn nach ihrer gemeinsamen Nacht – oder besser gesagt: ihren gemeinsamen zehn Minuten – nicht gebeten hatte, doch zu bleiben, war eine Entscheidung gewesen, die stellvertretend für sein Unglück mit Frauen stand. Eliza und er verstanden sich, aber mehr würde aus ihnen nicht werden. „Und du hast recht. Heute ist es ein bisschen hektisch. Solche Veranstaltungen finden hier nicht oft statt."

Eliza zog die Augenbrauen hoch und grinste. „Das erklärt, warum das Ganze dermaßen unorganisiert abläuft!"

„Wie meinst du das?"

Sie stand auf, umfasste mit beiden Händen seine Schultern und manövrierte ihn in eine Position, in der sowohl das Podest an der Theke in seinem Blickfeld lag als auch die Übergänge zu den beiden Seitenräumen. „Siehst du, wie die Leute sich anstrengen müssen, damit sie von dort hinten überhaupt erkennen, was sich auf der Bühne abspielt?" Eliza seufzte. „Wie kann deine Chefin nur so viele Besucher einlassen und dann nicht sicherstellen, dass jeder Platz findet und etwas sehen kann?" Es war weniger eine Frage als eine Feststellung, und Valerio musste ihr recht geben. Wie auf Kommando klirrten plötzlich Gläser zu Boden, stolperte eine Frau über die ausgestreckten Beine eines Teenies, der am Rande des Podests ausharrte, und quiekte eine ältere Dame in den schrillsten Tönen, weil Domenico ihr im Getümmel einen Eiskaffee in den Ausschnitt gekippt hatte.

„Und schon ist das Chaos perfekt!" Eliza setzte sich wieder, stützte die Ellbogen auf die Tischkante und schloss ihre Augen.

„Geht es dir nicht gut?", fragte Valerio und nutzte den Moment, um sie zu betrachten. In ihrer hautengen Jeans, dem Top, das sowohl den Ansatz ihrer Brüste als auch ihren Bauchnabel entblößte, und den dunklen High Heels sah sie umwerfend aus. Ihre Haare waren leicht gewellt. Unaufhörlich, fast so, als sei sie nervös, strich sie sich diese hinter ihre Ohren, an denen silberne Ohrringe hingen, die ihr fast bis auf die Schultern reichten. Sie war so gut wie ungeschminkt, lediglich ein wenig apricotfarbener Lipgloss betonte ihre Lippen.

Valerio entließ seinen angehaltenen Atem. Diese jungenhafte Schwärmerei musste aufhören. Sie führte zu nichts. „Ist alles okay?", wiederholte er seine Frage, weil Eliza immer noch mit geschlossenen Lidern und beinahe unbeweglich auf ihrem Stuhl saß. Seine konträren Empfindungen in den Griff bekommen zu wollen bedeutetet nicht, dass ihm Elizas Gemütszustand gleichgültig war.

Sie hob das Kinn und schaute ihn an, während Marcella im Hintergrund die Band ankündigte und gleichzeitig ein aufgeregtes Raunen durch die Menge ging. „Ich überlege, ob es sinnvoll ist, deiner Chefin meine Hilfe anzubieten."

„Deine ... was?"

Sie antwortete ihm nicht. Stattdessen drängte sie sich an ihm vorbei, murmelte mehrere „Scusi, scusi, per favore!", während sie sich vorwärtskämpfte und hinter einer Mauer aus Menschen verschwand, die die Theke belagerten.

Valerio kratzte sich am Kopf und schlang die Finger seiner rechten Hand um den Zopf, zu dem er seine Haare zusammengebunden hatte. Mit der Linken steckte er den Block samt Stift zurück in seine Hemdtasche und blickte unauffällig zu den Nachbartischen. Niemand nahm Notiz von ihm oder dem Urknall, der sich in seinem Inneren soeben vollzogen hatte. Widerstand zwecklos!

Kapitel 7

Eliza

Nachdem sie Marcella von ihrem Vorhaben unterrichtet und prompt grünes Licht erhalten hatte, erklomm sie im Laufschritt das Podest.

„Hey, Leute!" Der Gitarrist sah sie an, als würde sie ihm eröffnen wollen, dass der Auftritt gestrichen und die Gage nicht gezahlt werden würde.

„Keine Angst", hauchte Eliza ihm zu und zwinkerte. „Ihr dürft gleich loslegen." Als er erleichtert nickte, drehte sie sich wieder nach vorne und hob beide Arme. Sie klatschte ein paarmal in die Hände, entzückt darüber, dass das Mikro bereits eingeschaltet war und ihre Stimme in jeden Raum übertrug. „Es ist ein bisschen unübersichtlich hier, meint ihr nicht auch?", sprach sie abwechselnd in fehlerfreiem Italienisch und dann in ihrer Muttersprache.

Kollektives Gegröle und zustimmende Rufe kamen zur Antwort, überall reckten die Besucher ihre Köpfe.

Eliza schob ihre Hüfte vor und nickte. „Dabei sind doch ganz bestimmt viele von euch gekommen, um das Konzert von …", sie suchte den Blick des Sängers, der sofort reagierte und ihr den Bandnamen verriet, „von

High Five zu erleben!", fuhr sie fort, wiederum bejahende Laute und Gesten erntend.

„Nun, ich habe einen Vorschlag." Sie reckte den Zeigefinger in die Höhe und ließ ihren Blick prüfend durch die Trattoria schweifen. „Wenn wir alle mit anpacken, verspreche ich euch, dass jeder auf seine Kosten kommt. Ich gehe nämlich davon aus, dass einige von euch sich auf ein wundervolles Abendessen gefreut haben und nicht der Musik wegen hier sind." Sie wiegte ihren Kopf hin und her. „Obwohl gegen ein paar gute Songs aus dem Background sicher nichts einzuwenden ist."

Etwa die Hälfte der Besucher jubelte und winkte ihr zu. Sie war auf dem richtigen Dampfer, sie spürte es ganz genau. „Und der Rest will tanzen, stimmt's?" Ohrenbetäubender Lärm brach los. Und weil sich die Band anscheinend geehrt und unterstützt fühlte, schrammelte der Gitarrist ein paar Akkorde und haute der Drummer ein kurzes Solo ins Schlagzeug. Eliza entdeckte Valerio, der immer noch an ihrem Tisch verweilte und sie anstarrte. Als sich ihre Blicke trafen, zuckten seine Mundwinkel. Es schien, als wäre er nicht sicher, ob es ihm zustand oder besser gesagt, ob er es sich erlauben durfte, ihre Aktion zu unterstützen. Bei eher zurückhaltenden Menschen wie ihm war es nicht ungewöhnlich, dass *Spontanität* und *Lebensgefahr* in einen direkten Kontext gesetzt wurden. So weit hatte Eliza ihn bereits einschätzen können. Zumindest, sofern es sich um Dinge handelte, die nichts mit einer körperlichen Annäherung zu tun hatten. Was das betraf, empfand sie Valerio als alles andere denn schüchtern. Ihre Gedanken kehrten zurück zur vergangenen

Nacht, als er ihre Hüften umfasst hatte, um das Tempo ihrer Bewegungen zu beschleunigen. Sie hatte ihn tief in sich gespürt, war seinem Rhythmus verfallen, ihre Fingernägel in die Haut seiner Schultern gegraben. Die Art, wie er ihren Namen gekeucht hatte, immer und immer wieder, während sie ihren Kopf in den Nacken gelegt hatte und mit ihm dem Gipfel entgegengestürmt war.

Ihr brach der Schweiß aus. Sie musste an etwas anderes denken. Ganz dringend!

„Gut, wer fühlt sich imstande, der Band beim Versetzen ihrer Instrumente und, nicht zu vergessen, der Bühne, zu helfen? Alles muss im Nebenzimmer aufgebaut werden mit Blickrichtung in den Hauptraum und den dahinterliegenden Bereich." Sie hatte noch nicht zu Ende gesprochen, da schnellten bereits mehrere Finger gleich vor ihr in die Höhe, während hinter ihr die Musiker mit dem Zusammenräumen ihres Equipments begannen.

„Dann möchte ich diejenigen, die auf einen Sitzplatz bestehen und hier sind, um Marcellas köstliches Essen zu genießen, bitten, Tische und Stühle in den Hauptraum und vor allem dem am weitesten von der Bühne befindlichen Areal umzuräumen. Der Bereich unmittelbar vor der Bühne sollte frei bleiben, damit diejenigen unter euch, die zum Feiern erschienen sind, allen anderen nicht in die Quere kommen und selbst ausreichend Platz haben." Ihre Anweisungen fanden Zustimmung, im Nu waren alle Besucher auf den Beinen, rückten das Mobiliar umher und tauschten ihre Plätze. Irgendwann schoss auch Valerio an ihr vorbei, auf seinen Armen einen Stapel Sitzkissen, in seinen Augen den Ausdruck wachsender Begeisterung. Die Trübsinnigkeit, die ihm eben noch ins Gesicht geschrieben war, hatte sich genauso verflüchtigt, wie das Unwohlsein, das seine Stimme gefärbt hatte, als sie versucht hatten, ein paar Worte miteinander zu wechseln. Eliza atmete auf. Dass aus ihm und ihr nichts werden konnte, stand außer Frage. Abgesehen von ihrer Entscheidung, am Montag abzureisen – sie hatte sich heute früh die entsprechenden Flugoptionen herausgesucht – lebten Valerio und sie in völlig unterschiedlichen Welten, die nie und nimmer miteinander zu vereinen wären. Sie plante ihren Tagesablauf, verfolgte Termine, deren Verabredung Wochen, manchmal Monate im Voraus stattgefunden hatte. Er nahm die Dinge, wie sie kamen, pendelte allenfalls zwischen seinen Aufgaben im Olivenhain und dem Job im *A Marcella* und frönte in der Zwischenzeit dem Nichtstun. Einer Angewohnheit, die ihm im Blute lag, Eliza hingegen das Fürchten lehrte. Ja, sie zogen sich gegenseitig an, und damit meinte sie keinesfalls nur die körperlichen Aspekte, die in ihr eine Leidenschaft entfachten, der sie sich kaum entziehen konnte. Doch hieß es im Volksmund nicht, dass es vor allem die Gegensätze sind, die einander Faszination auslösen? Gegensätze, die früher oder später zu der traurigen Erkenntnis führten, dass es keine gemeinsame Basis gab, auf die ernsthaft aufgebaut werden konnte.

Sie mochte Valerio. Alles, was darüber hinausgehen würde, war undenkbar. Zumal die Probleme spätestens dann unüberwindbar werden würden, wenn es darum ging, zu entscheiden, wie und wo sie ihre Beziehung weiterführen würden. London zu verlassen, ihren Job nicht weiter ausführen zu können und hier in Langeweile zu ertrinken, war undenkbar. Punkt.

Und trotzdem fühlte Eliza sich ein kleines Bisschen weniger schuldig, als sie ihn lachen sah. Nichts lag ihr ferner, als ihn zu verletzen oder ihm das Gefühl zu vermitteln, sie erachte ihn für nicht gut genug.

„Grazie, Signora!" Marcella hatte sich an ihre Seite geschlichen und legte ihr die Hand auf die Schulter. „Ich gebe zu, ich hätte nicht mit diesem Ansturm gerechnet, wollte am Ende aber auch nicht jenen die Tür vor der Nase schließen, die sich auf einen schönen Abend gefreut hatten. Doch ich merke: Es schadet nicht, jemanden wie Sie zu kennen, die sich so vorbehaltlos ins Getümmel stürzt und für Ordnung sorgt. Ich danke Ihnen von Herzen und hoffe, Sie besuchen meine Trattoria in den nächsten Tagen noch mal. Das Essen geht dann selbstverständlich aufs Haus!" Sie nahm Elizas Hand und drückte einen Kuss darauf, bevor sie wieder verschwand, noch ehe Eliza die Möglichkeit hätte nutzen können, um auch ein paar Worte loszuwerden. Doch darauf wäre es wahrscheinlich auch nicht angekommen. Alles war gesagt. Und ihr Konzept war aufgegangen: In Windeseile war aus einem der Seitenzimmer und einem Teil des Hauptraumes eine Konzertlocation entstanden, während auf der anderen Seite des Gebäudes alles an ein gewöhnliches Restaurant erinnerte.

„Das sieht klasse aus!", lobte sie die Besucher und küsste in einer überschwänglichen Geste ihre Fingerkuppen, wofür sie ihrerseits tosenden Beifall erntete. „Wenn jetzt jemand noch die Boxen für den Essensbereich auf stumm schaltet, ist es perfekt." Es fiepte kurz in den Lautsprechern.

„Check, Check", hörte sie den Sänger von *High Five* ins Mikro sprechen und hob zustimmend ihre Hand, als seine Stimme vor allem im Bühnenbereich der Trattoria durch den Raum schallte, die Gäste im Hauptraum und am anderen Ende sich hingegen wieder ihren Gesprächen widmeten und das bestellte Essen in Empfang nahmen. Nur Minuten später ertönte der eingängige Refrain von *I love Rock 'n' Roll*, nur um dann vom Ramazzotti-Klassiker *Se Bastasse una Canzone* abgelöst zu werden, bei dem auch die ältere Generation, zwischen Pasta und Pizza, die Köpfe wiegte. Eliza begab sich unter dem freundlichen Zunicken der Gäste zurück an ihren Platz, an dem Valerio ihr den georderten Aperol Sour servierte.

„Ich muss sagen, das war wirklich ... phänomenal!" Seine Augen blitzten, als er sie ansah. „Ich verstehe voll und ganz, wieso die Leute in London gerade *dich* für ihren großen Tag engagieren. Bei dir sieht alles so einfach aus, es geht dir wie von selbst von der Hand, als müsstest du dich gar nicht anstrengen."

Eliza nippte an ihrem Aperol, ließ die kühle Flüssigkeit, ein perfekter Mix aus fruchtig und sauer, auf ihrer Zunge prickeln und lächelte dann. „Oh, ich muss mich dafür auch nicht anstrengen oder verbiegen. Ich liebe diesen Job einfach. Es wird Zeit, dass ich heimkehre und mich in die Arbeit stürze."

Für einen Moment entgleisten Valerios Gesichtszüge. Der Ausdruck von Anerkennung für Elizas Leistung wich einer ... war es Enttäuschung? „Wenn du noch einen Wunsch hast, melde dich, ich bin dann sofort bei dir." Er drehte sich um, ohne sie vorher noch einmal anzuschauen, und verschwand hinter der Theke.

Eliza atmete laut aus. Sie legte ihre Finger um das Glas, schob es hin und her, drehte es, bis sich ein Strudel in ihrem Getränk bildete, und erschrak, als die auf dem Rand festgesteckte Orangenscheibe in den Drink platschte. Sofort wischte sie die Spritzer mit einer Serviette weg und prüfte die Tischoberfläche. Cocktails klebten in der Regel fürchterlich. Sie seufzte und machte sich, bewaffnet mit einem weiteren Papiertuch, auf dem Weg zu den Damentoiletten. Als sie die Serviette mit Wasser tränkte, warf sie einen Blick auf ihr Spiegelbild. Ihre Wangen zeigten ein lebhaftes Rosé, die Augen glänzten, ihr Blutdruck bewegte sich in einem – Eliza wollte ihren Augen kaum trauen, als sie ihre Smartwatch checkte – tatsächlich entspannten Bereich. Was in Anbetracht der Tatsache, dass sie bis vor einigen Minuten noch herumgewirbelt war, um das Chaos rund um das Konzert in geregelte Bahnen zu lenken, mehr als verwunderlich war. Sie stützte sich mit beiden Händen auf das marmorne Waschbecken, beugte sich vor, bis ihre Nasenspitze den Spiegel berührte und ... lächelte. Langsam atmete sie ein und aus, beobachtete, wie ihre Brust sich in einem völlig gelösten Rhythmus hob und wieder senkte. Und lächelte noch breiter. Die Situation mit Valerio war verfahren, doch war es unter Umständen möglich, dem Ganzen einen Schubs in die entgegengesetzte Richtung zu geben. Sie waren nicht füreinander geschaffen, nicht im romantischen Sinne, doch nichts sprach gegen eine Freundschaft.

Aus dem Nebenraum drang ein von Synthesizern getriebener Song an ihr Ohr, wahrscheinlich *Depeche Mode*, und ganz automatisch begann Eliza auf ihren

Füßen zu wippen, ließ sich von der guten Laune erfassen, die die Gäste durch lautes Klatschen und Rufen ausdrückten. Sie zog den Bund ihres Tops etwas weiter nach oben und den Ausschnitt ein bisschen tiefer. Sie wollte tanzen. Sie wollte mit *ihm* tanzen.

Natürlich unverfänglich.

Als Freunde.

Sie fand Valerio hinter der Theke stehend, wo er leere Gläser von einem Tablett auf die Spüle umräumte. „Komm!", forderte sie ihn auf, als er sie erblickt hatte, und hielt ihm die Hand hin.

Sein Blick glitt über sie, und dass ihm gefiel, was sich ihm bot, war unverkennbar. Wohin?"

„Komm einfach!" Eliza befürchtete, dass er ablehnte, würde sie ihm verraten, dass sie mit ihm tanzen wollte. Sich in den Fokus anderer zu begeben und beobachtet zu werden, lag ihm nicht. Das war ihr schnell klargeworden.

„Ich muss arbeiten!" Er hob die Schultern und wies auf die voll beladene Abtropffläche.

Doch mit einer Ausrede hatte Eliza gerechnet. Sie sah sich um, entdeckte einen der anderen Kellner und hielt ihn am Arm fest, als er an ihr vorbeirauschen wollte. „Domenico!", las sie seinen Namen von dem Ansteckschildchen an seinem Hemd ab und schenkte ihm ein charmantes Lächeln. „Würden Sie mir Ihren Kollegen kurz ausleihen? Nur für einen Augenblick." Sie hob ihr Kinn in Valerios Richtung und grinste breit.

„Ich denke, das geht in Ordnung", lachte Domenico, während er Valerio, der kaum wusste, wie ihm geschah, vor sich her schubste. „Ein bisschen Aufmunterung wird ihm guttun. Er macht schon den ganzen

Abend ein Gesicht, als wäre seine Nonna soeben verstorben."

„Meine Großmutter ist schon seit Jahren tot", gab Valerio feixend zurück, fiel aber in das Lachen ein und stand im nächsten Moment vor Eliza. Bereitwillig schlossen sich seine Finger um ihre; er war ihr so nah, dass sie die Wärme, die von seinem Körper abstrahlte, auf der Haut ihrer Arme wahrnahm. Sofort lief ihr eine so heftige Gänsehaut über den Rücken, dass sie erschauderte.

„Willst du mich wieder entführen?"

Ihr Herz setzte für einen Schlag aus. Würde sie ihrem ersten Impuls nachgeben und aussprechen, was ihr unvermittelt auf der Zunge lag, müsste sie seine Frage bejahen. Selbstverständlich rief sie sich zur Vernunft, ehe ihr etwas über die Lippen kam, das sie später bedauern würde.

„Nur für einen Tanz!", antwortete sie und hoffte, er würde ihr seine Hand nicht gleich entziehen, weil sie nun doch mit der Sprache herausgerückt war. Zumindest mit den unverfänglichen Details, die nicht dafür sorgen würden, dass sie dem Strudel seiner Anziehung erneut erliegen würden. Es war wie verhext! Viel zu weit war sie schon abgetaucht, hatte zugelassen, dass ihre Souveränität litt und sie wiederholt die Beherrschung verlor. Irgendwo in ihren hinteren Hirnwindungen machte sich ihre Mutter bemerkbar, wie sie ihre Missbilligung kundtat und ihre Tochter daran erinnerte, was auf dem Spiel stand, wenn sie sich weiterhin wie ein Flittchen benahm.

Valerio studierte ihre Gesichtszüge, schien darin zu lesen und zu verstehen, dass sie nicht gewillt war, seiner Frage eine andere Bedeutung oder gar Absicht beizumessen.

„Ich kann nicht tanzen", sagte er dann.

Sie lächelte. „Wir stellen uns ganz an den Rand. Versprochen!"

Sein Daumen strich über ihre Fingerknöchelchen. Behutsam, wie zufällig. Dann nickte er.

„Hast wohl Blut geleckt, was?" Sie schlang ihre Arme um seinen Nacken, als er unaufgefordert hinter ihr aufgetaucht war, ihre Hüfte umfasste und sie zu sich herumgedreht hatte. „Ich habe mitgezählt: Das ist mindestens schon das vierte oder fünfte Lied, zu dem wir tanzen."

Dieses Freundschaftsding schien Form anzunehmen. Eliza atmete innerlich auf. Auf ihre diplomatische Ader war Verlass.

„Ich muss verrückt sein", gab er lachend zurück und kam ihr so nahe, dass sie seinen Atem auf ihren Lippen spürte. Eine Hitzewelle durchlief Elizas Körper. Sie ging in Habachtstellung.

Das *A Marcella* hatte sich in der letzten halben Stunde sichtlich geleert, die Band hatte angekündigt, die letzten Songs zu spielen, und die Servicekräfte hatten angefangen, den Bereich, der am weitesten von der Bühne entfernt lag, in seinen ursprünglichen Zustand zurückzuversetzen.

„Ich hätte ein Anliegen." Valerio lächelte, während er Eliza sanft hin und her wiegte.

Vor etwa einer Stunde hatte sie Chloe eine Nachricht gesendet und ihr zugesagt, am Montag wieder in London einzutreffen. Die Entscheidung stand, der Flug war gebucht. Sie wäre gut beraten, sich auf nichts einzulassen.

„Ich bin ganz Ohr", flüsterte sie dennoch und hob ihr Kinn. Sein Duft nach Zeder und Marzipan stieg ihr in die Nase und betörte ihre Sinne. Wie brachte er es fertig, diese Reaktionen bei ihr hervorzurufen? War es etwas, das den Italienern per se in die Wiege gelegt war?

„Lass uns den morgigen Tag in Montabello verbringen. Ich möchte dir die Stadt zeigen." Hoffnungsvoll blickte er sie an, wartete auf ihre Antwort – mit der sie sich Zeit ließ.

Die letzten Klänge von *Should I stay or shold I go* verstummten, der Sänger der Band bedankte sich beim noch verbliebenen Publikum, es folgte Applaus. Eliza spürte, wie jeder Tropfen Speichel in ihrem Mund vertrocknete. Ihre Zunge klebte am Gaumen, über ihre geöffneten Lippen entwich ihr ein zittriger Atemzug. Vergeblich versuchte sie zu schlucken, überlegte fieberhaft, welche Antwort dem, was Valerio erwartete und dem, was sie für sinnvoll erachtete, gerecht werden würde. Einen gesamten Tag miteinander zu verbringen, Erinnerungen zu schaffen – gemeinsame Erinnerungen –, würde sie auf eine Art miteinander verbinden, die den bevorstehenden Abschied erschweren würde. Von dem er noch nichts wusste. Wahrscheinlich wäre es klüger, auf Distanz zu gehen, das Miteinander nicht weiter zu vertiefen, auf der Hut zu sein. Im eigenen Interesse und auch aus Rücksicht auf die etwaigen Gefühle des Gegenübers. Eliza wusste nicht, welches Prädikat ihre Verbindung zu Valerio am ehesten verdiente – und der Umstand, dass sie nicht fähig war, dem Ganzen ein Etikett aufzudrücken, das sämtliche Bedenken begrub, wurmte sie. Und doch kam sie nicht umhin, sich der freudigen Erwartung bewusstzuwerden, die sie erfasste wie ein kleiner Wirbelwind. Ein Wirbelwind, der sich zweifelsfrei zu einem Tornado entwickelte, wenn sie nicht aufpasste.

***

Nachdem in der Nacht ein Gewitter über Montabello gezogen war, hatte sich die Luft etwas abgekühlt. Die Schwüle der letzten Tage hatte sich aufgelöst, eine angenehm frühlingshafte Brise strich durch das sich verdichtende Blätterwerk der Kastanien. Eliza saß in Valerios Ford Ranger und ließ sich den Fahrtwind um die Nase wehen. Ihr Gesicht der Sonne zugewendet, die vom zartblauen Himmel herabschien, konzentrierte sie sich auf die Strategie, die sie sich überlegt hatte. Sie würde Quality Time mit Valerio verbringen, seine Nähe genießen, gemeinsam mit ihm ein paar schöne Stunden erleben.

Nichts sprach dagegen.

„Du bist ungewohnt still", meldete sich Valerio neben ihr zu Wort.

Eliza drehte ihren Kopf und lächelte. „Ist das ein Kompliment?"

„Nicht unbedingt."

Sie schlug ihre Augen nieder und inspizierte, welche Errungenschaften aus Feld, Wald und Wiese sich im

Fußraum des Wagens angesammelt hatten. Doch das Ablenkungsmanöver, mit dem sie gegen sich selbst vorging, scheiterte. Es entsprach einer Tatsache, dass er sie nach der kurzen Zeit, die sie miteinander verbracht hatten, besser einzuschätzen wusste, als ihr lieb war.

„Ich bin gespannt darauf, was du mir heute alles zeigen wirst, das ist alles", log sie, ohne aufzublicken.

Er antwortete nicht. Vielleicht weil er das Auto gerade auf einen Parkplatz lenkte und nach einer Stelle suchte, die Schatten spendete.

„Warum halten wir hier?"

„Teile der Stadt sind mit dem Auto nur schwer passierbar."

Sie runzelte die Stirn. „Das Taxi, das mich gestern ins *A Marcella* gebracht hat, hielt gleich vor der Tür des Restaurants."

„Das liegt daran, dass der Marktplatz in der Unterstadt liegt, wo die Straßen breit genug sind", erklärte er. „Aber weiter oben wird es schwierig. Lass dich einfach überraschen!"

Als sie vom Parkplatz abgebogen waren, begaben sie sich auf direktem Weg zum Stadttor Montabellos. Ähnlich des Zugangs zu einer Festung spannte sich ein breiter, gemauerter Bogen über die Straße, der von Efeuranken umsponnen war und Eliza an die Geschichte um Dornröschen erinnerte.

„Dieses Tor ist mir gestern gar nicht aufgefallen."

„Vielleicht beschäftigte dich irgendetwas anderes und du hattest kein Auge dafür. Soll vorkommen!" Er zwinkerte, bevor er fortfuhr. „Die ganze Stadt ist von dieser Mauer umgeben." Er zeigte auf die imposanten

Befestigungen, die sich rechts und links des Tores fortsetzten. „Sie zieht sich ein ganzes Stück den Berg hinauf. Wir werden heute einige Höhenmeter überwinden." Er beäugte sie kritisch.

„Willst du mir beweisen, dass du fitter bist, als ich dachte?" Eliza grinste bei dem Gedanken an den Tag ihrer ersten Begegnung, als er ihr auf den Hügel im Olivenhain gefolgt war und nach Luft geschnappt hatte.

„Nicht im Geringsten. Wettbewerb liegt mir nicht, hast du das noch nicht festgestellt?"

Sie lachte. „Selbstverständlich. Ich sehe immer genau hin und höre gut zu!"

Unvermittelt reichte er ihr seine Hand, die sie ergriff, bevor sie darüber nachsinnen konnte, ob sie ihm damit ein missverständliches Signal sendete. Doch als seine Finger sich fest um die ihren legten und sein Daumen über ihre Haut strich, verflüchtigten sich ihre Bedenken wie ein Schwarm Schmetterlinge, der sich in die Lüfte erhob.

Eliza entschied, die Leine, an der sie sich selbst spazieren führte, etwas lockerer zu lassen.

Sie passierten das Stadttor zusammen mit Touristen und Einheimischen, die sich angeregt in ihrer Muttersprache unterhielten. Eliza versuchte, ein paar Gesprächsfetzen aufzuschnappen und erfreute sich an dem Klang der Wörter, die sie stets mit Leidenschaft und Verführung in Verbindung brachte. Dass sie dies so empfand, war vielleicht – mindestens zu einem gewissen Anteil – auch auf die Anwesenheit eines attraktiven Italieners zurückzuführen, der neben ihr ging und ihr hin und wieder einen Blick zuwarf, bei dem es ihr merklich wärmer wurde. Egal wie sehr sie versuchte, diese Empfindung zu ignorieren.

„Ich schlage vor, dass wir ganz oben beginnen und uns dann nach unten durcharbeiten." Er wies auf einen geschlängelten Weg, der kurz hinter dem Tor von der Hauptstraße abging und sich im Dickicht der Bäume verlor. „Von der *Piazza Paradiso* hat man eine spektakuläre Aussicht auf die umliegenden Weinberge, Felder und Olivenhaine. Es ist ein toller Ausgangspunkt für eine Stadtbesichtigung."

Eliza ließ sich von ihm mitziehen, spürte die Begeisterung und Liebe für seine Heimat, obwohl sie sicher war, dass er die Abgeschiedenheit der Hügel der Geschäftigkeit der Stadt vorzog. Dennoch bemerkte sie das Strahlen, welches seinen Augen einen besonderen Glanz verlieh, und das Lächeln, das ohne Unterlass an seinen Mundwinkeln zupfte.

Unter hohen, in einem satten Grün leuchtenden Bäumen führte sie ein Trampelpfad jenseits der offiziellen Wege den Berg hinauf. Eliza blieb stehen, streckte ihre Finger aus und studierte die Äste mit den kleinen Blättern daran, die sie an den Kopfschmuck so mancher Braut erinnerten.

„Das ist Myrte", bestätigte Valerio ihre Annahme. „Hier wachsen die Sträucher gern zu Bäumen heran, manchmal bis zu fünf Metern hoch. Ihre Blüten duften herrlich, aber bis sie sich zeigen, dauert es noch ein wenig."

Eliza atmete tief durch. Sie war schlichtweg begeistert von der Fülle der Pflanzen und Gehölze, die den Pfad säumten. Mastixsträucher, deren feine Blütenstände wie dunkelrote Pinseltupfer glühten, Schneeball-Lorbeer, der in einer perfekten Mischung aus Dunkelgrün und Weiß zwischen Wacholder und Efeu dem Licht entgegenstrebte, und majestätisch über allem, ihre Kronen wie Schutzschirme aufgespannt, Steineichen. Hin und wieder erhaschte Eliza einen Blick auf die Unterstadt, zu der das Stadttor gehörte, und die Gebäude, die auf mittlerer Höhe erbaut worden waren. Türkentauben schritten die Vorsprünge und Rinnen der beigefarbenen Dächer ab und hielten Ausschau nach dem ein oder anderen Leckerbissen. Auf Balkonen ragten Oleander aus Kübeln und zierten Verbenen die Blumenkästen. Malerisch war ein Ausdruck, der der Schönheit, die sich ihr bot, nicht annähernd gerecht wurde. Eliza wurde nicht müde, jede lichte Stelle des Waldes zu nutzen, um ihre Hand an die Stirn zu legen und ihren Blick über die Stadt schweifen zu lassen.

„Montabello ist in die Südlage des Hügels hinein gebaut", erklärte Valerio, als sie auf einer Bank Halt machten und Eliza für ein paar Minuten die Beine baumeln ließ. „Die Seite, die bewaldet und üppig bewachsen ist, ist die Nordseite. Dort befinden wir uns gerade." Er stellte einen Fuß auf die Streben der Bank und stützte sich auf seinem Oberschenkel ab. „Gefällt es dir bis hierher?"

„Sogar sehr!"

Ihre Antwort zauberte ein Lächeln auf seine Züge. Licht und Schatten tanzten über sein Gesicht, in seinen Augen spiegelte sich ein Sonnenstrahl, der sich durch die Baumwipfel gestohlen hatte. Er sah sie an, als könne er geradewegs in ihre Seele schauen. Hinter seiner geradezu spitzbübischen Art, die er heute an den

Tag legte und die Eliza mehr gefiel, als sie sich eingestehen wollte, lauerte eine Tiefe, in der ein nicht geringes Maß an Verzweiflung ruhte. Immer noch war Eliza davon überzeugt, dass Valerio mit Sorgen kämpfte. Immer noch bestand kein Zweifel daran, dass sein Bruder ihm eine Nachricht überbracht hatte, die ihn aus der Bahn geworfen hatte. Und doch schien Valerio weitestgehend in seiner Mitte zu ruhen. Zweifelsohne gehörte er zu der Sorte Mensch, die nicht zuließ, von einem Problem aufgefressen zu werden. Entweder besaß er die beneidenswerte Fähigkeit, den Moment auszukosten, ohne sich zu viele Gedanken um Konsequenzen zu machen, oder er verschloss einfach seine Augen und blendete aus, was seine Stimmung trüben könnte. Eliza nahm an, dass es eine Mischung aus beidem war.

„Du schaust aus, als würdest du einen Plan aushecken", bemerkte sie und lachte.

Seine dichten, dunklen Brauen bogen sich weit nach oben. „Deine Menschenkenntnis ist nicht zu verachten."

„Also habe ich recht?"

„Warten wir's ab!"

Elizas Puls schnellte in die Höhe, obwohl ihr Atem langsam über ihre Lippen strich. Nicht zu wissen, was er im Schilde führte, beunruhigte und beflügelte sie zur gleichen Zeit. Ein ungewohntes Gefühl.

„Lass uns weitergehen", beeilte sie sich zu sagen, bevor sie sich in seinem herausfordernden Blick verlieren und möglicherweise zu etwas hinreißen ließe, das ihr im Anschluss leidtäte.

Als sie am frühen Mittag auf der *Piazza Paradiso* ankamen, dem höchsten bebauten Areal des Hügels, schnappte Eliza nach Luft – doch keinesfalls aus Gründen der Erschöpfung.

„Berichtige mich, sollte ich mich irren", sagte Valerio, und ohne ihn anzusehen, nur anhand seiner Stimmlage wusste sie, dass er lächelte, „doch ich gehe davon aus, dass dieser Anblick dir die Sprache verschlägt."

Sie drehte ihm ihr Gesicht zu, obwohl sie sich kaum von dem losreißen konnte, was sich ihr bot, und nickte still. Ihr fehlten tatsächlich die Worte, um zu beschreiben, was in ihr vorging.

„Dass ich das noch erleben darf!", witzelte er, während er sich hinter einer kleinen Kirche auf die hüfthohe Mauer setzte, die das Gelände ringsum umlief, tief durchatmete und ebenso wie Eliza den Blick in die Ferne richtete.

Still. Ergeben. Demütig.

Vor ihren Augen breitete sich die Landschaft aus, bildeten kleine Erhebungen und Hügel unterschiedlicher Höhe einen Ozean aus sattem Grün und einer Million Schattierungen dessen. Ackerbohnen und junger Weizen wogten im Wind, der über die Felder blies, strahlend gelber Ginster schmiegte sich kontrastvoll ins Oliv und Braun der umgebenden Büsche und Sträucher, der toskanischen *Macchia*.

„Siehst du dort hinten das dunkle Gemäuer?" Valerio zeigte gen Horizont, wo auf einer der mittleren Hügelkuppen das Überbleibsel einer Burg zu erkennen war. „Als Kinder erzählte man uns, dass über der Ruine dieser Festung ein Zauber liegt. Er besagt, dass der Traum, den man im Schatten des Wehrturmes träumt, Wirklichkeit wird."

Eliza blinzelte ins Licht der Sonne. „Das heißt, du und dein Bruder habt dort übernachtet?"

„Nein." Sein Lachen jagte ihr einen heißen Schauer über die Wirbelsäule. „Gianni und ich verbrachten unsere Freizeit lieber im Olivenhain. Doch ich wette, jedes Mädchen aus Montabello könnte dir etwas über seine damaligen Zukunftsvisionen erzählen."

„Wovon sie wohl träumten?" Eliza setzte sich zu Valerio auf die Mauer und sah ihn an.

„Ich denke, in dieser Hinsicht unterscheiden die Menschen sich nicht wirklich, egal ob Mann oder Frau, jung oder alt, reich oder arm." Wieder schimmerte etwas in seinem Blick, das Eliza beinahe traurig stimmte. „Wovon träumst du?"

Sie überlegte kurz. „Wenn ich ehrlich sein soll, muss ich zugeben, dass ich über das, was mich in privater Hinsicht erwartet, nicht viel nachdenke. Bislang war mir mein Beruf das Wichtigste, darauf habe ich mich konzentriert."

„Er *war* dir das Wichtigste?"

Eliza blickte zu Boden. Ein Rumoren meldete sich in ihrer Magengegend, ein Grummeln, das sie – würde sie es zulassen – darauf hinwies, dass Valerio einen Nerv getroffen hatte. Doch sie verdrängte die Empfindung und rief sich zur Räson. „Ich habe einen Bärenhunger. Wollen wir nicht etwas essen gehen?"

Durch enge Gassen und vorbei an beigefarbenen, hellorangenen und lichtbraunen Häusern aus Stein traten sie den Abstieg von der *Piazza Paradiso* in die Unterstadt an. An einer der drei Kirchen Montabellos, etwa auf halber Strecke, legten sie einen Zwischenstopp ein, um das Gotteshaus zu besichtigen. Obwohl sie nicht gläubig war, zündete sie eine Kerze an und formulierte gedanklich einen Wunsch, der in ihrem Innersten zwar existierte, doch nicht mit Worten zu beschreiben war. Ein Stück weiter unten, im Schatten einer nicht mehr ganz intakten Markise, durch die Sonnenstrahlen wie funkelnde Schwerter auf das Kopfsteinpflaster reichten, verköstigte Eliza einen *Vernaccia di San Gimignano*, einen Weißwein, den Valerio als einen der besten der Toskana anpries. „Essen und Trinken ist für uns Italiener viel mehr als bloße Nahrungsaufnahme", erklärte er, während er sie beobachtete und wissend grinste, als sie nach einem Moment voller Genuss die Augen wieder aufschlug und ihn begeistert ansah. „Da fällt mir ein: Meine Einladung zum Abendessen steht noch aus. Wann hast du Zeit?"

Eliza verschluckte sich beinahe. Verlegen griff sie nach einer der Servietten und tupfte sich die Mundwinkel. Ihm jetzt und hier von ihrem Vorhaben zu unterrichten, übermorgen das Land zu verlassen, erschien ihr unpassend. Wie sollte sie die richtigen Worte finden für eine Entscheidung, die sie getroffen hatte, bevor ...

Ja, bevor was?

„Ich schaue, was ich einrichten kann", antwortete sie ihm, als säße sie einem Kunden gegenüber, den sie im Unklaren darüber lassen wollte, wann ihr ein Treffen genehm war. Dass sie Valerio damit Unrecht tat, war ihr schmerzlich bewusst, doch sie brauchte Zeit. Zeit, um diesen wundervollen Tag in aller Stille Revue passieren zu lassen. Zeit, um sich persönlichen Fragen zu stellen.

„Weißt du was?" Valerio hatte offensichtlich bemerkt, dass sie einen inneren Monolog führte, dessen

Ausgang sie ihm verschweigen würde. „Ein paar hundert Meter von hier, im *Ristorante de Luca*, gibt es die beste Trüffel-Pasta des Landes. Bin ich in Montabello unterwegs, gehört die Einkehr dort zu den Pflichtbesuchen. Ich weiß jetzt schon, du wirst hin und weg sein!"

Valerio hatte nicht übertrieben. Sich über den Bauch reibend, lehnte Eliza sich in den Beifahrersitz des Ford Rangers zurück und blies sich eine Strähne aus dem Gesicht. Das Nudelgericht würde ihr auch in zwanzig Jahren noch als eine der schmackhaftesten Speisen in Erinnerung bleiben, die sie je gegessen hatte. Immer noch erfreute sich ihr Gaumen an den Nachwirkungen des Aromas, das an Knoblauch erinnerte und einen Hauch Limette. Valerio hatte breit gegrinst und sich über ihr fragwürdiges Wissen in Sachen Kulinarik lustig gemacht. Doch sie hatte es ihm nicht übel genommen. Stattdessen hatte sie es in vollen Zügen genossen, ihn so amüsiert zu sehen, und war dazu übergegangen, die Lachfältchen, die seine dunklen Augen so charismatisch betonten, zu begutachten.

„Es war ein schöner Tag, den wir zusammen verbracht haben, nicht wahr?" Er parkte seinen Wagen auf der Auffahrt und zog die Handbremse.

Eliza löste den Gurt, drehte sich zu Valerio, der beide Arme auf das Lenkrad gestützt hatte und gedankenverloren durch die Frontscheibe starrte. Eliza folgte seinem Blick und lächelte, als sie Dicke Katze entdeckte, die ihren pummeligen Körper auf einem Findling balancierte und offensichtlich keine gemütliche Position fand, um ein Schläfchen zu halten.

„Der Tag war nicht nur schön. Er war einmalig!" Sie bemerkte, dass er sich ihr zuwandte, brachte es jedoch nicht fertig, ihn anzuschauen. Dass sich am gestrigen Abend, als sie die Organisation des Konzertes in die Hand genommen hatte, etwas für ihn verändert hatte, war ihr nicht entgangen. Sie hatte seine bewundernden Blicke ebenso wahrgenommen wie die zärtlichen Berührungen, die er ihr anfangs wie zufällig, später bewusst geschenkt hatte.

„Dann lass ihn uns angemessen beenden." Er stieg aus, umrundete das Auto und öffnete die Beifahrertür. „Du wolltest doch das Schmetterlingshaus sehen."

Dankbar für eine weitere Ablenkung, doch irritiert von seiner plötzlichen Regung, folgte sie Valerio bis zum Eingang des gläsernen Gebäudes, das in der Spätnachmittagssonne zu glühen schien. Er entriegelte das Tor, ging ein paar Schritte voran und machte sich an einer Art Schleuse zu schaffen. Als sie diese hinter sich gelassen hatten, trennte Eliza lediglich noch ein dicht gewebter Vorhang von dem, was laut Valerio das Heiligtum seiner Mutter gewesen war und das er hütete wie seinen Augapfel.

„Muss ich auf irgendetwas achten?" Ehrfurcht entsendete ein Beben, das sie in ihrem gesamten Körper spürte.

„Nur darauf, was der Moment in dir auslöst."

Feuchte Hitze schlug ihr entgegen, als sie das Innere des Hauses betrat und sich umschaute. Orangen- und Kiwibäume überragten blühende Oleander, Bananenstauden, Pfeifenblumen und Mimosen. Schlingpflanzen und nackte Äste zogen sich wie Lianen durch den gesamten Raum, ein kleiner Wasserfall ergoss sich in ein Becken, dass mittig in der Nähe eines Sitzplatzes in den Boden eingelassen war und von dort in einen schmalen Bachlauf überging. Eine Atmosphäre, getragen von Frieden und Glück, hüllte Eliza ein wie eine schützende Decke und befreite doch, was sie so verzweifelt in Schach zu halten versuchte.

Sie trat an das Bassin, legte den Kopf weit in den Nacken und ließ das Flügelschlagen unzähliger Schmetterlinge auf sich wirken, lauschte der sanften Melodie, die von ihnen ausging. In Farben und Mustern schimmernd, die nicht von dieser Welt zu sein schienen, spürte Eliza das Flattern wie eine sanfte Brise auf ihrer Haut. Achtsam verfolgte sie die Bewegungen, ließ ihre Aufmerksamkeit für ein paar Sekunden ruhen, wenn einer der Schmetterlinge auf einem Blatt gelandet war, und schwang sich gedanklich mit ihm auf, wenn er in die Lüfte stieg und sich im urwaldgleichen Dickicht versteckte.

„Ich danke dir", sie sah über ihre Schulter zu Valerio, der sich ihr so behutsam näherte, als befürchtete er, sie würde beim leisesten Geräusch aufschrecken und davonlaufen. Dabei war ihr der Impuls, das Weite zu suchen, niemals fremder gewesen als in diesem Moment. Nichts erschien ihr absurder, als dieses Haus, diesen Ort, dieses Land zu verlassen.

Ihn zu verlassen.

Vorsichtig schoben sich Valerios Finger zwischen ihre, hielten sie fest.

Eliza gab auf – und weinte, weinte, weinte.

Kapitel 8

Valerio

Der Nieselregen durchnässte Valerios Pferdeschwanz. Einige Tropfen waren ihm aus seinem Haaransatz über die Stirn und weiter an seinen Wangen herabgelaufen, Feuchtigkeit durchdrang die Schulterpartie und Ärmel seines Holzfällerhemdes. Er führte die Tasse an seine Lippen, sog den Cappuccino, der längst erkaltet war, ein und spuckte den Schluck sofort wieder aus. Wie lange er hier, hinter dem Schmetterlingshaus und am Rande der Senke, die ihn von Eliza trennte, schon ausharrte, wusste er nicht. Doch es musste gewiss schon eine Stunde sein.

In der Fielding-Villa brannte Licht. Hin und wieder entdeckte Valerio einen Schatten, der sich durch die Räume bewegte und dann wieder verschwand. Wie ein Geist.

Seine Gedanken kehrten zurück zum gestrigen Nachmittag, als Eliza sich an seiner Brust ausgeweint hatte. Auf sein Nachfragen hatte sie ihm nicht antworten können, zu sehr schien sie gefangen in einer Situation, mit der sie selbst erst zurechtkommen musste. Sie war buchstäblich in seinen Armen zusammengebrochen.

Als sie am Samstag im *A Marcella* ihrer Leidenschaft nachgegangen war und im Nu dafür gesorgt hatte, dass jedem der Gäste ein unvergesslich schöner Abend bevorstand, egal ob sie zum Essen oder zum Feiern erschienen waren, hatten ihm ihre Expertise und die Hingabe imponiert. Er hatte es ernst gemeint, als er ihr seine Bewunderung aussprach. Doch nachdem sie ihm eröffnet hatte, dass sie es kaum erwarten könnte, nach England und zu ihrer Arbeit zurückzukehren, war ihm ein Stich durchs Herz gefahren. Er hatte nicht lange gebraucht, um die Ursache zu identifizieren für den Schmerz, den ihre bevorstehende Abreise in ihm auslöste. Er hatte der Liebe abgeschworen, als seine letzte Freundin vor etwa einem Jahr zeternd sein Haus verlassen hatte. Die Überzeugung, er sei besser beraten, wenn er Junggeselle bliebe, hatte sich gefestigt, und niemals hatte er für möglich gehalten, dass seine Einstellung sich noch einmal ändern würde. Vor allem nicht innerhalb weniger Tage. Und noch viel weniger durch die Anwesenheit einer Fremden, die ihm nicht unähnlicher sein könnte. Jedenfalls auf den ersten Blick.

Valerio lächelte, als er – zum wiederholten Male – gedanklich aussprach, was ihm an jenem Abend im *A Marcella* klargeworden war: Er hatte sich in Eliza verliebt. Gegen seinen Willen. Und doch war es passiert. Und er würde die gesamte Olivenernte Alfonsos darauf verwetten, wenn sie nicht ebenso für ihn empfand. Er hatte es ihr angesehen. Gestern, auf ihrem Ausflug nach Montabello. Sie hatte es sich nicht eingestehen wollen, hatte gekämpft, doch ihre Art, ihm gegenüberzutreten und mit ihm zu reden, hatte sie verraten. Dass er ihr das Schmetterlingshaus gezeigt und sie dem Zauber, den es verströmte, ausgesetzt hatte, war ein Versuch seinerseits gewesen, sie mit dem, was in ihr vorging, zu konfrontieren. Sie hinter den Schleier jeglicher Illusion blicken zu lassen, den sie selbst so krampfhaft gewebt hatte und um jeden Preis aufrechterhalten wollte.

Das Glück ist ein Schmetterling, pflegte seine Mutter den spirituellen Lehrer Anthony de Mello zu zitieren. *Jag ihm nach, und er entwischt dir. Setz dich hin, und er lässt sich auf deiner Schulter nieder.*

Valerio konnte nur hoffen, dass Eliza sich nicht weiter ihren wahren Gefühlen gegenüber verschloss, dass sie sich öffnete für die Optionen, die sich fernab einer Rückreise nach England auftaten. Natürlich wusste auch er nicht, wie es weitergehen sollte, aber bislang hatte ihn die Erfahrung gelehrt, dass sich die Dinge fügten und es im Grunde nicht viel Sinn machte, den Lauf der Welt beeinflussen zu wollen. Dass er nicht untätig bleiben durfte, war selbstverständlich. Trotzdem sah er davon ab, Eliza eine Regung oder gar eine Entscheidung aufzuzwingen, mit der sie irgendwann unglücklich sein würde. Solch eine Strategie hatte sich in Valerios Vergangenheit als gänzlich unwirksam herausgestellt; sich oder andere zu verbiegen, hatte ihn lediglich viel Kraft und Geduld gekostet, und am Ende waren ihm die Frauen doch davongerannt.

Eliza würde hoffentlich zu der Erkenntnis kommen, dass zwischen ihr und ihm eine tiefere Verbindung bestand und es sich lohnen könnte, daran festzuhalten. Sich einzulassen. Dem Himmel sei Dank war ihr Urlaub noch nicht vorüber, sodass noch etwas Raum blieb, um dem Universum hier und da auf die Sprünge zu helfen.

Valerio schlüpfte durch die Lücke in der Buchenhecke und steuerte den Hintereingang an. Gerade wollte er die Diele betreten, als er Motorengeräusche vernahm und, kurz darauf, das Zuschlagen von Autotüren. Er ließ die Terrasse links liegen und bog um die Ecke.

„Bruderherz!" Gianni kam ihm entgegen, wie immer wohl gekleidet in dunkler Jeans, Oberhemd und einem sportlichen Sakko, auf seinen Lippen ein unsicheres Lächeln. „Ich hoffe, du hast einen Moment. Ich würde dir gern jemanden vorstellen." Er wich zur Seite und ließ einem Herrn, der bis zu diesem Zeitpunkt hinter ihm gegangen war, den Vortritt.

„Buongiorno!" Ein Mann von vielleicht Mitte fünfzig grinste Valerio an und lüpfte seinen Hut. „Billie Costrado, es freut mich, Sie kennenzulernen!" Sein Italienisch war fehlerfrei und er machte einen überaus selbstsicheren Eindruck. Valerio war wie angewurzelt stehengeblieben und starrte den Amerikaner an. Er hatte mit allem gerechnet, aber nicht mit diesem Cowboy-Verschnitt. Abgesehen von seiner Kopfbedeckung erinnerte dank eines hoch zugeknöpften Hemdes mit irgendwelchen lächerlichen Bommeln, einem Lederwestchen und den Stiefeln so ziemlich alles an Billie Costrado an einen Typen aus dem Wilden Westen. Hatte Gianni nicht gesagt, der Kerl stammte aus Kalifornien?

„Kommen wir ungelegen?", fragte der Fremde, weil Valerio keine Anstalten machte, ihn oder seinen Bruder zu begrüßen.

„Bestimmt nicht", funkte Gianni dazwischen, noch ehe Valerio Luft holen konnte. „Ein guter Cappuccino wäre jetzt genau das Richtige, denke ich. Lassen Sie uns doch ins Haus gehen." Als Gianni an Valerio vorbeizog, warf er ihm einen warnenden Blick zu und flüsterte ein durch die Lippen gepresstes: „Reiß dich zusammen!" Er wies dem Amerikaner den Weg und verschwand im Inneren des Hauses, als Valerio sich endlich regte und ihnen folgte. Geschah das gerade wirklich? Hatte Gianni tatsächlich dieses Scheusal zu ihm nach Hause eingeladen, ohne im Vorfeld ein Sterbenswörtchen darüber zu verlieren? Wut knisterte in Valerios Adern, als er die Küche betrat und mitansehen musste, wie sein Bruder dem Amerikaner einen Stuhl zurechtrückte, als wäre er sein Lakai. *Verdammter Speichellecker*, ging es Valerio durch den Kopf, während er Gianni beobachtete und ihm die Galle beinahe in den Magen schwappte.

„Ich setze den Espresso auf", wandte sein Bruder sich an ihn und nickte ernst. „Hast du ein paar Cantucchini da?"

Valerio schnaubte. „Soll das ein Kaffeekränzchen werden, oder was?"

Gianni hielt mitten in der Bewegung inne. Dann drehte er sich in Zeitlupe zum Tisch. „Bitte entschuldigen Sie, Mister Costrado! Mein Bruder hat sich noch nicht ganz mit der Realität abgefunden und sperrt sich gegen die Tatsache, dass er sich auf *Ihrem* Grund und Boden", seine Stimme nahm einen zornigen Ton an, „und *nicht* auf dem seinen befindet!"

„Die Nachricht kam für uns alle überraschend. Ich verstehe, dass Sie geschockt waren, Signore Rossini."

Billie Costrado hob beschwichtigend die Hände und senkte den Kopf, als wolle er beweisen, dass von ihm keinerlei Gefahr ausging. Dabei glühte die List in seinen blauen Augen.

„Danke für Ihr Verständnis. Wir wissen das sehr zu schätzen." Gianni lächelte Costrado zu, bevor er Valerio taxierte und sich währenddessen so fest auf die Zahnreihen biss, dass seine Kieferknochen hervortraten.

Valerio seufzte, stellte ein paar Tassen auf den Tisch und rückte einen Stuhl zurecht – in gebührendem Abstand zu Billie Costrado. Keinesfalls hatte er vor, diesem ... Eindringling das Gefühl zu vermitteln, er sei willkommen.

Der Cowboy nickte, als Gianni ihm kurz darauf den Cappuccino einschenkte, und nippte gleich an der dampfenden Flüssigkeit. Genüsslich schloss er seine Augen. „Wirklich köstlich! Sie müssen mir unbedingt verraten, wie genau sie diesen Kaffee zubereiten."

„Ich muss gar nichts!", entwich es Valerio.

„Val, ich bitte dich!" Gianni setzte sich ebenfalls an den Tisch und schnaubte. „Kannst du bitte damit aufhören, dich wie ein trotziges Kleinkind zu verhalten? Es wird langsam peinlich!"

„Ach, ich bin dir peinlich?"

„Du weißt, wie ich es meine!"

„Peinlich ist, wie bereitwillig du alles hergibst, das uns ausmacht."

„Ich kann nichts hergeben, das nicht meins ist!" Giannis Faust knallte auf die Tischplatte, der Cappuccino schwappte über und bildete kleine Seen.

„Ich erledige das", murmelte Costrado, stand auf und eilte an die Spüle. „Kann ich dieses Tuch nehmen?"

Valerio schnappte nach Luft. „Was fällt Ihnen ein, sich hier aufzuführen, als wäre dies ihr –"

„Zuhause?" Der Amerikaner kehrte mit einem Lappen zurück an den Tisch und wischte ihn sauber. „Valerio! Darf ich Sie Valerio nennen?"

Valerio winkte ab und schaute zum Fenster hinaus.

„Dies ist nicht mein Zuhause. Ich bin mir dessen voll und ganz bewusst."

Valerio drehte seinen Kopf zurück und fixierte den Fremden. Sein Herz raste, als wolle es ihm aus der Brust springen. Costrado nahm wieder Platz, lehnte sich in Valerios Richtung und sah ihn durchdringend an. „Es ist *Ihr* Zuhause!"

„Wenn Ihnen das so klar ist, warum sind Sie dann angereist? Wollen Sie Ihre Pläne etwa begraben?"

Für ein paar Sekunden herrschte totale Stille. Dann erhob Gianni sich und schritt, die Hände tief in seinen Hosentaschen vergraben, die Küche ab. „Ich frage mich, ob es noch absurder werden kann!"

„Da sind wir ausnahmsweise einer Meinung, Bruderherz!"

Billie Costrado legte beide Unterarme auf den Tisch und legte seine Finger fest aneinander, als wolle er ein Gebet sprechen. „Gentlemen, eines vorweg: Es lag und liegt nicht in meiner Absicht, Sie zu verletzen oder Ihnen willentlich einen Teil ihrer Vergangenheit zu entreißen."

Ungläubig schüttelte Valerio seinen Kopf. „Und doch ist es genau das, was Sie tun!"

„Val, es entspricht einer Tatsache, dass dieses Haus Mister Costrado gehört, und nicht uns. Nicht dir!" Giannis Gesichtshaut hatte sich purpurrot gefärbt, seine

Wut war selbst aus zwei Metern Entfernung an dem heftigen Pulsieren seiner Halsschlagadern abzulesen; zweifellos bewegte er sich am Rande eines Nervenzusammenbruchs. Oder eines Herzinfarktes.

Valerio atmete tief und kontrolliert durch. Niemanden wäre gedient, wenn dieses Treffen in einer Katastrophe endete, bei der Gianni von einem Krankenwagen abtransportiert werden müsste. „Also gut, die Fakten sind ... was sie sind." Valerio öffnete seinen Pferdeschwanz und fuhr sich durch seine immer noch feuchten Haare. Es war vonnöten, strategisch vorzugehen. Wenn er den Ausgang dieser Lage beeinflussen wollte, musste er zunächst in Erfahrung bringen, welche Schritte Costrado im Sinn hatte, wie er vorgehen würde und vor allem, wie viel Zeit blieb, bis die ersten Bagger anrückten. „Warum sind Sie heute hier?"

Gianni atmete hörbar auf. „Dio mio, er kommt zur Vernunft."

Der Amerikaner lächelte und erhob sich. „Fürs Erste würde ich mir gern das Gelände anschauen, wenn Sie erlauben."

Valerio nickte und wies Costrado und Gianni an, ihm nach draußen zu folgen.

Dem Haus an sich schenkte Billie Costrado kaum Beachtung – er würde es ja sowieso dem Erdboden gleichmachen. Gianni war deutlich anzumerken, dass ihn dieser Umstand erleichterte. Mit dem momentanen Zustand des Gebäudes und der Anlage, die allenfalls als verwildert bezeichnet werden konnte, ließe sich kein Blumentopf gewinnen. Würde der Amerikaner sich lediglich für das Haus interessieren, hätte sich die Sache wohl schnell erledigt. Niemand würde vorbehaltlos eine Immobilie erwerben oder für sich beanspruchen, die in einem so desaströsen Zustand war. Doch Costrado begutachtete das Terrain, schritt die Grenzen ringsum ab und inspizierte die Beschaffenheit der Böden.

„Wie reagiert der Untergrund, wenn es heftig regnet? Ist es schon einmal zu Erdrutschen gekommen?"

„Nicht, solange unsere Familie hier wohnt", beantwortete Gianni die Frage wie aus der Pistole geschossen. „Die Böden nehmen selbst starke Niederschläge problemlos auf. Ich glaube kaum, dass es diesbezüglich Grund zur Sorge gibt."

„Obwohl", witterte Valerio eine Chance und ergriff sie, „als es zuletzt wochenlang geregnet hat und auch die Temperaturen nicht dem Mittel für die Jahreszeit entsprachen, konnte man schon beobachten, dass der Untergrund litt."

„Was genau meinen Sie damit?"

Valerio zeigte auf den Rand des Grundstücks, wo das Gelände abfiel. „Schauen Sie, hier hat sich ein Stück des Erdreichs gelöst. Man erkennt es deutlich an den freiliegenden Wurzeln dieses Maulbeerbaumes." Er bückte sich, stocherte mit bloßen Händen im Untergrund und lockerte ein paar Erdbrocken, die daraufhin den Hügel hinabkullerten.

„Die vergangene Regenperiode war in der Tat ungewöhnlich lang", meldete sich Gianni zu Wort, nicht ohne Valerio einen Blick aus schmalen Augen zuzuwerfen. „So etwas passiert sonst nie!"

„So leichtfertig würde ich das nicht bewerten, Bruder. Der Klimawandel schreitet stetig voran. Wer weiß, wie es hier in ein, zwei oder zehn Jahren aussieht."

Billie Costrado nickte verhalten und strich sich über die Stoppeln seines Dreitagebartes. „Es ist wohl sinnvoll, einen Gutachter damit zu beauftragen, bevor die Bodenarbeiten beginnen."

Gianni verdrehte die Augen. Valerio lächelte.

„Gut, was ist mit dem Areal, das sich auf der anderen Seite der Auffahrt befindet?"

„Was soll damit sein?", fragte Gianni stirnrunzelnd, „dort befindet sich eine Art Feld mit größtenteils üppiger Vegetation. Mit Erdrutschen ist dort überhaupt nicht zu rechnen."

„Nein, das meinte ich nicht." Costrado umrundete das Haus und suchte sich einen Weg zwischen den Autos, seinem orangefarbenen Sportwagen, Giannis dunkelblauem Van und Valerios Rostbeule, während Valerio verschwieg, das sich auf dem Areal jenseits der Auffahrt nicht nur Wildblumen und ein paar Zypressen befanden, sondern auch einige Olivenbäume. *Seine* Olivenbäume.

Naserümpfend nahm Costrado die Abmessungen von der Auffahrt bis zum Haus und darüber hinaus ins Visier und zog einen Notizblock aus seiner Gesäßtasche hervor. „Ich befürchtete es schon", murmelte er, als Gianni und Valerio bei ihm ankamen.

„Was denn?" Auf Giannis Gesicht erschienen eine Million Sorgenfalten.

„Nun, es wäre unabdinglich für den Bau der Ferienanlage, das Grundstück ein ganzes Stück weiter in diese Richtung zu planieren. Davon abgesehen wird auch zu beiden Seiten mehr Platz benötigt, weil ein Bereich mit einem Garten und einem Gemeinschaftspool geplant ist." Er notierte etwas auf seinem Block und wandte sich dann Gianni und Valerio zu. „Doch damit sollen sich die Behörden und die Architekten herumschlagen. Ich denke, fürs Erste konnte ich mir einen Eindruck verschaffen. Ich würde Sie beide nun gerne auf einen Drink einladen, vielleicht unten in Montabello?"

„Sehr gern! Dann könnten wir auch gleich ein gemeinsames Mittagessen einnehmen." Gianni suchte nach den Autoschlüsseln. „Val, ich nehme dich gern mit und würde dich später auch wieder –"

„Kein Bedarf!", fuhr ihm Valerio über den Mund. „Ich verzichte." Er nickte dem Amerikaner zu, hob die Hand in Richtung seines Bruders und machte auf dem Absatz kehrt. Als das Dröhnen der Motoren an sein Ohr drang und er das Geräusch hinwegspringender Kieselsteine vernahm, atmete er erleichtert aus. Der Feind hatte sein Territorium verlassen. Doch tief in Valerios Herzen machte sich eine unsagbare Traurigkeit breit.

Als er um die Hausecke bog und sein Blick sich auf die Hintertür richtete, erschrak er für einen Moment.

„Seit wann ... stehst du schon dort? Warum habe ich dich nicht kommen sehen?"

Eliza stemmte die Hände in die Hüfte und legte den Kopf schief. „Zu deiner ersten Frage: Lang genug! Zur Zweiten: Ich habe den Weg am Schmetterlingshaus vorbei genommen."

Valerio seufzte. Es stand außer Frage, dass sie zumindest einen Teil der Gespräche verfolgt hatte und sich der Situation, in der Valerio steckte, gewahr war. Er hatte davon absehen wollen, die Schwierigkeiten und Sorgen, die das Haus und dessen Abtritt an den Amerikaner betrafen, mit ihr zu teilen. Vor allem nicht, seit sich seine Gefühle ihr gegenüber gefestigt hatten. Doch nun standen die Dinge anders. Es wäre unsinnig, einerseits Anstrengungen zu unternehmen, die Eliza im besten Fall dazu bewegten, ihren Urlaub auf unbestimmte Zeit zu verlängern, sie andererseits jedoch von den Nöten seines Alltags auszuschließen. Wollte er sie tatsächlich – und dauerhaft – für sich gewinnen, kam er nicht umhin, ihr reinen Wein einzuschenken.

„Möchtest du reinkommen?", fragte er zaghaft und ging auf sie zu. „Ich würde dir gern ein paar Dinge erklären." Ihre Antwort abwartend, legten sich seine Hände wie selbstverständlich um ihre Oberarme und drückten sie leicht, während sein Blick den ihren fand und ihn festhielt. Sie schien unschlüssig, wofür Valerio Verständnis aufbrachte. Immerhin ginge ihre Entscheidung mit der Gewissheit einher, dem Status *Urlaubsflirt* ein Upgrade zu verpassen. Ohne zu wissen, mit welchen Entwicklungen sie sich demnächst konfrontiert sähe.

Sie schlug die Augen nieder und tänzelte von einem Fuß auf den anderen, ihr Atem ging stockend. Doch mit einem Mal hob sich ihre Brust und dann auch ihr Kopf. „Es besteht die Möglichkeit, dass ich imstande bin, dir zu helfen, Val." Sein Herz flatterte, als ihr sein Kosename über die Lippen kam. Ohne eine weitere Erklärung entwand sie sich seiner Berührung und betrat sein Haus, wo sie zielstrebig die Küche ansteuerte. Sie ließ die Träger eines kleinen Rucksacks über ihre Schultern gleiten und stellte die Tasche auf der Anrichte ab. „Ich habe keine Ahnung, wie man diesen Kuchen zubereitet, aber die Zutaten sollten korrekt sein. Angelica hat mir versichert, dass es ein Kinderspiel ist!"

Ihre Augenbrauen wackelten, ein amüsierter Ausdruck huschte über ihre Gesichtszüge. „Wenn die wüsste!"

Valerio schmunzelte, während er Elizas Mitbringsel begutachtete. „Mehl, Butter, Zucker, Eier, Sauerkirschmarmelade und Kakao", er legte den Finger an die Schläfen. „Daraus könnte man eine *Crostata* zaubern."

„Ganz genau!", bestätigte sie seine Vermutung. „Und während du den Teig zubereitest und ich die Füllung mische, kannst du mir erzählen, was es mit diesem abgehalfterten Cowboy auf sich hat. Er ist doch ein Amerikaner, oder?"

Valerio wischte über die Anrichte, gab Mehl darauf und lachte. „Ich dachte auch, dass es offensichtlicher nicht sein könnte." Er reichte Eliza eine Schüssel, in die sie die abgemessene Menge Marmelade und den Kakao gab. Sofort erfüllte der süßsaure, wärmende Duft den Raum und sorgte für eine anheimelnde Atmosphäre. Es tat gut, sie bei sich zu haben, ihre Bewegungen zu verfolgen, sie dabei zu beobachten, wie konzentriert sie die Zutaten vermischte, als handle es sich um eine höchst brisante und geheime Rezeptur. Sie machte einen entspannten Eindruck, holte kein einziges Mal ihr Handy hervor, um Nachrichten zu prüfen, und schien hin und wieder in eine Überlegung abzudriften, die sie schweigend verarbeitete. Ihr Zusammenbruch im Schmetterlingshaus schien Teil davon zu sein, denn sie verlor nicht ein Wort darüber.

„Wolltest du mir nicht erzählen, wie du gedenkst, mir helfen zu können?", fragte Valerio, nachdem sie das Verkneten des Teiges übernommen und er einen Kaffee zubereitet hatte.

„Sobald du mir gezeigt hast, wie man dieses Gittermuster bastelt, das den Kuchen bedecken soll."

„Gehst du jetzt unter die Bäckerinnen?" Valerio grinste.

„Was bleibt mir anderes übrig? Ich muss mich doch anpassen." Jetzt grinste auch sie.

Valerio spürte eine freudige Aufregung in sich zappeln. Es klang fast so, als spielte Eliza mit dem Gedanken, nicht so schnell abreisen zu wollen. Doch er hielt sich mit weiteren Nachfragen zurück. Am Ende vermasselte er es noch.

Er trat neben sie, nahm sich ein Stück Teig und rollte es zwischen seinen Händen zu einer Kugel.

„Daraus formst du jetzt einen langen Strang und legst ihn auf den mit der Füllung bestrichenen Boden."

Eliza eiferte ihm nach, und Valerio wurde das Gefühl nicht los, dass sie sich absichtlich wie ein Kind anstellte. „Sag mal, willst du mich zum Narren halten?"

„Ein bisschen vielleicht!" Sie blitzte ihn an, während sich die Spitze ihrer Zunge zwischen ihre leicht geöffneten Lippen schob. „Du genießt es doch, mir etwas beizubringen."

Valerio prustete los. Wie selbstverständlich legte er seine Hand auf ihren Rücken und streichelte darüber. „Du meinst, das ist so ein Männerding?"

„Ist es nicht?" Sie drehte sich ihm zu und legte ihren Kopf in den Nacken, um ihm in die Augen sehen zu können. Ihr Haar fiel in sanften Wellen über ihre Schultern und leuchtete im einfallenden Licht der Sonne, die sich durch die Wolkendecke gekämpft hatte. Ihr honigartiger Duft vermischte sich mit dem des Gebäcks und ließ ihn genüsslich aufseufzen.

„Lass uns das kurz fertigmachen", schlug er vor und wandte sich wieder dem Kuchen zu. „Wenn die Crostata im Backofen ist, setzen wir uns und reden."

Es klang wie eine Verheißung, die bei ihr offensichtlich die gleichen Regungen hervorrief, die er in sich verspürte. Es würde kein oberflächliches Gespräch werden, und Valerio war überzeugt, die Flapsigkeit, die ihre Neckereien jetzt noch begleitete, würde sich verflüchtigen. Ihm war, als stünden sie beide kurz davor, eine neue Ebene zu erklimmen, ihrer ... Beziehung eine gewisse Tiefe zu verleihen. Wissentlich. In voller Absicht.

„Wo wollen wir beginnen?", fragte sie, als sie sich einige Minuten später an den Tisch gesetzt hatten und ihre Kaffeetassen vor sich her schoben.

Valerio räusperte sich. „Ich nehme an, du hast mitbekommen, um welches Thema sich alles dreht und wie viel für mich auf dem Spiel steht."

„Dieser Costrado will dieses Haus kaufen, richtig?"

„Nicht ganz." Valerio holte weit aus, erzählte die Geschichte von Anfang an. Als Gianni ihm eröffnet hatte, dass sie nicht die Eigentümer ihres Elternhauses waren, dass dies nicht mal auf ihre Eltern zutraf und dass es jemanden gab, der Ansprüche erhob. Ebenso ließ er sie teilhaben an dem Disput, der sich zwischen ihm und seinem Bruder entwickelt hatte, und wies sie ein in die Details, die dazu geführt hatten, dass Gianni sich nicht mehr so gut mit seiner Mutter verstand.

Ab und zu gab sie zustimmendes Gemurmel von sich, nickte oder schloss für einen Moment ihre Augen, wenn sie merkte, dass ihn die Situation zu übermannen drohte. Zwischendurch stand er auf, um den Kuchen aus dem Ofen zu holen und frischen Kaffee aufzusetzen. Eliza schwieg, knetete ihre Hände und schluckte hin und wieder. In ihren Gesichtszügen zeichnete sich eine Verletzlichkeit ab, die Valerio den Atem raubte, und sie so viel weicher und nahbarer aussehen ließ, dass er sie am liebsten in seine Arme gezogen hätte. Egal, was sie bedrückte und mit welchen Dämonen sie zu kämpfen hatte, er wollte für sie da sein und ihr zeigen, dass er ihr auch in dunklen Zeiten zur Seite stehen wollte. Vorausgesetzt sie erlaubte es ihm.

„Wie immer geht es also ums liebe Geld", fügte sie dem Ende seiner Erläuterungen hinzu und lächelte verächtlich. „Wo Reichtümer angehäuft werden, müssen weitere Reichtümer hinzukommen. Ich kenne dieses Spiel."

„Über welches Vermögen Billie Costrado verfügt, kann ich nicht sagen. Gianni meinte, dass er vor ein paar Jahren ins Immobiliengeschäft eingestiegen sei und ein glückliches Händchen bewiesen hätte. Dem Bau von Feriendomizilen hat er sich erst vor Kurzem verschrieben."

„Dann ist er also auf der Suche nach attraktiven Standorten." Eliza erhob sich und trat an das Fenster, das in den rückwärtigen Teil des Gartens zeigte und durch das sie, wie sie ihm gebeichtet hatte, erste Worte hatte aufschnappen können, als der Amerikaner sich mit Valerio und seinem Bruder unterhalten hatte. „Und natürlich will er sich ein Grundstück, das nahe eines beliebten Urlaubsortes liegt, nicht durch die Lappen gehen lassen. Vor allem nicht, wenn er es kostenlos bekommt."

„Willst du mir jetzt endlich verraten, was genau du meintest, als du sagtest, du könntest mir helfen?" Ein mulmiges Gefühl machte sich in Valerios Bauch breit, eine wilde Vermutung, von der er hoffte, sie würde sich in Luft auflösen, sobald Eliza mit der Sprache herausgerückt war.

Sie drehte sich zu ihm um und sah ihn an, ihr Gesichtsausdruck klar, als habe sie einen Entschluss gefasst, von dem sie niemand würde abbringen können. „Ich werde Costrado dieses Stück Land abkaufen, und ich dulde keine Widerrede!"

Valerio stieß seinen angehaltenen Atem geräuschvoll aus und ... lachte. „Entschuldige, aber mit genau so einem Klopfer habe ich gerechnet." Er hob die Hände beschwichtigend, als sie die Stirn runzelte. „Und ehrlich gesagt freut es mich, dass ich dich in etwa einzuschätzen weiß. Dennoch", sein Lachen verstummte, „ich kann und werde dein Angebot nicht annehmen."

„Es ist kein Angebot!" Eliza verschränkte beide Arme vor der Brust und hob ihr Kinn.

„Eliza, ich bitte dich! Deine Bereitschaft, mir unter die Arme zu greifen, in allen Ehren, doch ich möchte wirklich nicht, dass du das tust." Valerio stand auf und ging auf Eliza zu, die ihn aus zusammengekniffenen Augen anstarrte. Als er sich ihr näherte, wehrte sie ihn ab.

„Sag nicht, du gehörst zu dieser Sorte Männer, die zu stolz sind, um –"

„Das hat mit Stolz nichts zu tun!"

„Oh doch!" Sie machte einen Schritt auf ihn zu. „Ich will damit nicht prahlen, aber auf meinem Konto liegt mehr Geld, als ich derzeit ausgeben kann. Warum lässt du es mich nicht investieren?"

„Ich könnte es dir niemals zurückzahlen."

„Eine Investition ist keine Leihgabe!"

Valerio griff sich an die Stirn und schnaubte. „Aber ... wieso? Wieso solltest du in dieses Haus investieren? Welchen Nutzen hättest du davon? Du wirst bald nach England zurückkehren und deinem Alltag wieder nachgehen. Du wirst Paare verheiraten ..."

„Falsch!"

„Gut, du wirst sie nicht vermählen, aber begleiten. Und du tust das gern, das betonst du immer wieder. Dein Leben ist dort verankert, nicht hier. Dich an irgendetwas zu ketten, fernab deiner Heimat, fernab der Dinge, die für dich zählen, ist blanker Unsinn, Eliza."

Sie atmete tief aus und stützte sich auf der Anrichte ab. „Bis zum gestrigen Tag war ich genau dieser Auffassung. Jetzt kann ich das nicht mehr behaupten."

„Wovon sprichst du?"

Sie sah auf und schüttelte ihren Kopf. Hilflos warf sie ihre Hände in die Luft. „Es kam so ... plötzlich! Ich hab es verhindern wollen, weil ich wusste, es würde mir im Wege stehen, wenn die Zeit gekommen ist, meine Koffer zu packen und Lebewohl zu sagen. Ich wusste, würde ich mich darauf einlassen, ginge das einher mit Unannehmlichkeiten, mit Sorgen, mit Schmerz." Sie griff sich in ihre Haare, fuhr mit gespreizten Fingern hindurch und kratzte an ihrer Kopfhaut. Ihr Atem ging schnell, dünne Speichelfäden hatten sich in ihren Mundwinkeln gesammelt und der Ausdruck ihrer Augen erzählte von Verwirrung und Verzweiflung.

Valerio war mit einem großen Schritt bei ihr, breitete seine Arme aus, bot ihr an, sich darin fallenzulassen. Er wollte sie nicht überreden, sich ihr nicht aufdrängen.

Sie war in einem inneren Aufruhr gefangen, der sie jegliche Kraft kostete. Es war ihr anzusehen, wie sehr sie mit sich haderte, wie sehr sie kämpfte. „Sag es! Sprich es aus. Es ist nicht so schwer, wie du denkst." Zärtlich umfasste er Elizas Gesicht, streichelte über ihre Wangenknochen. „Wenn es dir hilft, mache ich den Anfang. Vielleicht fällt es dir dann leichter?"

Sie schmiegte sich in seine Hände und sah ihn an. „Wie kannst du so ... richtig sein? Für mich."

„Jetzt setzt du die Messlatte aber sehr hoch an!"

Wie in Zeitlupe erschien ein Lächeln auf ihren Lippen, verlor sich der fassungslose Ausdruck ihrer Augen. „Ich denke, ich erwarte nicht mehr, als du bereit bist zu geben."

Wärme strömte ihm entgegen, sprang auf ihn über, als sie ihren Körper sanft an seinen drückte. Er spürte ihren Herzschlag an seiner Brust, schnell, aber stetig.

„Und ich nicht mehr von dir, als du bereit bist zu geben."

Nun zog er sie doch in seine Umarmung, atmete erleichtert auf, als sich ihre Finger an seinem Rücken ineinander verschränkten und das Gewicht ihrer Hände auf seinem Steißbein ruhte. „Ich habe mich in dich verliebt, Eliza. Hingegen all meiner Überzeugung, dass ich dazu überhaupt noch einmal fähig wäre, und doch gleich bei unserer ersten Begegnung", er schmunzelte, „okay, vielleicht doch eher bei der zweiten, denn im Olivenhain gingst du mir ziemlich auf die Nerven."

Ihr Lachen erfüllte den Raum, verscheuchte jeden Trübsinn, und das Leuchten kehrte zurück in ihre grünen Augen. „Ist das so?"

„Absolut!" Vorsichtig umfasste er ihre Taille, senkte seinen Kopf so weit, dass ihr Atem sein Kinn kitzelte. „Doch jetzt ist alles anders. Wie du vorhin sagtest."

„Der Ausflug mit dir nach Montabello war für mich ... wie eine Offenbarung."

Valerio grinste. „Und was genau wurde dir offenbart?"

Ihre Pupillen huschten hin und her, als könnte sie ihren Blick nicht fokussieren. Doch es dauerte nur ein paar Sekunden, bis sie sich beruhigte und völlige Klarheit in ihre Augen trat. „Dass ich ebenso für dich empfinde wie du für mich." Weich legten sich ihre Lippen auf seine, verharrten dort, bewegten sich nur zögerlich. Nichts an diesem Kuss erinnerte an ihren ersten, der von feuriger Leidenschaft und dem Hunger nach körperlicher Intimität getrieben war. In dieser Berührung, in diesem Moment, schien etwas geboren, das sie auf einer sehr viel tieferen und ernsteren Ebene miteinander verband. Und es ging Valerio so zu Herzen, dass ihm die Tränen in die Augen stiegen.

„Entschuldige!", murmelte er, als sie sich voneinander gelöst hatten. „Ganz so gefühlsduselig bin ich eigentlich nicht."

„Es hat sich viel angestaut. Genau wie bei mir. Und ich finde nicht, dass die Fähigkeit, Tränen zu vergießen, etwas ist, für das man sich entschuldigen oder schämen müsste. Ganz im Gegenteil. Ich wünschte, mir würde es leichter fallen, dieses Ventil hin und wieder zu öffnen."

„Vielleicht lernst du es wieder, wenn ..." Er stockte, weil er sich nicht traute, auszusprechen, was ihn innerlich umtrieb.

„Wenn ich bei dir bleibe und dem ganzen Trubel in London den Rücken kehre?" Sie seufzte. „Ich habe keine Ahnung, wie es weitergehen soll, Val. Wirklich! Aber fürs Erste werde ich meinen Urlaub verlängern. Allein das wird eine Menge Probleme mit sich bringen, denn es sind nicht nur meine Kunden, die meine Rückkehr nach England erwarten."

„Wenn du mir jetzt eröffnest, dass du einen Freund hast, schreie ich!"

Sie lachte, doch schwelte etwas in ihrem Blick, das ihn stutzig machte. „Mach dir darüber keinen Kopf. Das Ende meiner letzten Beziehung liegt mehr als zwei Jahre zurück."

Ein Stein, ach, eine ganze Lawine kullerte von seinem Herzen, auch wenn ihn das Gefühl nicht losließ, dass sie ihm etwas verschwieg.

„Wir sollten es der Reihe nach angehen", schlug sie vor. „Versprich mir, dass du dir die Option, dass ich dieses Haus ... nennen wir es, freikaufe, zumindest offenhältst. Als letzten Ausweg, falls es uns nicht anderweitig gelingt."

Dass er ihr darauf keine Antwort lieferte, überging sie geflissentlich, was ihn wiederum amüsierte. Sie war stur wie ein Kleinkind, doch bewies sie ebenso eine Geradlinigkeit, die ihm unter die Haut ging. Würde sie einen Block und einen Stift hervorzaubern, um eine To-do-Liste anzufertigen, würde ihn das nicht überraschen. „Dass dir niemand dein Zuhause raubt, genießt oberste Priorität. Was können wir also tun, damit sich Billie Costrado nicht hier ausbreitet?"

Valerio stockte der Atem, einige Sekunden verstrichen, dann holte er tief Luft. „Ausbreiten. Das ist das Stichwort!"

Unverständlich sah Eliza ihn an, versuchte, in seinem Gesichtsausdruck zu lesen, zu identifizieren, welcher Geistesblitz ihn soeben durchfahren hatte und zu einer schnellen Auflösung des ganzen Desasters führen könnte.

„Pack den Kuchen ein, Eliza." Er öffnete einen Unterschrank und zeigte auf eine Frischhaltedose. „In der Zwischenzeit muss ich einen kurzen Anruf erledigen!" Er warf einen Blick auf die Uhr, nickte und machte sich dann auf die Suche nach seinem Handy. Sein gesamtes Innerstes vibrierte vor Aufregung.

„Wen rufst du an? Und warum soll ich –"

„Vertrau mir! Ich glaube, ich weiß jetzt, wie ich mein Grundstück und alles, was sich darauf befindet, retten kann."

Kapitel 9

Eliza

Es vergingen keine fünf Minuten, da saß Eliza neben Valerio in seinem Ford Ranger, den verpackten Kuchen auf ihren Beinen. Sie betrachtete Valerio von der Seite. Er hatte die Hände fest ums Lenkrad gelegt und konzentrierte sich auf die Biegungen, die die Schotterstraße machte, die von seinem Haus weiter den Berg hinaufführte und Eliza von ihrer Fahrt in den Olivenhain in Erinnerung geblieben war. Den Blick starr geradeaus gerichtet und die Stirn in Falten gelegt, hätte man leicht annehmen können, dass Valerio in diesem Moment von Sorgen geplagt war. Wenn nicht dieses verheißungsvolle Lächeln seine Mundwinkel umspielte, das ein Außenstehender kaum wahrzunehmen imstande wäre. Eliza hatte mehrfach nachgefragt, welche zündende Idee ihn zu diesem plötzlichen Aufbruch bewegte. Doch er hatte nur geistesabwesend den Kopf geschüttelt, und so hatte sie sich von dem Strahlen in seinen Augen und der lebhaften Färbung seiner Wangen dazu verleiten lassen, ihm und seinem Vorhaben Vertrauen zu schenken. Welches Ziel auch immer er verfolgte. Dieser Tatendrang, der plötzlich in jeder seiner Bewegungen steckte, gefiel Eliza, bewies ihr, dass in

Valerio ein Kampfesgeist erwacht war. Dass dieser in Zusammenhang mit Costrado zutage getreten war, stand außer Frage. Eliza hoffte nur, dass es ein erfolgversprechender Plan war, den Valerio gerade ausheckte.

„Da wären wir!" Er öffnete die Fahrertür und rutschte aus dem Sitz.

Eliza stieg ebenfalls aus und sah sich um. Im Schatten eines Kastanienwäldchens erstreckte sich ein längliches Gebäude mit einigen Bogenfenstern und einem großen Tor, das offen stand. Dicke Reifenspuren hatten sich in den sandigen Untergrund gedrückt, der das Haus umgab und hier und da von herausstehenden Wurzeln durchbrochen wurde.

„Ich hoffe, er ist daheim." Valerio warf Eliza einen Blick über seine Schulter zu, während er auf eine Art Balkon zusteuerte, der am hinteren Teil des Gebäudes über eine Treppe zu erreichen war. „Komm! Er wird sich über die Costrata freuen. Er ist ein richtiges Schleckermaul."

Sie eilte ihm nach, als er zwei Stufen auf einmal nahm und schon auf der kleinen gemauerten Empore angekommen war, die den Eingang ins Haus darstellte. Neben der Tür aus stark verwittertem Holz stand eine Bank, über deren Lehne eine Strickjacke gehängt war, die mehrere Löcher aufwies.

Valerio strich kurz darüber und nickte. „Ein gutes Zeichen!" Dann drückte er die Klinke herunter und trat ein. Eliza hielt ihn am Arm zurück und flüsterte: „Willst du nicht klingeln?"

„So etwas gibt es hier nicht." Er lächelte verschmitzt.

„Dann wenigstens klopfen?"

Er grinste nur und war schon in der Diele verschwunden, die sich schmal und dunkel präsentierte. Ein leicht modriger, abgestandener Geruch stieg Eliza in die Nase; regelmäßig gelüftet wurde hier nicht.

„Alter Mann, wo steckst du?"

Aus einem Raum, der sich am Ende des Flures befand, ertönte ein Geräusch. Jemand rückte einen Stuhl beiseite. „Wer will das wissen?"

„Ich bin's, Valerio! Ich habe Besuch mitgebracht. Dürfen wir reinkommen?"

„Na, du bist doch schon drinnen, Junge!" Ein älterer Herr mit einem ungekämmten Schopf, den mehr graue als schwarze Haare zierten, lugte um die Ecke und winkte, in der anderen Hand eine dampfende Tasse. „Und wer ist *wir*?"

Eliza saß mit Valerio und dem Mann, der ihr als Alfonso vorgestellt wurde, am Tisch, trank Kaffee und aß von dem köstlichen Gebäck. Aufmerksam lauschte sie Valerios Erklärungen, die er bezüglich seines Hauses, der Tatsache, dass es nie seiner Familie gehört hatte und Costrados Interesse, daraus eine moderne Ferienanlage zu machen, abgab. Alfonso artikulierte und zeigte seinen Unmut durch unverständliches Gemurmel, begleitet von Blicken, die todbringend wie Pfeile schienen, und einem leisen Knurren, das ihm hin und wieder in seiner Kehle grollte.

„Und nun will er also das Stück Land, das an deine Auffahrt grenzt, für sich beanspruchen?" Alfonso schob sich ein weiteres Stück Kuchen in den Mund und kaute genüsslich. Einige Krümel blieben in seinem Bart hängen und Eliza versuchte, ihn höflich darauf aufmerksam zu machen, indem sie an ihrem Kinn vorbeistrich. Den Olivenbauern interessierte das jedoch herzlich wenig, er ignorierte ihre Gestikulation völlig, weswegen Eliza beschloss, es sein zu lassen. Alfonso sprach in einfachen Worten, sein Äußeres und der Ordnungsgrad seiner Behausung ließen vermuten, dass er auch darum nicht viel gab. Doch aus seinen Augen leuchtete eine Herzenswärme, die sie sofort berührte.

„So ist es!", antwortete Valerio, lehnte sich ein Stück vor und fixierte den Bauern. „Dass ich auf diesem Land meine eigene Olivenplantage anbauen möchte, weiß er nicht. Aber, was viel wichtiger ist, er ist auch nicht darüber im Bilde, dass das Areal gar nicht zum Haus gehört. Sondern dein Eigentum ist."

Eliza stellte ihre Kaffeetasse auf den Tisch und ergriff Valerios Unterarm. „Jetzt verstehe ich!"

„Und ich ebenso!" Alfonso legte den Kopf schräg und schmunzelte.

„Und was sagst du?" Valerios Finger trommelten auf der klebrigen Tischplatte, er hielt förmlich die Luft an.

Der Olivenbauer stibitzte sich das letzte Stück Kuchen aus der Dose. „Na, was wohl?", antwortete er mit vollem Mund. „Nie und nimmer würde ich das Grundstück verkaufen. Und schon mal gar nicht an so einen Hai wie Crostata."

„Costrado!", korrigierte Eliza und gluckste vergnügt, während Valerio und Alfonso in Gelächter ausbrachen.

Sie blieben bis in den frühen Nachmittag, tranken Tee, den sogar Eliza mochte, und aßen frisches Brot, das sie in Olivenöl tunkten. Alfonso zeigte ihr das Haus und den Innenhof, der sie begeisterte, weil er mit seinem Kopfsteinpflaster, einzelnen Oliven- und Zitronenbäumchen und einem Rosenstock, der sich am Gemäuer entlanghangelte und uralt sein musste, so malerisch und märchenhaft anmutete. Der Bauer erzählte, dass er, wie sein Bruder, der etwas außerhalb Montabellos eine eigene Ölmühle betrieb, ewiger Junggeselle geblieben war und es in vollen Zügen genoss. „Ich habe alles, wovon ich je träumte", sagte er, als er sie und Valerio zum Auto begleitete. „Meine finanzielle Lage könnte besser sein, aber es geht mir gut – mehr brauche ich nicht!"

Valerio schlug dem Bauern auf seine Schulter. „Da stimme ich dir zu, mein Freund. Zum Glücklichsein braucht es nicht viel!"

Eliza verabschiedete sich von Alfonso und bedankte sich für seine Gastfreundschaft. Doch während der Fahrt zurück zu Valerio blieb sie still. Die Genügsamkeit, mit der die beiden Männer ihren Alltag bestritten, beeindruckte sie. Sie gingen ihrer Arbeit nach, lebten quasi von der Hand in den Mund, erfreuten sich an Kleinigkeiten wie selbst gebackenem Kuchen oder frisch ergrünten Blättern am Baum und beschwerten sich so gut wie nie. Die Schnelllebigkeit, die in London herrschte, die Hektik, die sie, Eliza, zu jeder Zeit begleitete, sie taktete und immer noch ein Stück weiter über ihr Limit hinaus trieb, war das komplette Gegenteil von allem, das sich ihr hier als Normalität offenbarte.

„Du machst so einen nachdenklichen Eindruck." Sie spürte, dass er sie beobachtete.

„Ich ... hänge lediglich ein paar Gedanken nach."

„Möchtest du mir erzählen, worum es dabei geht?"

Sie zögerte. Ihm ihre Lebensgeschichte aufzutischen, ihn in die schwierige Beziehung zu ihren Eltern einzuweihen, stand auf ihrer imaginären Agenda. Sie wollte ihm nichts verschweigen. Ganz im Gegenteil, sie hatte den Wunsch, alles mit ihm zu teilen. „Vielleicht schon bald, aber ich fürchte, ich muss den ein oder anderen Gedanken noch ein wenig hin- und herbewegen. Sowohl hier", sie tippte sich an die Stirn, „als auch hier!" Das Klopfen ihres Herzens vibrierte unter ihrer Hand, erinnerte sie daran, einen Blick auf ihre Smartwatch zu werfen. Etwas, das sie sich beinahe abgewöhnt hatte, seit sie in der Toskana verweilte. Seit sie Valerio kennengelernt hatte. Weil ihr Herz nicht länger grundlos stolperte, keine Extraschläge machte und nicht gleich bei der geringsten Anstrengung in einen haltlosen Galopp verfiel.

Es schlug einfach. Wie ihr Blutdruck hatte es zu einer ungewohnten Ruhe gefunden.

„Ich habe noch ein paar Kleinigkeiten im Schmetterlingshaus zu erledigen. Vielleicht möchtest du mir Gesellschaft leisten."

„Das würde ich sehr gern!" Sie lächelte Valerio an, sog die Ruhe, die jetzt von ihm ausging, in sich auf und fühlte sich wie seelenberührt, als er seine Hand nach ihr aussteckte und seine Finger zärtlich über ihre Wange strichen.

Als sie das Tropenquartier betraten, überkam Eliza ein ähnliches Gefühl, wie beim ersten Mal. Sofort empfand sie etwas, das sie an *Heimat* erinnerte. Nicht an ihre stilvoll eingerichtete Wohnung in Hampstead und erst recht nicht an das prunkvolle Stadthaus in Mayfair, in dem sie aufgewachsen war. Wenn sie es tiefgründiger bedachte, konnte sie nicht mal London mit diesem Begriff in Zusammenhang bringen. Sie mochte die Metropole, weil sie ihr ganzes bisheriges Leben dort verbracht hatte und es ihr möglich war, ihrem Traumjob nachzugehen. London war ihr Zuhause.

Nicht ihre Heimat.

„Gibt es für dich einen Ort, an dem du dich wohlfühlst, obwohl du es dir nicht erklären kannst?" Eliza begleitete Valerio zu den Futterstellen der Schmetterlinge, Schalen, die auf verschieden hohen Holzpfählen befestigt waren und angeschnittene Früchte bereithielten.

„Das ist eine interessante Frage", gab er zurück, während er stark faulende Obststücke aussortierte, die Schalen mit heißem Wasser reinigte und frische Orangenstücke sowie Papayaschnitze auslegte. „Bislang war es für mich selbstverständlich, dass dies hier", er machte eine Rundumbewegung mit seinen Armen, „für mich der schönste Platz der Welt ist, weil ich hier geboren wurde und eine wirklich tolle Kindheit und Jugend verlebt habe."

„Und was hat sich daran geändert?"

„Seit ich erfahren habe, dass dieses Haus und dieses Stück Land jemand anderem gehören, rechne ich jeden Tag damit, dass sich die Verbundenheit, die ich an diesem Ort empfinde, in Wohlgefallen auflöst. Aber das tut sie nicht. Obwohl ich nicht der offizielle Eigentümer bin, ist und bleibt dies mein Zuhause."

„Und deine Heimat!" Eliza berührte, dass die zwei Begriffe, die sie so verschieden charakterisierte, für Valerio ein und dasselbe bedeuteten.

„Du hältst dich gern hier auf, hab ich recht?" Er sah sie unvermittelt an.

„Das ist, was hinter meiner Frage steckt", antwortete sie. „Ich weiß nicht warum, aber genau hier, inmitten dieser Blütenpracht und der umherfliegenden Schmetterlinge, atmet irgendetwas in mir auf. So fühlt es sich zumindest an."

Der Ausdruck, der in Valerios Augen leuchtete, sprach von Hoffnung, und Eliza war sich bewusst, wie sehr er sich wünschte, sie möge bleiben. Nicht nur für ein oder zwei Wochen mehr als sie ursprünglich geplant hatte, sondern womöglich für immer. Valerio war bereit, eine ernsthafte Beziehung mit ihr einzugehen; daran hatte sie keinerlei Zweifel. Auf ihrem Arm ließ sich ein Schmetterling nieder und bewegte langsam seine Flügel, die hauptsächlich weiß waren. Nur die äußere Hälfte der Vorderflügel war auffallend orange gefärbt.

„Ein Aurorafalter", erklärte Valerio. „Männlich."

„Woran siehst du das?"

„Den Weibchen fehlt das Orange, aber beide Geschlechter zeigen auf den Flügelunterseiten diese grünlichen Muster auf, die irgendwie an die Tapeten aus den Siebzigern erinnern."

Eliza lachte. „Gibt es noch mehr solcher witzigen Erkennungszeichen?"

Valerio sah sich um und zeigte in die Blätter eines hohen Strauches, der die volle Nachmittagssonne abbekam. „Siehst du den Falter mit den schwarz-weiß-gezeichneten Flügeln? Er besitzt hinten solche Zipfel, die wie Antennen aussehen."

„Ja, ich glaube, ich kann ihn sehen. Der sieht wunderschön aus."

„Das trifft doch auf jeden von ihnen zu, oder?"

„Ja, irgendwie schon." Sie bewunderte den schwärmerischen Ausdruck auf seinem Gesicht und lächelte. „Ich habe meiner Schwester eben eine Nachricht geschickt, dass ich ... nicht morgen schon zurückkomme."

Valerio sog die Luft scharf ein und hob seine Augenbrauen, während sie zum nächsten Futterplatz schlenderten, der sich zwischen den riesigen Blättern einer Bananenstaude befand. „Wie hat sie reagiert? Sagtest du nicht, es sei ihr extrem wichtig gewesen, dass du beizeiten in London eintriffst?"

„Sie weiß, welche Konsequenzen es hat, wenn ich ..." Eliza seufzte. Chloe fehlte ihr. Es war zu viel Zeit ohne ein Treffen vergangen, weil sie beide in ihren Arbeitsalltag versunken waren. Doch seit Eliza hier war, seit sie Valerio kannte, war ihr Job mehr und mehr in den Hintergrund getreten. Hatte der Raum, den er eingenommen hatte, plötzlich an Bedeutung verloren und sich das Gefühl, nur darüber Identifikation zu finden, verringert. Bezüglich der bevorstehenden Termine, um die sie sich vor wenigen Tagen noch gesorgt hatte, von denen sie angenommen hatte, sie würden ohne ihr Zutun, ohne ihre Intervention nicht perfekt ablaufen, war der Drang, jeden Prozess kontrollieren zu müssen, einer Leichtigkeit gewichen. Abermals wägte sie ab, ob es sinnvoll wäre, Valerio in die emotionalen Abgründe ihrer Familiengeschichte einzuweihen. Etwas in ihrem Inneren verlangte danach, übertönte die Stimmen, die pausenlos Warnungen aussprachen.

„Meine Eltern sind nicht wie deine, Val. Dass du dich mit deiner Mutter und deinem Bruder so gut verstehst, finde ich unglaublich. Zumindest abseits solch heikler Situationen, in denen ihr zurzeit steckt. Bei mir ist es anders, leider. Die Beziehung zu meiner Mum und meinem Dad ist bestenfalls als kompliziert einzustufen, wobei dies dem tatsächlichen Verhältnis nicht mal nahekommt." Sie lachte gekünstelt. „In meiner Familie gilt der Grundsatz, dass nur derjenige Wertschätzung verdient, der es im Leben weit gebracht hat, einflussreiche Leute kennt und finanziell unabhängig ist."

„Das klingt, als wäre ich die absolut unpassendste Partie für dich!" Ein leises Lachen, das mit einer Spur Bitterkeit gespickt war, kam über seine Lippen. Wie zufällig streifte seine Hand die ihre. Er hätte seine Finger ebenso mit ihren verschränken können, immerhin hatten sie sich gestanden, ineinander verliebt zu sein. Auch hatten sie sich mehrfach geküsst, sogar miteinander geschlafen. Es wäre verständlich und nachvollziehbar, würde er auf Tuchfühlung gehen. Doch er ließ seine zarte Berührung wie unbeabsichtigt passieren und Eliza war sicher, er sendete ihr damit das Signal, es ruhig angehen zu lassen. Er beanspruchte sie nicht, sondern zeigte ihr auf eine behutsame Weise, dass er hinter ihr stand.

Schweigend überquerten sie die schmale Brücke, die über den Bachlauf führte, und begaben sich ins Dickicht aus Liguster, Hartriegel und Weißdorn. Valerio durchforstete Blumen, Blätter und Zweige, knickte Verwelktes heraus und prüfte die Pflanzen auf Schädlinge.

Unter einem Dach aus gelben Hibiskusblüten, die sich fast bis zu ihnen herunterbogen, ließen Eliza und er sich auf einer Holzbank nieder, lehnten sich zurück und beobachteten das Spiel einiger meerblauer Schmetterlinge. Minuten vergingen, in denen keiner das Wort an den anderen richtete, sie einfach beisammensaßen und ihren Gedanken nachhingen.

„Weißt du", begann Eliza irgendwann und räusperte sich, „meine Eltern sind ziemlich speziell."

Er drehte seinen Kopf in ihre Richtung und legte eine seiner Hände auf seinem Oberschenkel ab, die Handinnenfläche nach oben gerichtet; eine nonverbale Einladung an Eliza, sich seiner Unterstützung gewiss sein zu dürfen. Ohne zu zögern, legte sie ihre Hand in seine, atmete auf, als er sie hielt und sanft drückte.

„Du tust mir so gut!" Ihre Stimme zitterte, das Beben, das ihren Körper erfasste, entzog sich jeder Beherrschung, peitschte wie der Schwanz einer Bestie in ihrem Inneren und riss Wunden auf, die vorbildlich vernarbt waren. Und dann erzählte sie. Ließ ihn teilhaben an allem, das in den letzten Jahren passiert war, während sie die Karriereleiter höher und höher geklettert war. Wie erpicht ihre Eltern darauf waren, dass sie und Chloe sich verausgabten, nach nicht weniger als dem Gipfel des Machbaren strebten und über sich selbst hinauswuchsen.

„Jemanden zu pushen, damit er das Beste aus seinem Leben macht, ist die eine Sache. Eine ganz andere ist es, wenn deine Eltern sich nur dann für dich interessieren, wenn du Erfolge vorzuweisen hast. Das drückt dir einen Stempel auf, brennt sich in dein ganzes Sein." Sie lächelte, doch war ihr nach Weinen zumute. Erst recht, als sie gedanklich weiter zurück in ihre Vergangenheit reiste und Erinnerungen freilegte, die sie schmerzten.

Sie versuchte, sich zu entsinnen, wann alles angefangen hatte. Sie war jung gewesen, viel zu jung, als ihr zum ersten Mal das Licht aufgegangen war, dass Liebe in den Augen ihrer Eltern ein Handel war. Hatte sie ein besonders aussagekräftiges Bild gemalt, erntete sie Lob, mischte sie lediglich Farben bunt durcheinander, bekam sie zu hören, dass Kreativität im Chaos endete, wenn sie nicht in gewisse Bahnen gelenkt wurde. War sie nicht Klassenbeste, hagelte es Nachholstunden mit einem Privatlehrer, während draußen die Sonne schien und andere Kinder in ihrem Alter zusammen spielten.

„In der Primary School nahm ich an einem Lesewettbewerb teil und trat gegen ältere Schüler an. Weil ich nur den zweiten Platz machte, sprach meine Mutter eine Woche nicht mit mir – was nicht bedeutete, dass wir nicht miteinander kommuniziert haben." Eliza setzte sich aufrecht hin, nur um im nächsten Moment die Schultern tief fallen zu lassen. „Mum legte mir einen Stapel Bücher auf den Nachttisch, Weltliteratur, keine Geschichten für Kinder. Wenn ich etwas zu sagen hatte oder einen Wunsch äußern wollte, musste ich mich anhand passender Satzteile aus diesen Büchern mitteilen und sie ihr vorlesen."

Valerio schüttelte ungläubig den Kopf. „Was bitte wollte sie damit bezwecken?"

„Dass ich mich intensiv mit dem geschriebenen Wort beschäftigte, jedes Buch aufmerksam las, mir herausragende Formulierungen merkte und meinen Wortschatz erweiterte."

„Das ist krank! Entschuldige, dass ich es so ausdrücke."

„Ich gebe dir vollkommen recht", seufzte Eliza. „Aus heutiger Sicht weiß ich, dass ihre Erziehungstechniken in die Kategorie *höchst zweifelhaft* fielen. Aber als Kind nahm ich an, dass ihre Vorgehensweisen gerechtfertigt waren. Schließlich wollte sie nur das Beste für mich."

„Und du hast ihr blind vertraut."

„Tut das nicht jedes Kind?" Sie atmete hörbar aus und senkte den Kopf.

„Sprang sie mit deiner Schwester ebenso um? Und war es nur deine Mutter, die sich so verhielt, oder auch dein Vater?"

Eliza rieb sich ihre Schläfen, hinter denen eine Marschkapelle ihre Instrumente stimmte. Es summte und surrte, hämmerte und pochte. „Mum war schon immer ... dominanter als Dad. Aber am Ende schwammen sie auf derselben Wellenlänge, wenn es darum ging, uns Manieren beizubringen und auf ein Leben in exquisiten Kreisen vorzubereiten. In meiner Jugend rebellierte ich dagegen auf jede nur denkbare Weise. Ich begann, mich auffällig zu kleiden, färbte mir mein Haar in einem grellen Pink und stahl mich aus dem Haus, wann immer sich mir die Möglichkeit dazu bot. Ich traf Jungs, betrank mich, rauchte Pot und schmiss irgendwelche Aufputschmittel ein, damit ich nächtelang durchtanzen konnte. Glaub mir, es war eine wilde Phase. Und wahrscheinlich hätte ich auch noch eine ganze Zeit lang genauso weitergemacht. Wenn meine Eltern ihren Frust, ihre Verzweiflung und ihren Unmut nicht an meiner Schwester ausgelassen hätten."

Valerio legte einen Arm um ihre Schulter und zog ihren Körper ein Stück näher an seinen heran. „Dio mio, sie haben sie doch nicht ... misshandelt?"

Eliza hob ihren Kopf. „Nicht körperlich. Aber wenn dir dein Zuhause zum Gefängnis gemacht und der Druck immer weiter erhöht wird, wenn du nur dann Zuneigung und Beachtung erfährst, wenn du nach einem strengen Regelwerk lebst und alle Erwartungen erfüllst, dann ist das wohl auch eine Art Misshandlung, schätze ich."

Valerio nickte, lehnte seinen Kopf an ihren und vergrub seine Nase in ihren Haaren. „Wie ging es weiter?"

„Nun, ich sah von weiteren Eskapaden ab. Ich fügte mich um des lieben Friedens willen, auch wenn in mir ein Krieg tobte."

„Für Chloe." Es war keine Frage, sondern eine Feststellung, die er aussprach.

„Sie ist jünger als ich, war damals erst elf oder zwölf Jahre alt. Ich wollte nicht, dass sie noch mehr litt, als ich es bereits getan hatte. Sie war und ist ... anders als ich. Das, was wir erlebt haben in unserer Kindheit und Jugend, die Art und Weise, wie wir erzogen wurden, hat Spuren bei ihr hinterlassen."

Valerio schnalzte mit der Zunge. „Ich will dir nicht zu nah treten, aber wenn du mir von deinem Job in London erzählst, könnte man den Eindruck gewinnen, auch du –"

„Natürlich!", unterbrach sie ihn. „Dass ich mich über Leistung definiere, war die erste Erkenntnis, die mein Therapeut mir nach nur einer Sitzung mitteilte." Sie lachte, schüttelte aber gleichzeitig ihren Kopf. „Die Erfahrungen, die wir mitbringen, sitzen tief. Seit ich hier bei dir bin, nehme ich das deutlicher wahr, und doch weiß ich, es liegt noch viel Arbeit vor mir. Was Chloe betrifft ... sie ist sensibel, verausgabt sich in einem Job, den sie, wie ich es empfinde, nicht wirklich gern macht. Ich versuche seit Jahren, sie davon zu überzeugen, dass sie sich lösen muss, dass sie sich Hilfe holen sollte, wie ich es getan habe. Aber sie ist einfach noch nicht in der Lage, Nägel mit Köpfen zu machen."

Chloe war für sie mehr als eine Schwester. Als sie noch Kinder gewesen waren, hatten sie sich gegenseitig den Rücken gestärkt, wenn sie nachmittags oder an den Wochenenden die außerschulischen Sprachkurse Französisch und Italienisch besuchen mussten, anstatt sich mit ihren Freundinnen zu treffen. Immer hatte es Wichtiges zu erledigen gegeben, immer standen Aktivitäten, die sie auf ihre beruflichen Karrieren vorbereiteten, im Vordergrund, immer war es elementar, sich während endloser Dinner um die Gunst der einflussreichen Londoner High Society zu bemühen. Es war ein Leben in Pomp und Pracht, das ihnen durch ihre Eltern ermöglicht worden war, und Eliza müsste lügen, würde sie behaupten, dass ihr jene Kontakte, die sie während des Studiums und der Anfangszeit als Eventmanagerin geknüpft hatte, nicht vieles erleichtert hätten. Zu einem beachtlichen Teil verdankte sie es ihren zahllosen Connections in die hochrangigen Behörden und Instanzen Londons, auch über die Stadtgrenzen hinaus, dass sie ihrer Kundschaft in ihrem Job als Hochzeitsplanerin nahezu jeden Wunsch erfüllen konnte. Den Grundstein für alles, das sie heute war, alles, das sie erreicht hatte, hatten ihre Eltern gelegt. Sie waren es, die ihr den Weg geebnet hatten. Der Preis, den sie gezahlt hatte, war nur viel zu hoch gewesen.

„Ich weiß, dass es nicht auf ewig so weitergehen kann und dass ich Chloe irgendwann loslassen muss, damit sie den Rest des Weges allein geht. Aber im Moment fällt mir das noch schwer. Erst recht, weil ich weiß, wie sehr sie dem Geburtstag unserer Mutter entgegenfiebert. Mum nutzt solche Gelegenheiten gern, um sich bei ihren Töchtern nach dem Stand der Dinge zu erkunden, das Vorankommen im Job, die Bekanntschaften mit wichtigen Leuten, den Kontostand." Eliza schürzte die Lippen.

„Ich finde es gut, dass du dich etwas zurücknimmst, sowohl, was deinen Job betrifft, als auch deine Fürsorge gegenüber deiner Schwester. Sie dein ganzes Leben behüten und beschützen zu wollen, ist letztlich wohl weder gesund für dich noch für sie. Aber ich kann auch verstehen, dass es dir schwerfällt. Manchmal wissen wir genau, dass es uns besser gehen könnte, wenn wir gewisse Schritte wagen würden. Doch verharren wir in Situationen, die uns das Leben nicht immer leichtmachen."

Eliza hob den Kopf und sah ihn an. Ein Muskel unter seinem Auge zuckte, sein Kiefer mahlte. Zärtlich legte sie ihm die flache Hand auf die Wange und strich darüber. „Findest du, es klingt kindisch, wenn ich behaupte, dass sich alles zum Guten wenden wird? Vielleicht nicht sofort, aber irgendwann in der Zukunft. Mich lässt das Gefühl nicht los, dass ich …", nochmals schluckte sie, weil das, was ihr auf der Zunge lag, zwangsläufig mit Entscheidungen und Konsequenzen verbunden sein würde, deren Ausmaß sie jetzt noch nicht abschätzen konnte.

„Welches Gefühl, Eliza?"

„Bitte nenn mich doch Eli. Das tun alle. Außer meinen Eltern natürlich. Die bestehen darauf, mich beim vollen Namen zu rufen."

Er schmunzelte. „Wie du möchtest. Aber du hast meine Frage nicht beantwortet."

Einige Minuten vergingen, in denen sie dem Plätschern des Bachlaufs lauschten und dem Tanz der Schmetterlinge zusahen. Hin und wieder landete einer der Falter auf Valerios Kopf oder Elizas Unterarm, ruhte sich kurz aus und schwang sich dann erneut in die Lüfte. „Es ist in Ordnung, wenn du dir Zeit lässt, Eli. Manches gehört mehrfach durchdacht. Ich spreche aus Erfahrung." Sein Lächeln drang ihr bis ins Herz und sie fühlte sich zu nicht mehr imstande, als zu nicken.

Von einem Rascheln im Blätterwerk von Immergrün und Wandelröschen abgelenkt, stand Eliza auf und versuchte festzustellen, was sich zwischen den Pflanzen bewegte. „Gibt es etwa Mäuschen hier?"

„Das sind wahrscheinlich die Zwergwachteln. Sie fressen Ungeziefer und Fressfeinde der Schmetterlinge und halten den Untergrund sauber. Dort hinten habe ich ihnen einige Rückzugsmöglichkeiten aufgebaut." Valerio zeigte auf die halbhohen Gräser, die hinter der Bank angepflanzt waren.

Eliza lachte auf. „Du hast ein richtiges Biotop hier." Sie schlang ihre Arme um seinen Nacken und schmiegte ihr Gesicht an seinen Bizeps. Ihr Blick wanderte entlang der Äste eines veredelten Pfirsichbaumes, der in voller Blüte stand und einen dezent fruchtigsüßen Duft verströmte. An seinem Stamm, der umgeben war von Blaukissen und Bartblumen, entdeckte

sie eine zusammengeklappte Staffelei und einen Korbsessel, auf dessen Sitzfläche ein Tongefäß mit Kräutern
Platz gefunden hatte.

„Wem gehört das?"

Valerios Blick folgte ihrem. „Oh, die Staffelei? Die ist
von meiner Mutter. Sie hat viele Stunden hier verbracht, um zu zeichnen. Mittlerweile hat sie Probleme
mit ihren Fingern, wahrscheinlich Arthrose." Er nahm
Eliza bei der Hand und näherte sich dem Pfirsichbaum.
Mit einem großen Schritt in die Unterbepflanzung bekam er die Vorrichtung aus Holz zu fassen und klappte
sie anschließend auf dem sandigen Weg auseinander.
„Den Sessel müsste man entstauben, aber man sitzt
hervorragend darin. Ich habe schon überlegt, ihn mit
nach vorn zu nehmen. Hier hinten gerät er nur in Ver-
gessenheit."

Eliza strich gedankenverloren über das glatte Holz
der Staffelei und erinnerte sich an eine Zeit, die Jahr-
hunderte zurückzuliegen schien. Schon als Kind hatte
sie gerne gemalt, doch hatte sich eine ernstzuneh-
mende Leidenschaft erst entwickelt, als sie am *King's
College* studiert hatte. Und Mum ihre Bilder nicht mehr
zu Gesicht bekam, um ständig daran herumzumäkeln.

„Ich habe Farben hier", unterbrach Valerio ihren Ge-
dankengang und klopfte das Sitzkissen des Sessels aus.
„Falls du ..."

„Es ist lang her." Eliza sah sich vor ihrem inneren
Auge in einer Flut von Keilrahmen hocken, die sie, als
sie ihre Wohnung bezog, größtenteils zum Sperrmüll
gegeben hatte. Ein Streit mit ihren Eltern hatte dazu geführt, dass sie zu der Überzeugung gekommen war,

dass sie für das Malen zukünftig keine Zeit mehr erübrigen konnte. Sie musste sich entscheiden zwischen laienhafter Kunst, die ihr nie etwas einbrächte, und einem Job, der ihre volle Aufmerksamkeit forderte und ihr ein Standing in der Gesellschaft sicherte, welches alle Türen öffnete. Das waren die Worte ihrer Mutter gewesen.

„Ja!", hörte Eliza sich klar und deutlich sagen. „Ich würde es gern versuchen! Am liebsten in der Nähe des Wasserbeckens."

Während Valerio alles arrangierte, erreichte Eliza eine Nachricht von Chloe. Sie überlegte kurz, ob sie sie öffnen wollte, denn an ihrem Inhalt bestand kein Zweifel. Doch gar nicht zu reagieren, würde ein falsches Zeichen setzen und Chloe womöglich suggerieren, dass Eliza keinen Kontakt wünschte und sie im Stich lassen würde.

Wieso tust du das, Eli? Ich verstehe es nicht. Was ist in dich gefahren?

Liebe, hätte sie am liebsten geschrieben, doch hätte dieses Zugeständnis Chloe nur zusätzlich verunsichert. Wüsste sie, dass Eliza fernab von London jemanden kennengelernt, dass sie sich verliebt hatte, bekäme sie es mit der Angst zu tun. Mit der Angst, verlassen zu werden.

Die Zurückgezogenheit tut mir gut, ich habe das Gefühl, endlich mal aufatmen zu können. Ich brauche diese Pause.

schrieb sie stattdessen.

Mum wird ausflippen. Wie soll ich ihr das beibringen?

Musst du nicht. Ich sage ihr Bescheid.

Natürlich war Eliza klar, dass Chloe damit nicht wirklich geholfen war. Immerhin musste sie dann ihren Eltern, vor allem ihrer Mutter, ohne sie entgegentreten, ohne ihre Schwester, die ihr durch ihre bloße Anwesenheit ein Gefühl der Standhaftigkeit vermittelte.

Valerio winkte sie zu sich. „Passt es dir so?"

Eliza fand die Staffelei, einige lose Blatt Papier, Aquarellfarben, Kohle- und Buntstifte säuberlich sortiert auf einem Beistelltischchen auf Rädern. Außerdem Lappen, Mischgefäße und eine riesige Auswahl an Pinseln. „Bin ich im Paradies?", scherzte sie und nahm in dem gemütlichen Korbsessel Platz.

„Wenn du es so nennen willst." Er lächelte sie an, ein unbändiges Strahlen in seinen Augen. „Ich hole dir noch etwas Kaffee und Wasser. Es ist sehr warm hier drin, man verliert schnell Flüssigkeit."

Er verschwand durch die Schleuse und kehrte kurz darauf mit einem weiteren Klapptisch zurück, den er auf der anderen Seite der Staffelei stellte.

Geht es dir wirklich gut?

las Eliza auf ihrem Handydisplay und öffnete den Chat erneut.

Wenn ich ehrlich sein soll, Chloe: Es ging mir nie besser.

Dann bleib!

Chloe ging offline und Eliza legte sich eine Hand auf die Brust, weil ihr Herz kurz gestolpert war. Vielleicht war es wirklich richtig, ihre Schwester von der Hand zu lassen. Auch wenn ihre ersten Gehversuche schwer werden würden.

„Wenn du mich brauchst, ich bin ganz hinten beschäftigt. Ein paar Pflanzen gehören ausgetauscht", meldete Valerio sich zu Wort. Er wollte sich schon wegdrehen, da hielt Eliza ihn auf, zog ihn zu sich herunter und küsste ihn. „Könntest du mir noch einen Gefallen tun?" Sie entledigte sich ihres Oberteils, zupfte das dünne Top, welches sie darunter trug, in Form und reichte Valerio die Bluse. „Die brauche ich hier nicht." Ihr Smartphone schaltete sie aus und legte es dazu. „Und das auch nicht."

Als die Sonne tief durch die reich verzweigten Äste von Oleander und Sternjasmin blitzte und das gesamte Schmetterlingshaus in ein weiches Orange tauchte, streckte Eliza ihren Rücken und hob ihre Arme weit über ihren Kopf. Es knackte ein paarmal entlang ihrer Wirbelsäule, doch schmerzte sie nichts. Ganz im Gegenteil: Sie fühlte sich wundervoll leicht und getragen. Mit Stolz betrachtete sie ihr Werk, das in den vergangenen Stunden Form angenommen hatte. Ein Olivenzweig, der dunkle Früchte trug, ragte seitwärts ins Bild, im

Hintergrund verschwommen grüne Hügel vor einem lichtblauen Himmel.

„Du bist fertig!", stellte Valerio fest, der plötzlich hinter ihr stand und seine Hände auf ihre Schultern legte. „Es sieht traumhaft aus."

Sie sah kurz zu ihm auf und atmete tief ein, bevor sie sich wieder der Staffelei zuwandte. „Ich bin tatsächlich sehr zufrieden. Vielleicht fällt mir später noch etwas ein, das ich verbessern könnte, aber im Moment ..."

„Mal davon abgesehen, dass es perfekt ausschaut ... Die Sonne versinkt gleich hinter dem Wald. Dann ist es eh zu dunkel. Du solltest dich ein bisschen entspannen."

Sie schloss ihre Augen, während er begann, ihre Schultern sanft zu massieren. „Eigentlich bin ich entspannt."

„Ich wette, da geht noch was."

Ein wohliger Ton entwich ihrer Kehle, bevor sie den Kopf in den Nacken legte und Valerio betrachtete. Ein dünner Film aus Feuchtigkeit benetzte seinen nackten Oberkörper, an seinem Hals hatten sich ein paar rötliche Flecken gebildet und seine Lippen waren verführerisch geöffnet. „Was hast du vor?"

Er unterbrach die Massage und kam um den Sessel herum, reichte ihr seine Hand. „Lass dich überraschen!"

Er führte sie etwas abseits der Wasserstelle an den Rand des Tropenquartiers, wo nur ein paar weiß blühende Glockenblumen den Untergrund bedeckten, und letzte Sonnenstrahlen durch die Glaselemente fielen. Auf dem Boden lagen eine Art Isomatte, die Platz für zwei Personen bot, und ein paar Kissen. Valerio wies

Eliza wortlos an, sich zu setzen, bevor er neben ihr Platz nahm und sie sich dann zusammen hinlegten.

Eliza hielt die Luft an und starrte an die mit feinen Netzen bespannte Decke des Schmetterlingshauses. Im Sonnenuntergangsrot schienen alle Falter sich auf den Weg gemacht zu haben, um das schwindende Licht für einen abschließenden Tagesflug zu nutzen. Ein Gewimmel aus Farben und Mustern, für die Eliza keine Worte fand, vereinte sich. Flügelschläge, millionenfach, verwandelten die Stille in ein zartes Summen, das in Elizas Körper vibrierte, und der Windhauch, der durch die geöffneten Luken hereinströmte und die Blätter melodisch zum Rascheln brachte, strich über ihr erhitztes Dekolleté.

„Ich wusste, dass es dir gefällt!", flüsterte Valerio neben ihr und faltete seine Hände hinter seinem Nacken, sodass Eliza sich an seine Brust kuscheln konnte. „Es sind nur wenige Minuten, in denen dieses Schauspiel stattfindet. Ich habe es schon so oft beobachtet, doch müde werde ich dieses Anblicks nie."

Eliza drehte ihren Kopf leicht und schmiegte ihre Schläfe an Valerios Bizeps. Sie versuchte, die schnellen Bewegungen der Schmetterlinge zu verfolgen, heftete ihren Blick an ihre Flügel. „Diese leuchtend blauen Falter mit den schwarzen Rändern ... Wie heißen die doch gleich?"

Valerio ließ ein leises Lachen hören. „Morphos. Von denen sind viele Leute sofort fasziniert. Auch meine Nichte, sie vergöttert sie geradezu. Es liegt wohl hauptsächlich an diesem Blau, das aber nur die Oberseite ihrer Flügel ausmacht."

„Und diese da?", fragte Eliza weiter und zeigte auf zwei dunkel gefärbte Exemplare, die direkt über ihrem Gesicht schwirrten.

„Kennst du das Schweigen der Lämmer?"

Eliza schüttelte den Kopf. „Diesen Film?"

„Der Totenkopfschwärmer wurde mit der Geschichte berühmt. Er ist vielen ein Begriff. Fliegt übrigens nur in der Dämmerung oder nachts, du hast also Glück, ihn jetzt zu sehen."

Sie schwiegen und beobachteten den Flug der Schmetterlinge noch einige Minuten, bis mit einem Mal Ruhe einkehrte.

„Danke!", murmelte Eliza ergriffen und schlang ihren Arm um seinen Oberkörper. „Danke für all deinen Zauber."

Sie küssten sich, vergruben ihre Finger in den Haaren des anderen, ließen sich Zeit damit, jede Körperstelle zu erkunden. Immer wieder fanden sich ihre Blicke, hielten sie gemeinsam inne, um sich anzuschauen, durchs Gesicht zu streicheln oder ihre Hände ineinanderzuschieben. Eliza war, als lernte sie Valerio genau auf diese körperliche Art noch mal ganz neu kennen, und sie genoss jeden einzelnen Augenblick des behutsamen Herantastens in vollen Zügen.

Kapitel 10

Valerio

Langsam ruckelte Valerio auf seinem Traktor durch den Olivenhain. Bereits seit den frühen Morgenstunden war er beschäftigt, hatte abschließende Schnittarbeiten durchgeführt, damit die Kronen der Bäume von ausreichend Sonnenlicht durchflutet wurden und Platz zur vollen Entfaltung gewährleistet war. Den Großteil des Baumschnitts hatte Alfonso gestern geschreddert, sodass der wiesenartige Untergrund von störendem Unrat befreit war und Valerio freie Fahrt genoss. Während er den Kleinlader durch die Reihen lenkte und dabei zusah, wie der Pflug den Boden auflockerte, fühlte er sich ganz in seinem Element. Ein dezent erdiger Geruch vereinte sich mit einer Ahnung von Frühsommer. Vögel und Insekten stoben durch die warme Luft und schon bald würden sich Unmengen von Wildkräutern dem Himmel entgegenstrecken.

Valerio war es leicht ums Herz. Seit er vor drei Tagen mit Alfonso geredet und dieser versprochen hatte, nicht auf etwaige Angebote Costrados einzugehen, fühlte er sich seinem Ziel, das Elternhaus zu halten und seine eigene Olivenplantage auszubauen, ein ganzes

Stück näher. Zwar war gestern der von dem Amerikaner angekündigte Gutachter erschienen, um vor allem die abfallenden Bereiche des Hügels genau zu untersuchen, Bodenproben zu entnehmen und Abmessungen einzutragen. Doch hatte Valerio durch das Küchenfenster beobachten können, dass der Mann sich mehrfach durch den Bart gestrichen und dabei eine nachdenkliche Miene sein Gesicht verfinstert hatte. Natürlich musste dies nichts bedeuten. Valerio hielt aber daran fest, die Situation nicht ausweglose einzuschätzen, als sie war. Dass er Eliza an seiner Seite wusste und sich ihrer mentalen Unterstützung sicher war, ließ ihn noch optimistischer urteilen. Seit sie in sein Leben getreten war, spätestens, seit sie sich gestanden hatten, ineinander verliebt zu sein und sie ihm so viel über ihre Familie erzählt hatte, durchflutete ihn beim bloßen Gedanken an sie eine angenehme Wärme, die von seinem Herzen ausgehend jeden Winkel seines Körpers erreichte. Sie anzusehen, ihre Stimme zu hören, sich an ihrem Enthusiasmus und ihrer offenen Art zu erfreuen, vitalisierte ihn, trieb ihn an und ließ ihn beinahe glauben, er wäre bis zu dem Tag ihrer Begegnung mit geschlossenen Augen durch die Welt gelaufen. Ihre Anwesenheit empfand er wie Balsam, und ohne sie wollte er nicht mehr sein.

Er lachte laut auf, als ihm klar wurde, wie maßgeblich sich seine Einstellung in den letzten knapp zwei Wochen geändert hatte. Noch vor Kurzem hätte er beteuert, den Glauben an die wahre Liebe verloren zu haben und nicht davon auszugehen, jemals die *eine* Partnerin zu finden, die sein Leben bereichern würde. Jetzt, so musste er zugeben, malte er sich aus, wie es wäre, dauerhaft mit Eliza zusammen zu sein, unter dem gleichen Dach zu wohnen, jeden Morgen neben ihr aufzuwachen und am Abend mit ihr gemeinsam zu Bett zu gehen. Eine geradezu traumhafte Vorstellung. Dennoch würde sich erst noch herausstellen müssen, inwiefern sie bereit war, dieser Fantasie ebenso Leben einzuhauchen wie er. Die Frage, wie und vor allem in welchem Land eine Beziehung möglich wäre, hatte bis jetzt keiner von ihnen gestellt. Könnte Valerio sich damit anfreunden, Italien zu verlassen, um in London zu wohnen? Bei dem Gedanken daran krampfte sein Magen sich schmerzhaft zusammen. Eine eindeutigere Antwort konnte es kaum geben. Alles in ihm wehrte sich gegen einen Umzug. Er war emotional so fest mit dieser Gegend verbunden, dass es für ihn unvorstellbar schien, ihr den Rücken zu kehren. Und wäre es nicht auch völlig sinnlos, an dem Kampf um sein Elternhaus und den Olivenhain festzuhalten, wenn er nicht vorhatte, weiterhin darin zu wohnen? Valerio schüttelte den Kopf. Es brachte nichts, zu weit in die Zukunft schauen zu wollen; damit hatte er noch nie positive Erfahrungen gemacht. Fürs Erste war es von Belang, Eliza nicht zu verlieren ... und Billie Costrado zurück nach Amerika zu scheuchen.

Er hatte sich vorgenommen, den Nachmittag mit Eliza zu verbringen, bevor er am Abend eine Schicht im *A Marcella* übernehmen würde. Sie hatten ein Picknick geplant und Eliza hatte sich bereiterklärt, Snacks und Getränke zu organisieren. Valerio spürte, wie die Vorfreude darauf, Eliza wieder in seine Arme schließen zu können, für ein angenehmes Kribbeln sorgte, das ihm die Arme hinauf- und hinunterlief. Im Rückspiegel des Traktors sah er sich lächeln und empfand das als so witzig, dass er noch breiter grinste. Diese Frau bewegte etwas in ihm. Mit ihrer gesamten Wesensart war sie imstande, ihn tief zu berühren, Sehnsüchte zu wecken, von denen er nicht gedacht hätte, dass sie überhaupt noch existierten. Wie oft schon hatte er in seinem eigenen Herzen das Bedürfnis verspürt, in den Augen seiner Mutter den Wunsch abgelesen, er möge eine Partnerin finden und mit ihr glücklich werden ... und wie oft schon hatte er sie und sich selbst enttäuschen müssen. Er war nicht immer einfach zu handhaben, dessen war er sich bewusst. Er pflegte Traditionen, hielt an Altem fest, mochte Routinen. Genauso hatte Eliza ihn kennengelernt, und bisher hatte er nicht das Gefühl gehabt, dass sie ihn in irgendeiner Hinsicht ändern wollte. Natürlich wusste er, dass eine gute Beziehung nur dann Bestand hatte, wenn alle bereit waren, Kompromisse einzugehen und die eigenen Vorstellungen anzupassen. Doch bisher war immer er derjenige gewesen, der alles hätte aufgeben müssen, wäre er mit einer seiner Ex-Freundinnen zusammengeblieben. Eliza hingegen hatte ihm noch kein einziges Mal dazu geraten, sein Elternhaus aufzugeben, geschweige denn, es zur Bedingung gemacht. Stattdessen fühlte er sich in seinem Bestreben von ihr verstanden und unterstützt, ohne dass er das Gefühl hatte, von ihr zu einem Schritt gedrängt zu werden, mit dem er nicht einverstanden wäre.

Valerio parkte den Kleinlader vor Alfonsos Tor und stieg in seinen Ford Ranger. Das Autoradio plärrte auf voller Lautstärke, als er das Fenster der Fahrerseite herunterkurbelte, den Ellbogen aufstützte und den Refrain von *Walking on Sunshine* mitträllerte, während er, angefeuert von seiner überragenden Laune, die Schotterstraße entlangheizte. Kurz bevor er die letzten Kurven zu seiner Auffahrt nahm, verringerte er die Geschwindigkeit, weil ein am Waldrand abgestellter weißer Lieferwagen viel Platz einnahm. In Schritttempo rangierte er sein Auto daran vorbei und warf einen Blick auf die Aufschrift, die an der Schiebetür des Fahrzeugs angebracht war: *Siena Visione* prangte in neongelben Lettern darauf, daneben eine quietschbunte Karikatur von einem altmodischen Fernseher samt Antenne und Fernbedienung. Valerio zuckte mit den Schultern. Vielleicht hatte sich das Filmteam eines Lokalsenders von hier aus aufgemacht, um eine Dokumentation zu drehen. Doch als er weitere geparkte Autos entdeckte, die den Straßenrand säumten, verwarf er seine Annahme. Stirnrunzelnd drehte er die Musik leiser und reckte seinen Kopf bei langsamer Weiterfahrt aus dem Fenster. Ein kanonartiger Sprechgesang, gepaart mit lauten Rufen, sowie das ohrenbetäubende Schrillen von Trillerpfeifen und harte, einzelne Trommelschläge drangen an seine Ohren. Und schon hinter der nächsten Biegung versperrte ihm eine Menschenansammlung den Weg. Dies waren keine Spaziergänger, die sich in Gruppen zusammengefunden hatten, um die Hügel von Montabello zu erkunden. Auf ihren Rücken und Schultern waren keine Rucksäcke festgezurrt, die Proviant enthielten für die nächste Pause im Grünen, und aus ihren Mündern ertönten weder Wanderlieder noch fröhliche Unterhaltungen. Wie eine wulstige Schlange bewegten sie sich vorwärts, brachen weder nach links noch nach rechts aus, bildeten eine Einheit, die ein gemeinsames Ziel vor Augen hatte – bei dem es sich offensichtlich um Valerios Auffahrt handelte.

„Weg da!", brüllte er aus dem Fenster, drückte auf die Hupe und gestikulierte wild mit seinen Armen.

„Da kommen Sie nicht durch!", schrie ein junger Mann, der unmittelbar vor Valerios Ford Ranger trottete und ein Plakat über seinen Kopf hielt, dessen Aufschrift Valerio von seiner Position aus nicht lesen konnte. „Sie müssen weiter hinten parken! Hier ist alles dicht!"

„Das ist *mein* Haus da vorne! Lassen Sie mich sofort vorbei!"

Doch der Kerl beachtete ihn nicht weiter und tauchte in der Masse unter, die sich um die letzte Kurve schob. Wutschnaubend hielt Valerio mitten auf der Straße an, sprang aus dem Wagen und drängte sich an Männern und Frauen vorbei, die sich bei ihren direkten Nachbarn untergehakt hatten und walzenartig das Gelände überrollten, das nach wenigen Metern in seinen Grund und Boden überging.

„Hey, Sie!", sprach Valerio eine Frau an, die sich erst dann widerwillig zu ihm umdrehte, als er ihr eine Hand auf die Schulter legte und sie leicht rüttelte. „Was geht hier vor sich?"

„Wie meinen Sie das?" Ihre Gegenfrage klang leicht amüsiert, als sei er gerade einer Zeitkapsel entstiegen und habe sie nach dem Jahr gefragt, das sie schrieben.

„Ist das etwa eine Demo?"

Die Frau ließ sich ein Stück zurückfallen. „Haben Sie denn nicht den Post auf Facebook gesehen oder den Aufruf im Radio gehört? Das ging doch schon heute Morgen los und wird in einer Tour wiederholt."

„Mit den sozialen Medien hab ich es nicht so, und ...", er kassierte einen Blick, der Bände sprach und ihn an eine Unterhaltung mit seiner Nichte Guilia erinnerte, die nicht hatte glauben wollen, dass ihr Onkel Val keinen TikTok- oder wenigstens Instagram-Account besaß.

„Eine Engländerin hat ganz Montabello mobil gemacht, damit ihr Freund sein Haus nicht aufgeben muss. Irgendjemand will ihm hier alles streitig machen, um eine Ferienanlage für Touristen zu bauen. Irre, oder?"

Valerio schnappte nach Luft. *Irre* traf es nicht im Entferntesten – auch wenn er sich für den Bruchteil einer Sekunde darüber gefreut hatte, dass Eliza ihn anscheinend als ihren festen Freund betitelte. Er kämpfte sich aus dem Pulk heraus, stolperte über die unbefestigten Straßenränder und erreichte schließlich seine Auffahrt, auf der sich Menschen jeden Alters Reihe um Reihe aufgestellt hatten und im Chor ihren Unmut kundtaten: „Lasst ihm das Haus, er ist hier Zuhaus! Lasst ihm das Haus, er ist hier Zuhaus!"

Hände reckten sich in die Höhe, klatschten rhythmisch oder hielten Smartphones, mit denen zweifelsfrei Fotos gemacht wurden. Ein Mann mit einer Kamera auf seiner Schulter, ein jüngerer Typ, der ein Mikro hielt und eine Frau, die die Menge animierte, noch lauter zu rufen, standen den Demonstrierenden gegenüber und filmten das gesamte Geschehen, die

Ausdrücke auf ihren Gesichtern sensationslüstern und begierig.

Valerio hielt eine Hand auf seinen Bauch gepresst. Saurer Mageninhalt drückte sich in seine Speiseröhre, sein Herz klopfte wild und schmerzhaft in seiner Brust, und zum ersten Mal in seinem Leben konnte er es seinem Bruder nachempfinden, wenn unbändige Wut das Kommando übernahm. Er wandte sich ab, nahm eine weitere Traube Menschen ins Visier, die sich an der Hauswand entlang zum hinteren Teil des Gebäudes drängte. Auch sie reckten die Hälse, schenkten der Demo aber kaum Beachtung, sondern konzentrierten sich darauf, sich in eine halbwegs geordnete Reihe aufzustellen.

„Beruhigen Sie sich, meine Damen, meine Herren, es dauert nicht mehr lang, dann sind Sie dran!"

Valerio horchte auf, als er die ihm bekannte Stimme vernahm, und versuchte, seinen keuchenden Atem unter Kontrolle zu bringen. Er verlangsamte das Tempo, blieb stehen und stützte sich mit beiden Händen auf seinen Oberschenkeln ab. Schweiß rann ihm an seinen Schläfen herab, tropfte neben ihn auf den sandigen Boden. Aus dem Augenwinkel nahm er wahr, wie Dicke Katze in den Wald rannte und dabei eine Geschwindigkeit an den Tag legte, die ihr so gar nicht ähnelte. Valerio hob langsam den Kopf und kniff seine Augen, aus denen er verschwommen Eliza erkannte, wie sie an der Buchenhecke stand und mit zwei Frauen sprach. Er richtete sich auf, schluckte abermals gegen die saure Masse an, die seine Mundhöhle zu fluten drohte, und streckte seinen Rücken durch.

Eliza hatte ihn gesehen, wandte sich kurz an die Leute, die bei ihr standen, wahrscheinlich um sich zu entschuldigen, und trat energischen Schrittes auf ihn zu. „Ich habe früher mit dir gerechnet. Wir hatten zwölf Uhr ausgemacht, weißt du nicht mehr?"

Sie war fast bei ihm angekommen, als sich der Ausdruck in ihren Augen veränderte und sie verstand, dass ihm das Treiben, welches er hier vorfand, nicht gefiel. Er sah ihre Mundwinkel zucken, und für einen Moment huschte Unsicherheit über ihre Züge. Dann fing sie sich.

„Ich gebe zu, es ist etwas aus dem Ruder gelaufen, aber du kannst sicher sein, dass sich alles zum Guten wenden wird. Ich habe einen Plan!" Ihr Lächeln verrutschte, noch während sie die Worte aussprach.

„Was, um Himmels willen, hast du dir hierbei gedacht?" Seine Stimme klang selbst in seinen eigenen Ohren wie ein dumpfes Grollen.

„Beruhige dich bitte, Val!" Sie musste zu ihm aufsehen, weil er sich direkt vor ihr aufgebaut hatte.

„Ich habe dich etwas gefragt!", knurrte er.

„Und ich bin nicht blöd!", fauchte sie zurück. „Würdest du jetzt also bitte deinen inneren Hulk zurückpfeifen und dein Hirn anknipsen?"

Er versuchte, es zu unterdrücken, doch es gelang ihm nicht: Ein Glucksen quetschte sich durch seine Lippen. Sein innerer Hulk?

Er atmete hörbar aus und ließ seine angespannten Schultern fallen, öffnete seine Hände und schüttelte sie aus. „Also gut!"

„Wonderful", presste sie hervor, schlang ihren Arm um seinen und führte ihn in Richtung der Hecke, wo immer noch die beiden Frauen warteten, von denen eine ein Aufnahmegerät zwischen ihren Fingern jonglierte. Eliza setzte ein professionelles Lächeln auf und zeigte auf Valerio, als wäre er eine Sensation, die es zu bestaunen galt. In seinem Bauch braute sich erneut ein Gemisch aus Wut und Enttäuschung zusammen. Sie glaubte anscheinend, ihre Aktion bedürfe keinerlei Erklärung und er würde alles einfach hinnehmen. Natürlich, das war sie gewohnt. Sie hatte ihm schließlich davon berichtet, wie sie in ihrem Job handelte, wenn Probleme auftauchten und wie erfolgreich sich alles fügte, wenn sie mit ausreichend Diplomatie vorging. Eines stand fest: Ihn würde sie nicht einlullen!

Er entzog sich ihrem Griff und blieb ruckartig stehen. „Würdest du mir bitte erklären, was dieser Zirkus soll? Ich erkenne mein eigenes Zuhause nicht mehr. Wer sind all diese Menschen? Und warum sind sie hier?"

„Ich habe angenommen, dass weit weniger meinem Aufruf folgen", zischte Eliza und wollte ihn zum Weitergehen bewegen, scheiterte aber. „Doch am Ende wird diese Masse an Menschen und das, wofür sie eintreten, unserer Sache nur entgegenkommen."

„Unserer Sache? Ich kann mich beim besten Willen nicht daran erinnern, mit dir zusammen irgendeinen Schlachtplan aufgestellt zu haben."

„Marcella kümmert sich um die Besucher im Schmetterlingshaus; sie hat alles im Griff und genießt mein vollstes Vertrauen. Du kannst dich gleich davon überzeugen." Sie holte tief Luft und rollte mit den Augen, als sie erneut an seinem Arm zerrte. „Sobald du den Damen vom Radio ein paar Fragen beantwortet hast. Es dauert nur eine Sekunde."

„Vergiss es!"

Eliza senkte den Kopf. „Bitte, ich will jetzt nicht streiten. Zumal es dazu keinen Grund gibt. Vertrau mir einfach! Erzähl von deiner Liebe zu diesem Haus! Von deinen Zukunftsplänen. Lass sie wissen, wie sehr es dich mitnimmt, dass man dich von hier vertreiben will."

„Das alles geht also gegen Billie Costrado?"

„Selbstverständlich!"

„Und du bist ganz offensichtlich auch noch stolz darauf!"

Sie sah ihn an und runzelte ihre Stirn, während sich ihr Griff um seinen Arm endlich lockerte. Sie blieb noch einen Moment stehen, ihr Blick den seinen festhaltend, und Valerio war, als würde jemand den Lärm, der um sie herum tobte, ersticken. Nach und nach verstummten die Rufe, der Singsang, die Gespräche und das Lachen. Bis absolute Stille eingekehrt war. Natürlich lief das Leben außerhalb dieser Blase weiter, und auch das Empfinden von gespenstischer Geräuschlosigkeit entsprach nicht mehr als einer Illusion. Doch für ein paar Sekunden, nicht länger als zwei, vielleicht drei Atemzüge, schien die Welt aus ihrer Umlaufbahn geraten, und Valerio war unfähig, zu entscheiden, ob er diesen Zustand genoss oder nicht.

Das Getöse schaltete sich wieder ein. Plötzlich, unerwartet, unerwünscht.

Eliza öffnete und schloss ihren Mund einige Male, als wolle sie etwas zu ihm sagen, doch kein Wort verließ ihre Lippen. Valerio nutzte die Gelegenheit, wandte sich ab und ging. Einen riesigen Bogen um die zwei Damen mit dem Aufnahmegerät machend, pirschte er sich von der anderen Seite an, glitt von außen an der

220

Buchenhecke vorbei und stakste bald durch kniehohes Gestrüpp. Als er das Schmetterlingshaus erreichte, blieb sein Herz stehen. Eine unüberschaubare Ansammlung von Menschen, die meisten davon offensichtlich Touristen, bewaffnet mit Kameras, Smartphones, Tablets und Selfiesticks, tummelte sich vor der Schleuse und wartete darauf, eingelassen zu werden. Valerio schnappte Gesprächsfetzen auf, in denen es um *die unangemeldete, doch erfolgreiche Demo* ging, den *Fiesling, der den Eigentümer um seinen Besitz bringen wollte* und *die Schmetterlinge, das Vermächtnis der verstorbenen Mutter.* Alles, was hier besprochen und behauptet wurde, könnte ebenso den Hochglanzseiten eines Boulevardmagazins entspringen und war an Seriosität kaum zu unterbieten.

„Ciao Val!", hörte er jemanden aus der Menge heraus rufen und drängelte sich seitwärts Richtung Eingang. „Val, ich bin hier!"

„Domenico!" Sein Kollege aus dem *A Marcella* stand breitbeinig an der Tür zum Schmetterlingshaus und hielt ein rotes Absperrband fest, das die Besucher davon abhielt, unaufgefordert in die Schleuse zu treten. Valerio überraschte es nicht mehr, dass sich – neben all den Fremden – auch Menschen auf seinem Grund und Boden aufhielten, die er zwar kannte, die ihn aber noch nie hier aufgesucht hatten. Die er niemals zu sich eingeladen hätte. Und trotzdem atmete er auf, als Domenico ihm die Hand auf die Schulter legte und lächelte.

„Ein ganz schöner Andrang hier. Aber ich passe gut auf, keine Sorge!"

Valerio nickte kurz. Nicht auszudenken, welche Folgen es hätte, wenn sich die Menschen einfach hineinschieben und die Schmetterlinge durch die offene Schleuse nach draußen entwischen würden.

„Hat Eliza dich gefragt, ob du hier aushilfst?" Er kannte die Antwort, doch irgendetwas in ihm schien nach der Wiederholung einer Bestätigung zu lechzen. Er wollte nicht glauben, dass sie ihn dermaßen überging, doch alles, was um ihn herum passierte, schrie ihm genau diese Wahrheit ins Gesicht.

„Sie ist wirklich spitze, Val. Lass dir diese Frau bloß nicht durch die Lappen gehen."

Valerio verzichtete darauf, Domenico über die Umstände aufzuklären. Woher sollte er wissen, welchen Bären Eliza dem Kellner aufgebunden hatte, damit diese ... Farce überhaupt zustande kommen konnte. Sie bediente sich offensichtlich allen Mitteln, die ihr zur Verfügung standen, um ihren Willen durchzusetzen, um das zu erreichen, wovon sie dachte, es sei das Richtige.

„Lass mich rein!", forderte Valerio und nickte zur Schleuse.

„Na klar", antwortete der Kellner. „Marcella müsste auch drinnen sein."

Mit einem Kopfschütteln ließ Valerio Domenico hinter sich und durchquerte die Schleuse. Hatte er bis vor einer Sekunde noch gedacht, die katastrophale Situation, wie sie sich auf seiner Auffahrt darstellte, hätte sich um Nuancen entschärft, weil der Einlass am Schmetterlingshaus einigermaßen geordnet ablief, wurde er in dem Augenblick, da er das Tropenquartier betrat, eines Besseren belehrt.

Entsetzt schaute er sich um, während sein Kopf wie ein Schwarm Hornissen zu dröhnen begann. Nie in seinem Leben hatte er sich dermaßen überrumpelt gefühlt, einer Situation ausgesetzt, die ihm beinahe schon Angst machte. Was hier geschah, übertraf sogar den Moment, als Gianni ihm eröffnet hatte, dass das Haus nicht ihnen gehörte.

Valerio schlug die Hände vor seinen Mund und ließ sie in Zeitlupe an seinem Kinn herabgleiten. Er bemühte sich, einen groben Überblick zu erlangen, in etwa einschätzen zu können, in welche Himmelsrichtung er sich zuerst in Bewegung setzen musste, um die größtmögliche Schadensbegrenzung vorzunehmen. Doch ihm war, als befände er sich mitten in der schlechtesten Slapstick-Komödie, die er jemals nie gesehen hatte. Er folgte einer Bonbonpapier-Spur bis zum Wasserbassin, in dem zwei Kinder ihre Füße badeten und ein Eis am Stiel schleckten, während sich ihre Mütter abwechselnd vor den Bananenstauden fotografierten, auf denen hin und wieder ein paar Tagfalter landeten. „Das ist kein Planschbecken!", fuhr er die jungen Frauen an und zeigte auf ihre Sprösslinge. „Und bitte sorgen Sie dafür, dass der Müll weggeräumt wird!" Er eilte weiter, drehte sich aber noch mal um. „Und das Eis auch! Das zieht Ameisen an." Die Pfade, die durch das Gebäude führten, waren überfüllt. Viel zu viele Menschen waren unterwegs, quetschten sich durch schmale Durchgänge, zertrampelten die blühenden Stauden, die nahe der Wege gepflanzt waren, weil der Platz einfach nicht ausreichte.

Vor den Pfeifenblumen im hinteren Teil des Hauses hatte sich eine Gruppe versammelt, die viele der großen roten Blüten zwischen ihre Finger nahmen, daran schnupperten und manche sogar abknickten, um sie sich hinter die Ohren, an ihre Baseballcaps oder in ihre Dutts zu stecken. Valerio traute seinen Augen kaum. „Bitte lassen Sie das! Die Blüten sind wichtig für die Schmetterlinge und sollten nicht berührt, geschweige denn entfernt werden!" Einige der Leute murmelten eine halbherzige Entschuldigung, andere beachteten Valerio kaum.

Er hastete zurück in die Mitte, wo ein älterer Herr mit seinem Rollator vom Weg abgekommen und in die Unterbepflanzung gerutscht war. „Kommen Sie, ich helfe Ihnen", bot Valerio ihm an und manövrierte den Mann samt seinem Gefährt zurück auf festen Boden.

„Ich konnte mich nicht sattsehen an diesem überdimensionalen Schmetterling", wollte der Herr sich für sein Ungeschick rechtfertigen und konnte den Blick kaum von dem Prachtexemplar eines Atlasspinners abwenden, der sich an einem nackten Ast niedergelassen hatte und wegen seiner unfassbaren Größe beinahe aussah wie Dekomaterial. Valerio winkte ab, weil er sicher war, dass der alte Mann keine bösen Absichten hegte. Dennoch wäre dieses Malheur – oder Schlimmeres – nie passiert, wenn Eliza und ihr Hilfstrupp den Besuchern nicht einfach Einlass gewährt hätten, ohne ihnen fachkundige Begleitung zur Seite zu stellen. Schmetterlinge waren eben keine reinen Anschauungsobjekte.

„Passen Sie gut auf sich auf!", rief Valerio dem Herrn zu, bevor er zum Eingangsbereich hetzte, wo sich drei Jugendliche an der *Puppenstube* zu schaffen machten. „Könnt ihr nicht lesen?", blaffte er die zwei Jungs und das Mädchen an. „*Nicht anfassen!*, steht da groß und breit und für jeden ersichtlich. Das ist kein Scherz!"

Die jungen Leute verzogen sich sofort und steuerten die Schleuse an, um die Flucht anzutreten, während Valerio jenes Areal kontrollierte, in dem er aus dem Ausland zugekaufte Schmetterlingspuppen aufbewahrte, die in nächster Zeit schlüpfen würden. Zum Glück schien keine der Puppen gelitten zu haben. Er war wahrscheinlich gerade noch rechtzeitig erschienen. Er fuhr sich durch die schweißnassen Haare, band sie neu zusammen und strich sich über die feuchten Arme. Das alles musste ein Ende finden! Er konnte keine weiteren Risiken eingehen, durfte nicht zulassen, dass noch mehr unachtsame Besucher dieses Paradies wie einen Jahrmarkt überrannten und dabei keinerlei Rücksicht übten.

„Marcella!" Er entdeckte seine Chefin nahe dem Bachlauf, wo sie darum bemüht war, ein Papiertaschentuch aus dem Wasser zu fischen, und eilte auf sie zu.

„Valerio!" Ihre Begrüßung klang herzlich, doch war ihr anzusehen, dass ihr die Situation nicht wirklich geheuer war.

„Bitte hilf mir, die Leute nach draußen zu befördern", bat er sie und richtete seinen Blick zur Schleuse. „Es sind zu viele. Das geht so nicht."

„Ich verstehe." Sie drückte ihm einen Kuss auf die Wange. „Sie ist grandios, aber ich denke, sie hat sich mit ihrem Vorhaben überschätzt. Wir sollten diese ... Veranstaltung beenden."

Valerio sah sie an und lächelte. Es tat gut, jemanden auf *seiner* Seite zu wissen, wo doch alle anderen von

Elizas Idee begeistert zu sein schienen. „Absolut, das werden wir!"

Sie schwärmten in entgegengesetzte Richtungen aus und begannen im hinteren Teil des Gebäudes damit, die Besucher davon zu unterrichten, dass das Schmetterlingshaus schließen würde und alle sich zur Schleuse begeben sollten. Auf Diskussionen ging Valerio nicht ein, und auch Marcella ließ nicht davon ab, die Menschen lautstark aus jedem noch so entlegenen Winkel des Gebäudes zusammenzutrommeln und sie zum Ausgang zu geleiten. Als die Traube vor der Schleuse immer größer wurde, wies Valerio seinen Kollegen an, die Leute in Grüppchen nach draußen zu lassen, damit es nicht zu Unfällen kam. Jeder, der noch darauf gewartet hatte, Einlass zu finden, wurde um Verständnis und darum gebeten, das Gelände zu verlassen.

Allmählich eroberte Valerio sein Zuhause zurück. Mit jedem, der sich von seinem Grundstück entfernte, atmete er freier, fühlte er sich wieder etwas mehr wie er selbst. Das Fernsehteam rückte ab, als die mit Schildern und Postern bewehrten Demonstranten von dannen zogen, die Auffahrt leerte sich zusehends und auch Marcella und Domenico verabschiedeten sich. Eliza stand immer noch mit den beiden Damen vom Radio zusammen und unterhielt sich. Anscheinend wurde das Gespräch nicht aufgenommen, denn das Gerät, welches eine der Frauen vorhin noch startklar bereitgehalten hatte, konnte Valerio nirgends mehr entdecken. Es bestand natürlich auch die Möglichkeit, dass Eliza den Damen das Interview an seiner statt gegeben hatte und alles bereits unter Dach und Fach war. Valerio würde es ihr ohne Weiteres zutrauen und konnte nur hoffen, dass sie mit dem, was sie eventuell gesagt hatte, nicht für noch mehr Furore sorgen würde. Was ihm heute an Aufregung widerfahren war, reichte für ein ganzes Leben, auf weitere Bevormundung oder Fremdbestimmung war er nicht aus.

Doch als würde das Universum ihm ein Beinchen stellen wollen, tauchten just in diesem Moment Gianni und Billie Costrado auf. Ihnen beiden stand das Entsetzen ins Gesicht geschrieben, als sie sich dem Haus näherten und den letzten Demonstranten nachschauten, die sich davonmachten, um zu ihren Autos oder Fahrrädern zurückzukehren. Valerio erwog, sich ins Haus zu begeben und die ganze Welt sprichwörtlich auszuschließen. Dass Costrado von diesem Spielzug, den Eliza angezettelt hatte, wenig begeistert sein würde, stand außer Frage. Man konnte von Glück reden, dass er den meisten in Montabello völlig unbekannt sein dürfte und die Leute ihn nicht erkannten, selbst wenn sie ihm gegenüberstünden. Ob das Lokalfernsehen sein Gesicht bereits gezeigt hatte, wusste Valerio nicht, doch sah es nicht danach aus. Zumindest schenkten ihm die Menschen, die noch auf dem Gelände verweilten, keinerlei Beachtung. Gianni schien trotzdem in großer Sorge und versuchte, den Amerikaner mit vollem Körpereinsatz abzuschirmen, ging voraus, sprang hin und her und hielt seine Hände in ständiger Abwehrhaltung, um jeden Moment eingreifen zu können, sollte sich jemand Costrado feindselig nähern.

Valerio hätte es nicht überrascht, wenn sein Bruder im nächsten Augenblick einen Colt ziehen würde. Gianni schien alles darum zu geben, dass die Übergabe von Haus und Gelände komplikationslos ablaufen würde. Damit Valerio endlich sein Leben in die Hand nahm. Ein Leben, das Gianni für ihn als erstrebenswert hielt.

„Was um Himmels willen ist das für ein Aufstand?", rief Gianni ihm zu, als er ihn erspäht hatte, und machte eine ausladende Geste, mit der er das gesamte Gebiet umschrieb. „Hast du den Verstand verloren, Val?" Mit großen Schritten kam er auf ihn zu, sich immer wieder nach Costrado umschauend, wahrscheinlich um sicherzustellen, dass der Amerikaner ihm auf den Fersen blieb.

Ein tiefes Seufzen kam über Valerios Lippen. Er hatte keine Lust, sich für etwas rechtfertigen, was er nicht getan hatte, wollte aber auch nicht Eliza alles in die Schuhe schieben. Zwar hegte er Groll gegen sie, und allein der Gedanke an eine dringend notwendige Unterhaltung mit ihr bereitete ihm Kopfzerbrechen, doch lag es ihm fern, sie in Schwierigkeiten zu bringen. Während er noch nach den richtigen Worten suchte, um die Demo und die Aktion mit dem Schmetterlingshaus zu erklären, bemerkte er aus dem Augenwinkel, dass Eliza sich von den Radiodamen verabschiedete ... und auf ihn, Gianni und Costrado zusteuerte. Sie würde doch nicht ...

„Gibt's Probleme?"

Valerio zuckte zusammen. Gianni fuhr sich durch seinen Bart. Der Amerikaner kratzte sich am Kopf.

„Meine Herren?" Sie stemmte die Hände in die Hüften und hob das Kinn.

„Ganz und gar nicht!" Billie Costrado rückte seinen Cowboyhut zurecht. „Im Grunde wollte ich nur mitteilen, dass in etwa zwei Wochen mit den Abrissarbeiten begonnen wird. Der Sachverständige war mit den Untersuchungen des Bodens zufrieden." Er drehte sich um und wollte gehen.

„Aber ..." Valerio räusperte sich. „Aber wie sieht es mit dem Bereich jenseits der Auffahrt aus? Mir ist zu Ohren gekommen, dass der Olivenbauer, dem es gehört, nicht verkaufen will."

„Das ist Ihnen zu Ohren gekommen, natürlich!" Costrado lächelte schief. „Wissen Sie, Signore Rossini, viele Wege führen nach Rom." Und damit verschwand er.

Ein kollektives Durchschnaufen bewies, dass sie alle sich nun wohler fühlten, zweifelsfrei aus unterschiedlichen Gründen, doch insgesamt schien sich die Lage etwas zu entspannen. Dachte Valerio.

„Darf ich fragen, wer Sie sind?" Gianni wandte sich an Eliza, sein Blick über ihre Züge wandernd. Bevor Valerio antworten konnte, dass sie sich doch kannten, fiel ihm ein, dass sein Bruder Eliza tatsächlich noch nie zu Gesicht bekommen hatte. Vorausgesetzt, sie hatte dem Fernsehteam nicht auch schon Rede und Antwort gestanden und war live über einen Bildschirm geflackert. Doch soweit Valerio informiert war, sah sich Gianni sowieso keine der Sendungen auf dem Lokalsender an.

„Mein Name ist Eliza, ich bin Valerios Freundin und würde es ihm gönnen, wenn er sein Elternhaus behalten kann. Sie sind da ja anscheinend anderer Meinung."

Valerio griff sich an die Stirn. Er musste etwas tun, bevor der nächste Streit über den Zaun gebrochen wurde. Doch sein Bruder hielt ihn zurück, in dem er die Hand hob und ihm das Wort abschnitt.

„Das heißt, dieser Aufruf, der schon den ganzen Tag durch die Medien leiert, diese Demo … all dieses Chaos geht auf Ihre Kappe?"

Wie selbstverständlich nahm Eliza Valerios Hand und drückte sie. „Sie als Vals Bruder sollten daran interessiert sein, dass es ihm gut ergeht und Mittel gefunden werden, damit er ihr Elternhaus nicht abtreten muss und sich gemäß seinen Vorstellungen ein Leben aufbauen kann. Ich wäre also hocherfreut, wenn Sie sich uns anschließen möchten. Morgen um halb neun in der Früh geht es weiter."

Valerio entzog ihr seine Hand und verschluckte sich beinahe an seinem eigenen Speichel. „Was bitte geschieht morgen um halb neun?"

„Alfonso kommt mit seinem Kleinlader", antwortete sie und lächelte. „Wir sollten uns daranmachen, dieses Durcheinander rings ums Haus in Ordnung zu bringen. Damit setzen wir ein weiteres Zeichen, dass Aufgeben für uns keine Option ist. Mal davon abgesehen …" Sie legte den Kopf schief. und rückte ihre Brille zurecht. „Hier muss so oder so etwas getan werden. Der jetzige Zustand des Gebäudes wird es dir unmöglich machen, auf Dauer darin zu wohnen."

„Eliza, was du tust …" Valerio warf seine Hände in die Luft und suchte nach passenden Worten.

„Bitte mach dir keine Sorgen!", unterbrach sie ihn, und die Sanftheit in ihrer Stimme ließ ihn fast vergessen, dass er wütend auf sie war. „Ich weiß, das ist viel für dich. Aber wenn du dieses Haus wirklich behalten möchtest, dann muss hier einiges passieren. Besser früher als später. Du kannst natürlich auch die Hände in den Schoß legen, doch dann garantiere ich dir, dass du

dir in spätestens zwei Wochen, wenn die Bagger ange-
rollt kommen, eine neue Bleibe suchen musst."

Er sah sie an, spulte ihre Worte innerlich noch mal ab,
und obwohl sich ein Teil seiner selbst wehrte, wusste
ein anderer, dass sie die Wahrheit sprach. „Ich kann
mir nicht vorstellen, was es bringen soll. Die Demo, das
Radio, das Fernsehen ... und dann auch noch eine ...
was? Aufräumaktion? Billie Costrado hat den Abriss in
die Wege geleitet, Eli."

Ein Leuchten erfasste ihre Augen, als er sie bei ihrem
Kosenamen nannte. Sie setzte zu einer Erwiderung an,
doch Gianni kam ihr zuvor.

„Ich kann dir nicht genau sagen, warum ich so empfinde, Val. Aber ich habe nicht das Gefühl, als ob diese
Unternehmungen Costrado unberührt lassen."

Elizas Augenbrauen schnellten in die Höhe, sie schien
hocherfreut, während Valerio seinen Bruder nur ungläubig anstarrte. „Was meinst du damit?"

Gianni steckte seine Hände in die Taschen seiner
schmal geschnittenen Stoffhose und wiegte den Kopf.
„Ich glaube nicht, dass er der kaltherzige Typ Mensch
ist. In den letzten Tagen hatte ich viel mit ihm zu tun,
und er macht auf mich eigentlich einen sehr ... empa-
thischen Eindruck."

Valerios Gedanken kreisten, sein ganzer Körper
sehnte sich nach einer Auszeit, nach Ruhe und Zurückgezogenheit. Natürlich beruhigte ihn das Wissen, dass
Eliza sich nicht *einfach so* über ihn und seinen Willen
hinweggesetzt hatte, sondern ein Ziel verfolgte, dass
ihm dienlich war. Im besten Fall. Sie unternahm keine
dieser Anstrengungen, um *sich* ins rechte Licht zu rücken oder gegen Langeweile anzukämpfen, die sie hier

– zumindest in ihren ersten Tagen, wie sie sagte – überfallen hatte. Sie dachte bei all ihren Aktionen an ihn. Und wenn er sich an seine vergangenen Beziehungen erinnerte, fiel ihm keine ein, in der die Frauen nicht vor allem ihr eigenes Wohl im Sinn gehabt hätten, ungeachtet seiner Empfindungen oder Wünsche.

„Das heißt, du ... ich darf doch du sagen?", fragte Eliza Gianni, legte eine Hand auf seinen Unterarm und sah ihn eindringlich an.

„Aber sicher!"

„Du wirst uns also helfen?"

Er nickte, zuerst verhalten, dann zuversichtlich, und Valerio ging unweigerlich das Herz auf, obwohl er von der Idee mit der Aufräumaktion noch nicht überzeugt war und ihn der plötzliche Sinneswandel seines Bruders wunderte.

„Dann sehen wir uns morgen!" Sie marschierte die Auffahrt entlang, kursnehmend auf die Fielding-Villa. Bevor sie in der Senke verschwand, drehte sie sich noch einmal um und warf Valerio eine Kusshand zu. Dann war sie weg.

„Sie ist ...", begann Valerio und zuckte mit den Schultern.

„Ein Tornado!" Gianni grinste. Er schien Eliza zu mögen, was dazu führte, dass Valerio sich ihm wieder ein bisschen verbundener fühlte.

„So könnte man es sagen, ja. Ich habe keine Ahnung, was sie noch alles vorhat. Aber eines ist sicher: Sie macht keine halben Sachen ... und das ist einer der Gründe, warum ich mich in sie verliebt habe."

„Verständlich!"

Valerio lachte und sah seinem Bruder in die Augen. „Willst du mit reinkommen? Ich kann uns einen Tee kochen und wir reden. Ein bisschen Zeit habe ich noch, bevor meine Schicht bei Marcella beginnt."

„Danke, aber ..." Gianni stürmte Eliza hinterher und rief über seine Schulter: „Bis morgen früh, halb neun!"

Kapitel 11

Eliza

„Diese Einrichtung ist wirklich –"

„Exquisit? Feudal? Over the top?" Eliza wies Gianni den Weg in den Wohn- und Essbereich und nickte. „Da gebe ich dir recht. Nur ob man all das wirklich braucht?"

Gianni blieb stehen und starrte sie an. „Aber du wirst jetzt nicht behaupten, dass du dich unwohl fühlst in diesem Palast, oder?"

Eliza brummte und holte zwei Weingläser aus einer schmalen hölzernen Vitrine. Die Fielding-Villa verfügte über jeden Komfort, den man sich als Urlauber wünschen konnte, und ja, am Anfang hatte sie noch angenommen, dass es vor allem die Annehmlichkeiten waren, die ihr ihren ungewollten Aufenthalt in der Toskana versüßen würden. Über den beheizten Außenpool, die kleine Sauna im Keller und den nicht enden wollenden Vorrat an Köstlichkeiten, den Angelica regelmäßig für sie bereitstellte, würde keine Menschenseele meckern. Doch angesichts der Ruhe, mit der sie sich zwangsweise auseinandersetzen hatte müssen, waren es ganz andere Aspekte gewesen, die dafür gesorgt hatten, dass sie die Gegend lieben gelernt hatte.

Klammheimlich hatte sich Montabello in ihr Herz geschlichen – und Wurzeln geschlagen.

„Tatsächlich gefällt es mir oben bei Valerio ganz gut", antwortete sie und goss Gianni und sich Rotwein ein, den sie auf dem Weg durch die Küche aus dem Regal geangelt hatte.

„Nun, er ist ja auch ein umgänglicher Mensch", pflichtete er ihr bei, während er das Etikett der Flasche studierte und die Brauen hob. „Ein Brunello. Ausgezeichnete Wahl!"

„Angelica sei Dank!" Eliza lachte. „Und was Valerio und seine *Umgänglichkeit* betrifft: Ich habe ihn wirklich sehr gern und ... ach, es ist viel mehr als das, aber das hast du sicher mitbekommen."

Gianni zwinkerte ihr zu. „Ihr zwei seid wirklich ein hübsches Paar. Doch davon abgesehen", er kostete von seinem Wein und schloss für einen Moment seine Augen, „finde ich auch, dass ihr euch wundervoll ergänzt. Jedenfalls ist es ganz offensichtlich, dass du ihm guttust. Was du in einigen Wochen vollbracht hast, habe ich in Monaten nicht geschafft."

Eliza nippte an ihrem Glas und gab sich Mühe, den aufkommenden Ärger mit einem Schluck Wein hinunterzuspülen. Der tadelnde Unterton in Giannis Stimme war ihr nicht entgangen. „Du befürwortest, dass ich die Aufräumaktion ins Leben gerufen habe."

„Absolut!"

„Doch du vergisst, dass ich dies nicht tue, weil mir die Art, wie Valerio sein Leben führt, wie er es führen *möchte*, missfällt." Sie hatte bemerkt, wie sein Gesichtsausdruck sich verändert hatte, als sie die für morgen anstehenden Unternehmungen angesprochen hatte, und von Valerio wusste sie, dass der marode Zustand des Hauses seinem Bruder schon lange ein Dorn im Auge war. „Es liegt mir fern, ihn ändern zu wollen, verstehst du? Natürlich gibt es unaufschiebbare Arbeiten am Gebäude, und ich bin genau wie du dafür, dass sie erledigt werden. Doch habe ich nicht vor, ihm seine Lebensweise auszureden."

Gianni schwieg. Sie hatte einen Nerv getroffen, dessen war sie sich ziemlich sicher. Die Art, wie er den Kopf wegdrehte und nachdenklich durch den Garten auf die andere Seite der Senke schaute, verriet ihn. Ein paar Minuten verstrichen, in denen keiner etwas sagte, doch dann ergriff er das Wort.

„Als ich im vorigen Jahr mit meiner Frau und meiner Tochter von hier fortzog – wir bewohnten ein winziges Haus direkt vor den Toren Montabellos – war ich heilfroh. Ich hatte es satt, wollte dieser Gegend entkommen, in der ich mein ganzes bisheriges Leben verbracht hatte. Meinen Kindern wollte ich mehr bieten, eine größere Auswahl an Schulen, mehrere Kinos, Kaufhäuser, in denen sie irgendwann nach Herzenslaune shoppen, Diskotheken und Ausbildungsplätze. Ich wünschte mir eine andere Zukunft für sie. Eine Zukunft, mit der Montabello und die gesamte Umgebung nicht dienen können." Er sah sie an und in seinen Augen stand ein Ausdruck von Verzweiflung. „Was aus denjenigen wird, die hierbleiben, weiß ich. Er könnte so viel mehr aus sich machen! Wusstest du, dass er, gar nicht weit von meinem jetzigen Wohnort entfernt, eine Ausbildung zum Schreiner gemacht hat? Sein Talent, mit Holz umzugehen, ist bemerkenswert. Er bekam sogar das Angebot, in eine Großwerkstatt für stilvolle Möbel aus Edelhölzern einzusteigen. Und was hat er getan?" Gianni raufte sich die Haare und starrte Eliza mit großen Augen an. „Er hat abgelehnt. Und ist zurück nach Montabello gegangen. Es war eine Chance, die ihm so wahrscheinlich nie wieder offeriert wird. Dazu ist er jetzt schon viel zu lange raus aus dem Beruf, wenn man mal davon absieht, dass er hin und wieder ein paar Dekoartikel bastelt, nur um sie in Montabello zu verscherbeln." Er sah zu Boden und schüttelte den Kopf. „Er könnte gutes Geld verdienen. Stattdessen kurvt er immer noch für Alfonso durch seinen überschaubaren Olivenhain und kellnert für Marcella. Wie will er sich jemals mehr leisten können als ein Gebäude, das total verbaut ist und vor sich hin rottet. Ich meine, er hat nicht mal genug Geld, um es instand halten zu können."

Eliza nickte ununterbrochen. Sie hatte gelernt, dass es Sinn machte, Menschen in einer Diskussionssituation eine Zeit lang zu signalisieren, dass man auf ihrer Seite war, dass man ihre Argumente durchaus einzuordnen wusste und ihren Standpunkt respektierte. Gleich in die Offensive zu gehen und dem Gegenüber über den Mund zu fahren, lohnte sich selten.

„Ich kann nachvollziehen, wovon du sprichst. Und du hast es wirklich weit gebracht, Gianni. Du wolltest Montabello hinter dir lassen, warst darauf aus, deiner Familie ein Meer an Möglichkeiten zu offerieren und, wie ich hörte, entpuppte sich das Erbe deiner Frau als wahrer Glücksfall. Valerio erzählte mir, dass eure Apotheke sehr gut läuft und ihr zufrieden seid."

„Ganz genau!", pflichtete er ihr bei und lächelte. „Im Herbst sind wir zu viert. Meine Kinder haben eigene

Zimmer und können sich in einer Flut aus Freizeitangeboten frei entfalten. Giulia spielt in einem Schachclub, besucht eine Malschule und geht zum Leichtathletik-Kurs. Das alles wäre hier undenkbar. Solche Angebote gibt es in Montabello schlichtweg nicht."

„Sie malt? Das ist ja wundervoll! Ich habe es auch gerade erst für mich wiederentdeckt. Valerio hat mir die Staffelei und die Farben eurer Mutter überlassen."

Giannis Lächeln schwächelte. „Sie hat so gern im Schmetterlingshaus gesessen und sich ihrer Kunst hingegeben. Dabei vergaß sie alles um sich herum. Es hat sie geerdet und gleichzeitig beflügelt."

„Ich kenne dieses Gefühl. Genauso habe ich empfunden, wenn ich als Kind malte, und genauso empfand ich auch jetzt wieder. Nach all der Zeit." Eliza hing den Erinnerungen an jenen Nachmittag bei Valerio nach und atmete langsam ein und aus, bevor sie sich wieder der aktuellen Situation widmete. „Doch um auf unser Gesprächsthema zurückzukommen: Deine Vorstellung davon, was ein gutes Leben ausmacht, unterscheidet sich von der deines Bruders. Es ist nicht so, dass er sein Dasein fristet, obwohl er sich wünschte, ganz woanders zu sein. Er wohnt nicht in eurem Elternhaus, weil eure Mutter es ihm abverlangt. Natürlich kommt er ihr damit entgegen, weil es tatsächlich ihr Wunsch gewesen ist, dass etwas von dem, das sie mit ihrer Vergangenheit verbindet, mit eurem Vater und euch als Kindern, bestehen bleibt. Aber dies ist *ihre* Sehnsucht, ein Hunger nach dem, was war und nicht mehr ist. Sie zwingt ihn zu nichts."

Gianni seufzte, während er den Wein in seinem Glas schwenkte. „Ich befürchte trotzdem, dass Valerio sich

238

ihr verpflichtet fühlt und nur deswegen dort wohnen bleibt. Und das ist nicht richtig. Sie sollte ihn ziehen lassen, auch wenn es sie schmerzt."

Eliza stand auf, trat hinter Gianni und legte ihm eine Hand auf die Schulter. „Sie spricht aus, wovon sie träumt. Ist das keine beneidenswerte Eigenschaft?"

Gianni sah über seine Schulter zu ihr hoch. „Worauf willst du hinaus?"

Ihr Blick schweifte über die Senke, die im schwindenden Licht des Tages wie eine schier unüberwindbare Kluft erschien. „Darauf, dass sie es sich nicht nur selbst erlaubt, zu träumen, sondern es auch dich und deinen Bruder gelehrt hat. Der Unterschied besteht lediglich in der Art, wie ihr eure Visionen auslebt. Für dich war es erstrebenswert, Montabello zu verlassen, Valerio hingegen würde alles geben, um hierzubleiben. Dass sich sein Wunsch mit den Vorstellungen eurer Mutter deckt, bestärkt ihn höchstens: Mit Zwang oder der Annahme, einer Sache auf Gedeih und Verderb verpflichtet zu sein, hat das nichts zu tun."

Gianni erwiderte nichts. Gedankenverloren trank er seinen Wein aus und lehnte wortlos ab, als Eliza nachschenken wollte.

„Ist es in Ordnung, wenn ich unter die Dusche springe und dich alleinlasse?"

Er nickte, blieb aber weiterhin stumm. Eliza überlegte, ob sie vielleicht zu weit gegangen war mit ihren Interpretationen, fand aber, dass sowohl Gianni als auch Valerio Manns genug sein mussten, um mit ihrer Meinung umgehen zu können. Nichts lag ihr ferner, als Menschen absichtlich zu verletzen. Sie ging ins Obergeschoss und in ihr Schlafzimmer, zog sich die verschwitzten Sachen aus und war froh, als das lauwarme Wasser über ihren Körper sprudelte. Mit handtuchtrockenen Haaren und in Leggins und einem dünnen Sweater tapste sie nach der Dusche wieder nach unten, warf einen Blick ins Wohnzimmer, wo Gianni immer noch regungslos in seinem Sessel saß, und fragte, ob sie irgendetwas für ihn tun könne.

Er bedankte sich, lehnte aber ab. „Gib mir noch fünf Minuten, dann verschwinde ich."

„Das hatte ich damit nicht sagen wollen!"

„Weiß ich."

Eliza brühte sich eine Tasse starken Kaffee auf und setzte sich damit auf die Bank neben dem Vordereingang zur Villa. Die Sonne war hinter den Hügeln untergegangen und hatte ein Muster am Himmel hinterlassen, bei dem kräftiges Rotorange in dunkles Blau floss. Der Duft von würzigen Kräutern schwängerte die Luft, ein Hauch des Geruchs von Honig wehte von einem üppig blühenden Kamelienstrauch bis zu Eliza herüber. Sie sog die Aromen langsam ein, hielt kurz den Atem an und schloss ihre Augen. Ein Vogel in der Nähe gab ein monotones, sich ständig wiederholendes Tschilpen von sich, das sich fast nach einem Peilsender anhörte und Eliza zum Lachen brachte, sodass sie die angehaltene Luft wieder ausstieß.

„Was ist so witzig?" Gianni war in der offenstehenden Tür aufgetaucht und ließ seinen Blick über die Landschaft wandern.

„Dieser Vogel ... er ist sehr penetrant!"

Gianni horchte hin und schmunzelte. „Das ist eine Zwergohreule. Sie versteckt sich wahrscheinlich in einer der Pinien." Er zeigte auf ein Wäldchen, das sich abseits der Villa vor dem mittlerweile lilafarbenen Himmel absetzte. „Sie sind nicht mehr so häufig hier anzutreffen wie früher. Mein Vater sagte immer, dass sie vor allem von den Leuten gehört werden, die vor schwierigen Entscheidungen stehen. Ob das stimmt, weiß ich nicht, aber gerade heute ... passt es." Er nahm neben Eliza Platz, stützte die Unterarme auf seine Oberschenkel und drückte seine Fingerknöchel, bis sie knackten. „Ich denke, ich werde noch bei meiner Mutter vorbeischauen. Sie freut sich bestimmt, wenn ich mich blicken lasse."

Eliza sah ihn an, in sein Gesicht, das innerhalb der letzten Stunde weichere Züge angenommen hatte, und fand, dass er Valerio gleich sehr viel mehr ähnelte. „Vielleicht werde ich sie fragen, ob sie sich mal mit Billie Costrado unterhalten möchte. Ihre Schwester, Tante Loretta, kann gut mit dem Laptop umgehen und würde ihr sicher dabei behilflich sein, eine E-Mail zu verfassen."

„Denkst du, das könnte etwas bringen?"

„Wie gesagt, ich habe nicht den Eindruck, dass Costrado ein Unmensch ist. Und ich weiß, dass es ihm nicht leichtfällt, Val zu vertreiben." Er drehte den Kopf zu ihr und zuckte mit den Schultern. Dann erhob er sich. „Wir sehen uns morgen früh, Eliza."

„Für dich sehr gern einfach Eli!"

„Gute Nacht, Eli!", sagte er, drehte sich um und verschwand hinter der Hausecke.

Eliza lauschte dem Ruf der Eule und dachte an Giannis Worte. Er war über seinen Schatten gesprungen, wie es schien, und es sah nicht nur danach aus, als ob er seinen Frieden mit Valerio und seinem Festhalten am Elternhaus machen wollte. Er wollte auch seine Mutter besuchen, was, wenn sich Eliza an Valerios Erzählungen erinnerte, in letzter Zeit nur sehr sporadisch vorgekommen war. Mariella Rossini hatte sich mit den Gegebenheiten anfreunden müssen und vermisste ihre Kinder, was in Elizas Augen einleuchtend war. Dass sie Gianni und seine Familie seit seinem Umzug nach Florenz weniger häufig zu Gesicht bekam, schmerzte die alte Frau. Jetzt, wo Eliza mehr über Giannis Beweggründe erfahren hatte, Montabello hinter sich zu lassen, konnte sie seine Entscheidung zwar verstehen. Doch wünschte sie seiner Mutter, dass sie ebenso aufgeklärt wurde und nicht weiter davon ausgehen musste, dass ihr Sohn sich komplett abgrenzen wollte.

Wieder ertönte das durchdringende Rufen der Eule.

Eliza griff in die Tasche des Hoodies und zog ihr Handy hervor. Das Schwarz des Displays hatte sie nie weniger nervös gestimmt als in den letzten Tagen. Sowohl Beth als auch Chloe wussten darüber Bescheid, dass sie ihr Handy nur ab und zu anschaltete. Beth hatte sie dazu beglückwünscht und war beinahe in Jubelgeschrei ausgebrochen, Chloe hatte ihre Entscheidung angezweifelt, natürlich tief besorgt über die Entwicklungen bezüglich des Geburtstagdinners ihrer Mutter, es aber schließlich hingenommen und Eliza gebeten, sich bald wieder zu melden.

Sie drückte zwei Tasten am Gehäuse des Smartphones und wartete, bis ihr Bildschirm aufflackerte. Sofort gingen mehrere Meldungen ein, die sie über den Erhalt von E-Mails und Kurznachrichten informierten, eine Wetterwarnung für Starkregen in London war auch dabei. Eliza grinste und sah noch einmal hinauf in den wolkenlosen Abendhimmel, der letzte Streifen von Dunkelviolett bereithielt. Dann öffnete sie drei Mitteilungen von Chloe, in denen ihre Schwester sie nach ihrem Befinden fragte und außerdem wissen wollte, ob sie es sich nicht doch noch anders überlegt hatte und bereit war, ihren Urlaub zu beenden.

Ich habe Geschenke besorgt und Plätze im Diamonds reserviert

schrieb sie und hatte als Anhang die Speisekarte des Restaurants beigefügt.

Vielleicht bist du ja doch rechtzeitig wieder zu Hause. Ich vermisse dich!

Obwohl sie dagegen ankämpfte, stiegen ihr die Tränen in die Augen. Nicht, weil sie sich fort von hier wünschte oder die Sehnsucht verspürte, nach London zurückzukehren. Es war einzig und allein Chloe, die sie gern wiedersehen und in ihre Arme schließen würde.

Ich wünschte, du wärest hier! Dann würdest du verstehen, warum ich diesen Ort zurzeit unmöglich verlassen kann. Es gibt jede Menge zu erzählen, und was ein paar Dinge angeht, muss ich noch Lösungen finden. Aber es geht mir gut. Sehr gut sogar. Und ich liebe dich!

Ihre Hände zitterten, während ihre Finger über die Tastatur huschten und sie gezwungen war, ihre Sätze mehrfach zu korrigieren, weil sie sich vertippte.

Ich werde nun auch Mum Bescheid geben. Für sie bin ich nicht im Urlaub, sondern auf einer Fortbildung.

Erführe ihre Mutter, dass sie sich eine berufliche Auszeit nahm, selbst auf Geheiß der Ärzte, würde sie dennoch zetern, sich darüber aufregen, wie Eliza ihren gutgehenden Job so dermaßen aufs Spiel setzen konnte. Unaufhörlich würde sie auf Chloe einreden und damit den Druck auf sie weiter erhöhen, nach den Regeln zu leben, die sie als erstrebenswert hielt. Das war nichts, das Eliza ihrer Schwester zumuten wollte.

***

„Wie war deine Schicht bei Marcella?" Eliza räumte ihre Mitbringsel, die sie in einem Handwagen die Schotterstraße hinaufgezogen hatte, auf die Küchenanrichte und zählte die belegten Focaccia durch. Angelica war bereits vor acht Uhr mit ihrem Auto aus Montabello zurückgekehrt und hatte sämtliche Einkäufe in der Villa abgeliefert. Es würde ein langer Tag werden heute, zum Kochen bliebe keine Zeit.

„Anstrengend", brummte Valerio und stapelte Wasserflaschen in seinen Kühlschrank.

Viel miteinander gesprochen hatten sie nicht, seit Eliza vor einer Viertelstunde bei ihm angekommen war. Die gestrige Aktion schien ihm nach wie vor im Nacken zu sitzen, obwohl Eliza am Ende, nachdem sie ihre Beweggründe dargelegt und sich erklärt hatte, nicht das Gefühl gehabt hatte, dass er ihr die Demo und die Besucher im Schmetterlingshaus nachtragen würde.

„Es ist gleich halb neun. Ich hoffe, dein Bruder hält, was er verspricht."

„Immer."

Er verließ die Küche und ging nach draußen. Eliza stöhnte laut auf, atmete ein paarmal durch und folgte Valerio bis zur Auffahrt. „Hey!", rief sie ihm hinterher. „Willst du mich bestrafen für das, was ich getan habe? Was ich für *dich* getan habe?" Sie schaute ihm nach, wie er noch ein paar Schritte tat und dann stehenblieb. Er ließ den Kopf nach vorn fallen und stemmte die Hände in seine Hüften, bevor er sich langsam umdrehte und dann auf sie zukam.

„Entschuldige, dass ich noch nicht ganz verarbeitet habe, dass du über meinen Kopf hinweg entschieden und damit ein solches Chaos verursacht hast."

„Okay", antwortete sie und überwand die kurze Distanz, die sie voneinander trennte, bis sie direkt vor ihm stand. „Ich gebe nochmals zu, dass ich deine ... zurückhaltende Begeisterung verstehe, weil es gestern tatsächlich nicht ganz so lief, wie ich es mir gewünscht habe. Es tut mir leid, dass im Schmetterlingshaus so viel danebengegangen ist, aber –"

„Du warst doch gar nicht dabei. Woher willst du wissen, wie sich die Leute dort benommen haben?"

„Ich habe Rücksprache mit Domenico gehalten und auch Marcella befragt."

In seinen Augen blitzte es, sein Mund stand weit offen.

„Ach komm!", sagte sie, „du bist jetzt nicht beleidigt, dass ich mit deiner Chefin und deinem Kollegen Nachrichten ausgetauscht habe."

Er atmete hörbar aus. „Nein!" Es klang nicht sehr überzeugt. Eher so, als habe er sich gerade selbst klarmachen müssen, dass sein Verhalten an das eines Kleinkindes erinnerte, dem eröffnet wurde, dass seine Sandkastenfreunde zum Geburtstag eines anderen eingeladen waren. „Es ist ja ... nett, dass sie geholfen haben. Und ich weiß auch, dass es nicht ihre Schuld war. Sie haben ihr Bestes gegeben."

„Etwas anderes hatte auch *ich* nicht im Sinn!" Eliza reckte ihr Kinn. Ihm musste doch bewusst sein, dass sie ausschließlich gute Absichten verfolgte.

Valerios Kopf wippte fast unmerklich. Es war kein Nicken, und angetan schien er immer noch nicht. Doch entspannten sich seine Gesichtszüge etwas, was Eliza positiv wertete. Vielleicht brauchte er einfach noch etwas Zeit. Die sie ihm ohne Weiteres zugestand, wenn er am Ende verstand, dass sie ihn nicht bevormunden hatte wollen.

Ein Auto fuhr vor. Die Wagentür wurde aufgerissen und heraus sprang ein Kind, das Valerio freudestrahlend zuwinkte. „Onkel Val, Onkel Val, darf ich die Morphos sehen?" Das Mädchen stürmte auf Valerio zu, schmiss sich ihm in die ausgebreiteten Arme.

„Aber klar, Giulia, ich glaube, sie warten schon auf dich!" Er ließ das Kind auf den Boden gleiten, drückte es noch einmal an sich und nahm es dann an die Hand. Ohne Eliza eines weiteren Blickes zu würdigen und nur mit einem leisen *Ciao* an seinen Bruder gerichtet, der gerade aus dem Auto stieg, verschwand Valerio mit seiner Nichte in Richtung Schmetterlingshaus.

„Entschuldige, dass meine Tochter dich komplett übersehen hat", meldete sich Gianni, bevor er Eliza kurz umarmte und dann den Wagen umrundete. Heute sah er Valerio noch ein wenig ähnlicher als gestern, was vielleicht an seinem Äußeren lag. Mit seiner abgewetzten Jeans und dem verblichenen Shirt sah er nicht unbedingt wie ein Unternehmer aus, sondern vielmehr nach einem Naturburschen wie sein Bruder es war.

„Oh, das ist kein Problem, ich werde sie sicher gleich noch kennenlernen. Schön übrigens, dass du sie mitgebracht hast."

„Und damit nicht genug!" Er öffnete die Beifahrertür und reichte jemandem seine Hand.

Eliza hörte nur unverständliches Gemurmel, bis eine ältere Dame aus dem Auto stieg und sich sofort ihr zuwandte. Ihre Augen waren schwarz wie Kohle und hatten die gleiche Form wie Valerios. Elizas Herz schlug sofort etwas schneller, während eine unerklärliche Wärme ihr Innerstes flutete.

„Sei vorsichtig, Mamma!" Gianni führte seine Mutter ums Auto und lenkte sie in Elizas Richtung. „Das ist –"

„Eliza!", fiel sie ihm ins Wort. Ihre Stimme klang so herzlich, als würde sie jemanden begrüßen, den sie schon sehr lange kannte. Jemanden, den sie tief in ihr Herz geschlossen hatte. Mit ausgebreiteten Armen überwand sie das letzte Stück der Entfernung und lächelte Eliza mütterlich an.

Eliza schluckte. Sie war Vals Mutter noch nie begegnet, hatte bislang kein Wort mit ihr gewechselt und war eine völlig Fremde für die Dame. Und doch war ihr, als verbinde sie etwas ganz Besonderes. Sie war nicht imstande, es zu benennen oder zu kontrollieren. Ein bisschen machte es ihr sogar Angst, weil sie es nicht gewohnt war, so schnell so tief für jemanden zu empfinden. Aber wenn Valerios Mutter nur in etwa über die gleiche Herzensenergie verfügte wie ihre beiden Söhne, konnte dies nur der Beginn einer wunderbaren Beziehung sein.

„Signora Rossini, ich freue mich wirklich sehr!"

„Oh bitte, tesoro mio! Nenn mich Mariella, ja?" Sie drückte Eliza fest und schmiegte sich an sie.

„Mamma?" Valerio war hinter sie getreten und schaute sie ungläubig an. Sie beide.

Langsam entließ Mariella Eliza aus ihrer liebevollen Umarmung und drehte sich zu ihrem Jüngsten um. „Valerio, mein Junge, mit dir habe ich ein Hühnchen zu rupfen. Aber zuerst möchte ich meine Falter besuchen, und danach kochst du mir einen ordentlichen Cappuccino!" Sie machte ein ernstes Gesicht, aber das Zwinkern ihrer Augen verriet, dass ihre Worte nicht so besorgniserregend gemeint waren, wie sie klangen.

Eliza schmunzelte und nickte Vals Mutter zu. „Dann sehen wir uns später, Mariella." Sie horchte auf, weil aus der Ferne das Rattern eines Traktors zu ihr herüberwehte. „Das sollte Alfonso sein, dann können wir gleich loslegen! Gianni, Giulia, seid ihr bereit?"

Eine halbe Stunde später gingen sie mit vereinten Kräften dem Gestrüpp in der Nähe des Schmetterlingshauses an den Kragen. Giulia und Eliza legten Ketten oder Seile um Bäume, Gehölze und dicht verzweigte Büsche, damit Alfonso sie mit seinem Kleinlader aus der

Erde ziehen konnte. Valerio und Gianni verfrachteten alles auf die Ladefläche des Ford Rangers, um es beizeiten zu entsorgen, und Mariella saß im Halbschatten der Terrasse, wo sie die Kräuter, Sonnenblumen und Zierpflanzen bearbeitete, welche in Kürze in dem Bereich gesetzt werden sollte, der früher zu ihrem kleinen Nutzgarten gehört hatte. Am frühen Nachmittag machten sie sich gemeinsam über die Snacks her und feierten erste Erfolge: Das Areal, das bislang in beinahe völliger Dunkelheit gelegen und von wo der Zugang zum Schmetterlingshaus von der Nordseite aus unmöglich gewesen war, war bis auf eine hochgewachsene Magnolie geräumt. Aus der umgepflügten Erde hatte Alfonso sämtliches Wurzelwerk entfernt, sodass als Nächstes die Oberfläche fein durchgeharkt und mit nährstoffreichem Boden vermengt werden konnte.

„Ich bin an den Metallvorrichtungen ausgekommen, die Babba vor Jahren einbetoniert hat, damit der Holzzaun nicht so schnell wegfault. Dass es die gibt, hatte ich gar nicht mehr auf dem Schirm." Gianni wischte sich den Mund mit einer Serviette und goss sich Tee nach.

„Dann können wir die neuen Zaunelemente daran befestigen. Das ist doch klasse!", freute sich Valerio. „Als sei es so vorherbestimmt." Sein Blick huschte zu Eliza, die seine Aussage mit einem Lächeln quittierte.

Die Stimmung zwischen ihr und ihm hatte sich endlich normalisiert. Ob dies der Unterredung zu verdanken war, die Mariella mit ihrem Sohn geführt hatte oder auch der ein oder andere Wortwechsel zwischen den Brüdern, wusste Eliza nicht. Aber irgendwann hatte Valerio sie in den Arm genommen und sich für sein gestriges Misstrauen entschuldigt. Und damit war die Sache für Eliza aus dem Weg geräumt, es gab keinen Grund, weitere Energie zu verschwenden. Es gab Wichtigeres zu tun. Ganz davon abgesehen, dass sie Valerio längst verziehen und aus der Situation für sich gelernt hatte, dass sie zukünftig keine Entscheidung, die ihn oder das Haus betraf, alleine treffen würde. Hier war es an ihr, sich in ihrem Tatendrang, sei er auch noch so wohlwollender Natur, ein wenig zu zügeln.

„Liebes, magst du mir gleich bei den beiden Fenstern an der Auffahrt helfen?", wandte die ältere Dame sich an Giulia. „Wenn wir das Holz abschmirgeln und ihm einen neuen Anstrich verpassen, halten sie noch ein Weilchen."

„Genau, dann kann ich mir vielleicht vor dem Winter oder spätestens im nächsten Frühjahr neue leisten. Auf Dauer ist das wohl die beste Lösung." Valerio wuschelte seiner Nichte durch ihr langes pechschwarzes Haar und atmete tief durch. Je weiter ihr Tagwerk voranschritt, desto mehr schien er sich mit der Tatsache anfreunden zu können, dass er finanziell in das Haus investieren musste und nicht alles in Eigenleistung zu bewältigen war. Jedenfalls nicht auf Dauer.

„Mich würde ja mal interessieren, wie viel mehr Licht in dein Schlafzimmer fällt, jetzt, wo die riesigen Sträucher und die kaputten Bäume Geschichte sind. Ich könnte mir vorstellen, dass sich der Schimmelfleck dort oben genau wie der unten in der Küche verabschieden wird. Vorausgesetzt, du lässt das Ganze professionell behandeln." Gianni hob warnend den Zeigefinger, doch anhand seines Gesichtsausdruckes ließ sich ablesen, dass auch er von der Penetranz seiner ewigen Ratschläge abgewichen war.

Eliza stand auf und steuerte die Hintertür an. „In deinem Schlafzimmer war ich noch nie, Val. Willst du es mir nicht mal zeigen?"

Die verwirrten und zum Teil peinlich berührten Blicke, die ihr alle bis auf Giulia zuwarfen, bewirkten, dass sie in schallendes Gelächter ausbrach, in das bald auch die anderen einstimmten.

„Okay, wir verschieben das", prustete Valerio und zwinkerte Eliza zu, die daraufhin an seine Seite eilte und sich von ihm in den Arm nehmen ließ. „Vielleicht auf heute Abend?", flüsterte er nah an ihrem Ohr, während er mit seinen Lippen ihren Hals liebkoste.

„Das klingt verlockend!", gab sie zurück, drehte sich mit ihm zur Seite und küsste ihn. „Aber bevor es soweit ist ..."

Er hob sie ein Stück vom Boden und wirbelte sie im Kreis. „... müssen erst noch ein paar Arbeiten erledigt werden, ist klar, Chefin!"

Der Zaun für das neue Gärtchen war im Nu aufgesetzt, die Pflanzen gesetzt und gegossen, das Gelände aufgeräumt. Am späten Nachmittag erschien eine Journalistin, um die beiden Brüder Rossini nach dem Stand der Dinge zu fragen und Fotos zu machen. Während Valerio sich nicht weiter sperrte und sich ohne den geringsten Widerspruch bereiterklärte, mit der Pressefrau zu sprechen – sehr zur Freude Elizas – hatte Gianni erst überlegen müssen, ob er sich nicht besser zurückhielt. Immerhin war er Costrados erster Ansprechpartner und bis vor Kurzem der festen Überzeugung gewesen, dass die Aufgabe des elterlichen Haus und Hofes das einzig Sinnvolle wäre. Dass seine Sichtweise sich mittlerweile geändert hatte, hatte er Eliza gestern gebeichtet. Zwar nicht in direkter Art und Weise, doch hatte er durchblicken lassen, dass seine Aversionen sich in Luft aufgelöst hatten, seit Eliza ... die Dinge in die Hand genommen hatte.

„Ich werde mich damit in Teufels Küche begeben", hatte er geraunt, bevor er Valerio schließlich doch gefolgt war und sich den Fragen der Journalistin stellte. Und Eliza hatte ihn bestärkt, dass er das Richtige tat. Nicht nur für sich und seinen Bruder, sondern auch für seine Mutter, die sichtlich angetan davon war, ihre beiden Söhne nicht länger in Zwietracht des Hauses wegen zu sehen. Endlich schien wieder etwas Ruhe einzukehren in die Beziehung zwischen Gianni und Mariella, eine gewisse Vertrautheit kehrte zurück, die auch Valerio genoss. Bereits mehrfach hatte er sich im Laufe des Tages bei Eliza für ihre Hilfe und Fürsprache bedankt.

Als das Interview beendet war, beschlossen Valerio und Gianni als letzte Aktion des Tages, gemeinsam mit Giulia die Grünabfälle zu entsorgen. Während sie unterwegs waren und nachdem Alfonso sich verabschiedet hatte, machten es sich Eliza und Mariella auf der Terrasse gemütlich. Die Sonne stand bereits tief, sodass die beiden Frauen ihre Augen schlossen, als sie sich in ihren Korbstühlen zurücklehnten und ein paar Minuten miteinander schwiegen. Die Luft duftete erdig, was mit dem neu angelegten Gartenstück zu tun hatte. Ein süßlicher Geruch schwebte darüber, ausgehend von der Macchia, die sich in Schattierungen von Grün zu ihren Füßen ausbreitete und mit einer zunehmenden Anzahl von Blumen und Kräutern aufwartete. Erste Mohnblüten harmonierten in ihrem kräftigen Rot ebenso mit dem Rosa der Mandelbäume wie mit dem Bordeaux der Bergtulpen. Eliza ließ ihren Blick über die Landschaft gleiten, überzeugt davon, nie Schöneres gesehen zu haben.

„Dir gefällt es hier, Tesoro?", meldete sich Mariella plötzlich, und erst, als sich Eliza ihr zuwandte, bemerkte sie, dass Valerios Mutter sie prüfend anschaute.

„Ich ...", begann sie, faltete ihre Hände und lehnte sich nach vorn, betrachtete eingehend ihre nackten Füße, die von all der Arbeit im Freien staubig waren. „Ich kann mir nicht vorstellen, von hier noch einmal fortzugehen. Es klingt geradezu verrückt, das weiß ich. Doch ist dies der Ort, an dem ich mich angenommen und angekommen fühle. Leider habe ich aber noch keine Lösung für das Problem gefunden, das mich in London Menschen erwarten."

Mariella setzte sich aufrecht hin und streckte Eliza über die Lehne des Sessels ihre Hand entgegen. Eliza ergriff sie und genoss den sanften Druck. „Weißt du, die Dinge fügen sich meist von selbst, wenn man sich innerlich für einen Weg entschieden hat."

„Das klingt ganz nach Valerio!" Eliza schmunzelte, bevor sie Mariella auch ihre zweite Hand reichte. „Gianni meinte gestern, dass du dich vielleicht an Billie Costrado wenden würdest?"

„Wir haben ihm eine E-Mail geschrieben, in der wir ihn gebeten haben, von seinen Plänen abzusehen. Aber reagiert hat er darauf bisher nicht."

„Denkst du, da passiert noch etwas?"

Mariella gähnte herzhaft und horchte auf, als sie plötzlich die Motorengeräusche von Valerios Ford Ranger vernahm. „Das, meine Liebe, bleibt abzuwarten. Ich vertraue auf eine höhere Macht." Sie richtete ihren Blick in den Himmel und bekreuzigte sich. Dann stand sie auf, raffte ihre Strickjacke um die Schultern und rückte den Sessel an den Tisch heran. „Für mich wird es höchste Zeit."

„Dann werde ich dich jetzt heimfahren! Giulia wartet schon im Auto", sagte Gianni, der in diesem Moment um die Ecke gekommen war und die Aussage seiner Mutter mitangehört hatte. Er drückte Eliza. „Val kommt sofort, er steht noch auf der Auffahrt und telefoniert. Und von meiner Tochter soll ich dir ausrichten, dass sie sich sehr darauf freut, dich bald wiederzusehen. Du hast auch sie schwer beeindruckt."

„Das wundert mich überhaupt nicht!", murmelte Mariella, drückte Eliza einen Kuss auf die Wange und folgte ihrem Sohn zum Auto.

Kapitel 12

Valerio

Der nächste Tag war ruhig verlaufen. Valerio ging seiner Arbeit in Olivenhain und seiner abendlichen Schicht im *A Marcella* nach, nachmittags hatte er sich mit Eliza auf einen Spaziergang getroffen. Sie hatte ihm davon erzählt, dass sie mit ihrem Arzt telefoniert hatte, weil der Durchschnitt ihrer Blutdruckwerte sich nach unten verschoben hatte. Damit sie nicht unnötig Tabletten einnahm oder mit ihrer gewohnten Dosis Gefahr lief, in einen zu niedrigen Bereich zu rutschen, wollte sie von Doktor Germic eine Empfehlung hören. Sie war glücklich darüber, ab sofort weniger Medikamente schlucken zu müssen, und schob die Verbesserung ihres Allgemeinbefindens auf ihren Aufenthalt in Italien.

„Hier bin ich ... ganz", hatte sie gesagt und seine Hand fest in ihrer gehalten, während sie die Senke hinabgestiegen waren, die ihre Grundstücke voneinander trennte. „Du machst mich gesund." Sie hätte Valerio mit ihrer Aussage kaum glücklicher stimmen können. Und doch war es ihm schwergefallen, sich auf den Moment zu konzentrieren, als sie am Grund der Senke angekommen waren, eine Decke ausbreiteten und in den wolkenlosen Himmel blickten. Immer wieder hatte er das Telefonat im Kopf gehabt, das er am Abend der Aufräumaktion auf der Auffahrt geführt hatte, als Gianni und er von der Entsorgung der Grünabfälle heimgekehrt waren: Es war Chloe gewesen. Wie sie an seine Mobilnummer geraten war, konnte Valerio nur vermuten. Wahrscheinlich hatte Eliza ihrer besten Freundin Beth einen Notfallkontakt mitgeteilt, falls sie dringend erreicht werden musste und ihr eigenes Handy gerade nicht angeschaltet war. Aber das war nicht das, worüber Valerio sich Gedanken machte.

Vielmehr war ihm das Herz beinahe augenblicklich stehengeblieben, weil er angenommen hatte, etwas Furchtbares müsse passiert sein, weil Elizas Schwester den Kontakt suchte.

Doch es hatte triftige Gründe gegeben, wobei Valerio nicht sofort hatte einschätzen können, ob das, was Chloe ihm mitteilte, einer guten oder einer schlechten Nachricht entsprach.

Es war ihm schwergefallen, seinen Mund zu halten und nichts gegenüber Eliza zu erwähnen. Sie hatte ihm anvertraut, wie kompliziert die Familienstrukturen gewebt waren und dass es einer ständigen Gratwanderung ähnelte, wenn man darauf bedacht war, keine Löcher hineinzureißen. Gleichzeitig wusste er aber auch, wie sehr Eliza ihre Schwester vermisste und dass sie unter der Entfernung, die zwischen ihnen lag, mehr litt, als sie zugeben wollte. Am Ende hatte er dem, was Chloe ihm anvertraut hatte, jedoch zugestimmt. Oder besser gesagt: Er hatte es hingenommen. Was die Ursache seines seit diesem Zeitpunkt bestehenden Unbehagens war. Sein Gemütszustand schwankte zwischen positiv gefärbter Nervosität und blanker Panik. Normalerweise war er gut darin, die Dinge auf sich zukommen zu lassen, sich in Zuversicht zu üben und – im ungünstigsten Fall – eine Situation, die ihm nicht behagte, einfach auszusitzen. Zeit seines Lebens hatte sich diese eher abwartende Strategie für ihn bewährt und immer hatte er sich ein gewisses Maß an Optimismus erhalten können, selbst wenn andere längst verzweifelten. Doch in diesem Fall ging es nicht länger nur um ihn und seine Belange. In diesem Fall war ihm die Verantwortung für das Wohlergehen eines anderen Menschen ungefragt übertragen worden, und er, allein er, musste entscheiden, welcher Weg der Rechte sein würde. Er hatte keine Antworten gefunden auf die Fragen, die er sich seitdem stellte. Weder im Anschluss an das Telefonat noch zum jetzigen Zeitpunkt. Er hoffte das Beste, doch befürchtete das Schlimmste. Und einen Ausweg gab es nicht.

„Valerio, was für eine wundervolle Überraschung!" Francesca kam hinter der Bedientheke hervor und öffnete ihre Arme für eine herzliche Begrüßung. Als sie sich an ihn drückte, spürte er die Vorwölbung ihres Bauches und rückte gleich wieder ein Stück von ihr ab.

„Vorsicht, wir wollen dem Zwerg doch nicht zu arg zu Leibe rücken."

„Ach, das ist doch noch nicht wirklich viel. Kannst du dich nicht mehr an die Kugel erinnern, die ich vor mir hertrug, als ich mit Giulia schwanger war?"

„Vage", gab er zurück, während er Francesca dabei beobachtete, wie sie ihren beiden Mitarbeiterinnen etwas zuraunte und ihn dann mit zu einer Tür winkte, die ins

Treppenhaus führte. Ihr Gesicht strahlte, sie sah wunderschön aus, und Valerio entsann sich an den Ausdruck tiefen Glücks und unendlicher Liebe, der in den Augen seines Bruders und seiner Schwägerin geschimmert hatte, als sie Giulia zum ersten Mal in ihren Armen gehalten hatte. Die Rossinis waren Familienmenschen und alle von ihnen konnten gut mit Kindern umgehen. Valerio gluckste amüsiert, als er sich für einen Moment vorstellte, wie es für ihn sein würde, Vater zu werden. Nie hatte er in seinen bisherigen Beziehungen allzu viele Gedanken an die Familiengründung verschwendet. Er wollte Kinder, daran gab es keinen Zweifel. Doch war es ihm bei seinen Partnerinnen nie wirklich in den Sinn gekommen, das Thema zu vertiefen. Jetzt, mit Eliza an seiner Seite, erschien ihm plötzlich alles in greifbare Nähe zu rücken. Es musste nicht jetzt passieren, doch der Gedanke daran erzeugte ein wohliges Kribbeln in seinem ganzen Körper. Er konnte sich vorstellen, dass er die richtige Frau gefunden hatte, vorausgesetzt, sie wünschte sich dasselbe wie er.

Er folgte Francesca ins Obergeschoss und durch die Tür, die sie beherzt aufstieß. „Gianni, dein Bruder ist zu Besuch."

Gianni trat aus seinem Büro und begrüßte Valerio ebenso freudig, wie seine Frau es getan hatte. Seit sein Bruder mit ihm gemeinsam am Haus gearbeitet und sich seine Einstellung zur Aufgabe des Gebäudes geändert hatte, kam es Valerio vor, als habe sich eine feine Nebelwand, die zwischen ihnen gewabert war, aufgelöst. Sie standen wieder auf ein und derselben Seite. Und im Grunde hatte er diese Entwicklung Eliza zu verdanken. Sie hatte alles angeregt, die Dinge ins Rollen gebracht und nicht aufgegeben. Und dafür liebte Valerio sie ebenso, wie für alles andere, was sie tat und wie sie war.

„Was führt dich her, Bruder?" Gianni klopfte ihm auf die Schulter.

„Kannst du mir einen deiner Anzüge borgen? Keinen dunklen. Irgendetwas Freundliches, Helles."

„Willst du dich für Eliza in Schale werfen?"

„Ich möchte für sie kochen. In der Fielding-Villa. Es soll ein besonderer Abend werden."

Gianni hielt inne und starrte Valerio an. „Aber du willst ihr doch nicht ..."

„Einen Antrag machen?" Valerio lachte. „Nein." *Zumindest nicht jetzt*, dachte er. Nicht während dieser Unsicherheit, die über ihnen schwebte wie ein Damoklesschwert.

Sein Bruder atmete hörbar aus und wischte sich imaginären Schweiß von der Stirn. „Ich würde es euch gönnen, aber vielleicht wartet ihr damit tatsächlich noch ein wenig." Er ging ins Schlafzimmer und durchsuchte seinen Kleiderschrank, bis er fündig würde. „Was hältst du von dem?" Er hielt einen beigefarbenen Dreiteiler hoch. „Du kannst dazu ein weißes Hemd tragen und es bis zu den Ellbogen hochkrempeln. Das Sakko brauchst du ja vielleicht gar nicht, die Weste sieht aber sehr elegant aus."

Valerio hatte in etwa die gleiche Statur wie sein Bruder, probierte den Anzug aber trotzdem an und erntete einen zustimmenden Seufzer seitens Francesca. „Wenn ich nicht schon einen Mann hätte ..."

„Das will ich überhört haben!", lachte Gianni, nickte Valerio aber begeistert zu. „Was immer du vorhast, außer sie zu bekochen, Val – es wird von Erfolg gekrönt sein."

„Dein Wort in Gottes Ohr!", murmelte Valerio, zog sich seine eigene Kleidung wieder an und ließ sich überreden, auf einen Kaffee zu bleiben. Francy musste zurück in die Apotheke, sodass nur Gianni und er auf dem Balkon saßen, Espresso tranken und auf die Seitenstraße herabblickten, in der die Familie wohnte.

„Hast du noch etwas von Billie Costrado gehört, seit er auf der Demo aufgetaucht ist?"

„Es herrscht absolute Funkstille", antwortete Gianni und fuhr sich durch seinen Bart. „Die Suite im *La Torre* in Montabello bewohnt er jedenfalls nicht mehr. Luigi, einer der Angestellten, erzählte mir gestern davon."

„Wahrscheinlich wurde es ihm zu heikel. Zu dem Bericht, der in der heutigen Ausgabe der Zeitung stand, gab es nicht nur das Foto von dir und mir, sondern auch eines von Costrado. Ich glaube kaum, dass er begeistert sein würde, wenn ihn die Leute auf der Straße erkennen." Valerio massierte seine Schläfen, weil ein leichtes Pochen dahinter ihm Kopfschmerzen bereitete. Die Nervosität wegen des bevorstehenden Essens mit Eliza stieg, und eigentlich wollte er sich gedanklich auch nicht mit dem Amerikaner und seinen Plänen auseinandersetzen. Im Gegenteil, es war ihm ganz recht, dass Costrado sich zurückgenommen und Montabello offensichtlich verlassen hatte. Solange das nicht bedeutete, dass er zum Gegenschlag ausholte.

„Mamma hat ihm eine Nachricht zukommen lassen."

„Ich weiß. Eli erzählte mir davon." Valerio trank seinen Espresso aus und erhob sich. „Ich hoffe, ihre Worte bewegen etwas in ihm."

„Das bleibt abzuwarten. Es war jedenfalls einen Versuch wert, würde ich behaupten. Viel mehr können wir nicht tun."

Valerio seufzte, weil Giannis Aussage für ihn fast wie die Zusammenfassung all seiner aktuellen Probleme oder Sorgen klang. Am liebsten hätte er sich seinem Bruder mitgeteilt, denn ein aufmunterndes Wort oder einen Ratschlag würde er nicht verachten. Doch er hatte sich verpflichtet, Stillschweigen zu bewahren und sich außerdem vorgenommen, nicht schwarz zu sehen. Vielleicht würde alles viel besser ausgehen, als ein einsames Stimmchen in seinem Hinterkopf ihn glauben lassen wollte. Er durfte den Mut nicht verlieren, die Hoffnung nicht aufgeben.

Er verabschiedete sich von Gianni und beim Verlassen der Apotheke auch von Francesca. Es war an der Zeit, sich auf die bevorstehenden Stunden vorzubereiten ... und möglichst optimistisch zu bleiben.

Als er am frühen Abend vor der Fielding-Villa stand und Eliza ihm auf sein Klingeln hin die Tür öffnete, kam er sich vor wie ein kleiner Junge, der zum ersten Mal in seinem Leben eine Frau zu Gesicht bekam, deren Anblick ihm den Atem raubte. Eliza gefiel ihm in allem, was sie bisher in seiner Anwesenheit getragen hatte, egal ob es eine zerbeulte Jeans gewesen war, ein kurzes Sommerkleid oder eine schicke Kombi, die zu ihrem beruflichen Alltag gehörte wie das Holzfällerhemd oder

die Schürze zu seinem. Doch so, wie sie ihm jetzt gegenüberstand, hatte er sie noch nie gesehen, und er wusste
nicht genau, auf welche Details er sich als Erstes konzentrieren sollte. Ihr wadenlanges Kleid schmiegte sich
an ihren Körper, die tiefen Ausschnitte an Dekolleté
und im Rücken entblößten makellose Haut, die sich
dank der toskanischen Sonne in den letzten Tagen ge-
bräunt hatte. Das Grün des glatten, leicht glänzenden
Stoffes wirkte kontrastvoll und betonte ihre Augen, als
hätte sie das Kleid passend dazu ausgesucht. An ihrem
rechten Handgelenk glitzerte ein breiter silberner Arm-
reif, entsprechende Creolen in ihren Ohrläppchen sowie eine dünne Kette, deren Anhänger irgendwo zwischen ihren Brüsten verschwand, vervollständigten ihren Look. Ihr langes Haar fiel ihr glatt über die Schultern und reflektierte das Licht der untergehenden
Sonne wie ein Spiegel; Make-up trug sie so gut wie kei-
nes, lediglich ein Hauch von Grün glitzerte auf ihren Lidern.

„Du bist überpünktlich!", raunte sie. „Ich hingegen
bin noch nicht ganz fertig." Sie schaute an sich herab,
kontrollierte den Sitz des Kleides und für eine Sekunde
erschien ein Runzeln auf ihrer Stirn. *Perfektionistin
durch und durch*, dachte Valerio. Denn bis auf die Tatsache, dass sie keine Schuhe trug – was ihrem Erschei-
nungsbild keinerlei Minuspunkte verlieh – entdeckte
er kein Indiz dafür, dass es an ihrem Äußeren noch irgendetwas hinzuzufügen, zu verändern oder gar zu
verbessern gab. Er trat über die Schwelle, legte seine
Hände auf ihre Hüften und küsste sie sanft. Dann
schob er sie ein paar Zentimeter von sich und betrachtete sie erneut.

„Ich versuche gerade, Worte zu finden, die in etwa beschreiben könnten, wie bezaubernd du aussiehst. Aber wie du mittlerweile weißt, bin ich längst nicht so redegewandt wie du. Also muss dir meine Sprachlosigkeit genügen." Er neigte den Kopf lächelnd und räusperte sich.

Sie nickte amüsiert. „Danke für das Kompliment. Und ich finde nicht, dass es dir an Eloquenz mangelt." Ihr Blick glitt über ihn. Langsam schob sich ihre Unterlippe zwischen ihre Zahnreihen. „Außerdem muss ich sagen, dass dir dieser Anzug ...", sie gab einen leisen Pfiff von sich. „Er steht dir hervorragend. Obwohl es mir grundsätzlich völlig egal ist, welche Kleidung du trägst."

„Danke. Ist aber nicht meiner." Er zuckte mit den Schultern und lachte.

„Das tut nichts zur Sache!" Jetzt lachte auch sie und machte einen Schritt zur Seite. „Möchtest du nicht reinkommen?"

„Doch, doch!", stotterte er. „Ich musste nur abwarten, bis mein Herz nicht weiter so pocht, als wollte es mir aus der Brust springen."

„Hoffnungsloser Charmeur, du!"

„Das gefällt dir doch."

„Und wie!"

Er ließ ihr den Vortritt. Sein Blick klebte an ihrem runden Hinterteil, das sich unter dem Kleid abmalte und er kam nicht umhin, sich vorzustellen, wie er es ihr abstreifte. Dazu würde es jedoch heute Abend nicht kommen, was er ein wenig bedauerte. Aber in Anbetracht der Ereignisse, die vor ihnen lagen und der Freude, die Eliza empfinden würde – hoffentlich empfinden würde – löste sich seine Enttäuschung in Luft auf. Dass sie sich wohlfühlte, genoss oberste Priorität. Sie ging ein nicht zu verachtendes Risiko ein, indem sie es ablehnte, bald nach London und in ihren Job zurückzukehren. Und dass ihr Fortbleiben vielleicht sogar berufliche Konsequenzen nach sich ziehen würde, war ihm genauso bewusst wie ihr. Ihre gemeinsame Zukunft war ungewiss. Verließ sie Italien, bestand die Möglichkeit, dass sich die Dinge anderes entwickelten, als sie beide es sich wünschten. Zu gehen, würde alles verkomplizieren. Blieb sie, erlaubte dies ihnen, noch ein wenig länger in jener Blase zu schweben, in die niemand Außenstehendes eindringen konnte und die nur ihnen gehörte. Sie hatte versprochen, zu bleiben. Zu bleiben, bis der Heimflug unaufschiebbar wurde. Wie es danach weitergehen würde, dieser Frage hatte sich bisher keiner von ihnen ernsthaft stellen wollen.

„Ich habe die Zutaten, die du für das Dinner vorbeigebracht hast, in den Kühlschrank verfrachtet. Was nicht gekühlt werden muss, findest du auf der Theke." Sie waren in der Küche angekommen. Auf der Anrichte standen zwei gefüllte Weinkelche, von denen Eliza einen an Valerio weiterreichte. „Cheers", sagte sie und erhob ihr Glas. „Ich bin sehr gespannt auf deine Kochkünste."

„Keine Sorge!", entgegnete er und sah ihr in die Augen, während ihre Weinkelche aneinanderklirrten. „Ich bin überzeugt, dass dieser Abend unvergesslich wird!" Dass dafür nicht nur er mit einem guten Essen verantwortlich sein würde, verschwieg er, auch wenn ihm die Nervosität wackelige Knie bereitete und er es kaum noch aushalten konnte, die Bombe platzen zulassen. Wie beiläufig huschte sein Blick zu der Uhr, die neben dem Durchgang zum Wohn- und Essbereich hing.

„Irre ich oder bist du tatsächlich zappelig? Man könnte meinen, du führst irgendetwas im Schilde!" Sie lächelte, doch trübte ein Hauch von Skepsis den klaren Ausdruck ihrer Augen. Es galt, Vorsicht walten zu lassen. Er musste sich zusammenreißen und in die Ruhe zurückfinden, mit der er sonst durchs Leben ging. Er durfte nicht riskieren, dass sie ahnte, was an diesem Abend anstand.

„Ich bin lediglich gespannt auf all das, was kommt", beeilte er sich zu antworten – und diese Aussage entsprach nicht mal einer Lüge.

„Das sieht wirklich einladend aus!", sagte Valerio, als Eliza ihn in den Wohn- und Essbereich der Villa führte und ihm den gedeckten Tisch präsentierte. Sie hatte schlichte Wassergläser, in denen Teelichter angezündet waren, mit Rosmarinzweigen umwickelt und sie auf ein längliches Holzbrettchen in der Mitte des Tisches arrangiert. Eine Vase mit Blumen aus dem Garten sowie weitere Kerzen, die auf silbernen Untertellerchen Platz gefunden hatten, waren rings um die Wassergläser gestellt. Der sanfte Schimmer ließ Besteck und Porzellan im Halbdunkel des Raumes aufblitzen. „Und die Musik." Valerio schloss für einen Moment seine Augen und ließ die Stimme Laura Pausinis auf sich wirken. „Du hast an alles gedacht."

Sie griff um seine Hüfte und verschränkte ihre Finger an seinem Rücken. Den Kopf in den Nacken gelegt, sah sie ihn lächelnd an, während sie ihren Körper zum Rhythmus des Songs hin und her wiegte. „Dass du mich bekochen möchtest, hast du mir versprochen, als wir uns zum ersten Mal bei dir am Haus zusammengesetzt haben. Ich kann nicht glauben, dass das noch gar nicht so lange her ist. Mein Gefühl sagt mir etwas ganz anderes." Ihr Mund näherte sich seinem, ein flüchtiger Kuss streifte seine Lippen.

„Was genau sagt es dir denn?"

Sie zuckte kaum merklich mit den Schultern. „Wäre ich spirituell veranlagt, würde ich behaupten, unsere Seelen kannten sich bereits aus einem anderen Leben."

„Vielleicht ist es so", flüsterte er. „Ich empfinde es ganz ähnlich."

Sie küsste ihn erneut. Ihre Hände strichen über sein Hinterteil, massierten, packten zu. „Wollen wir uns eine … Vorspeise gönnen?" Ihr Lachen an seinem Mund klang verführerisch, und wie sie ihren Körper an seinen presste, brachte sein Blut beinahe zum Kochen. Nur zu gern würde er ihrer Aufforderung und seinem Verlangen nachgeben, sie auf seine Hüften setzen und ins Obergeschoss tragen. Doch er durfte sich jetzt nicht verlieren. Es würden hoffentlich noch viele weitere Gelegenheiten folgen, die sie ausschließlich ihrer Leidenschaft widmen könnten. Aber heute Abend musste er, mussten sie beide darauf verzichten.

„Vielleicht verschieben wir das auf später?"

„Du bist wohl auf Komplimente deines Essens wegen aus."

Er nickte, froh darüber, dass sie sein Einlenken nicht falsch auffasste oder sich versetzt fühlte. „Ich hoffe, das Menü sagt dir zu."

„Davon bin ich überzeugt." Sie ließ von ihm ab, zog ihren Stuhl unter dem Tisch hervor und setzte sich.

„Wenn du bereit bist, bin ich es auch. Es kann losgehen!"

Er ging zurück in die Küche, wo er eine Platte mit vorbereiteten Antipasti von Frischhaltefolie befreite und abermals auf die Uhr an der Wand blickte. Im selben Augenblick ertönte die Türglocke.

„Erwartest du weiteren Besuch?", rief Valerio so beiläufig wie möglich Richtung Esszimmer, während er betont langsam ein- und ausatmete, damit sich sein rasender Puls beruhigte. Eliza war aufgestanden und hatte den Empfangsbereich der Villa durch einen Seitenzugang betreten. Er vernahm ihr überraschtes Gemurmel, während sie sich auf die Haustür zubewegte. Weil er unbedingt und hautnah ihre Reaktion miterleben wollte, ließ er die Platte von seinen Händen zurück auf die Anrichte gleiten und eilte an Elizas Seite.

„Vielleicht ist es Angelica. Ich wüsste zwar nicht, dass ..."

Sie hatte die Tür geöffnet, und Valerio, der sich direkt hinter ihr positioniert hatte, hielt die Luft an.

Sekundenlang passierte gar nichts.

Eliza starrte in das Gesicht ihrer Schwester, die sie anlächelte und ihr einen Strauß Rosen entgegenstreckte. Nach dem, was Eliza ihm von dem Verhältnis zwischen ihr und Chloe erzählt hatte, nach allem, was ihn hatte annehmen lassen, dass sie einander vermissten – und verdammt, genauso hatte sie sich ausgedrückt, er konnte sich unmöglich dermaßen geirrt haben in seiner Einschätzung – erschien ihm das Wiedersehen doch sehr ... verhalten. Elizas Schultern hoben und senkten sich merklich, woraus er schloss, dass sie angestrengt atmete und mit ihrer Fassung rang. Ihr übriger

Körper verharrte völlig regungslos im Türrahmen, nicht mal ihr offenes Haar bewegte sich in dem Luftzug, der in die Eingangshalle wehte.

„Überraschung!" Chloes Stimme transportierte nichts als Unsicherheit, von einem freudigen, ausgelassenen Aufeinandertreffen, wie Valerio es sich für die Schwestern erhofft hatte, konnte keine Rede sein. Geräuschvoll stieß er seinen Atem aus und legte Eliza eine Hand auf die Schulter. Unter seiner Berührung zuckte sie leicht zusammen, drehte den Kopf nur Millimeter nach hinten und zischte ein gedämpftes: „Hast du davon gewusst?"

Er räusperte sich, unschlüssig, wie er auf ihre Frage reagieren sollte. Er trat zwei Schritte nach vorn, um sich neben Eliza zu stellen und ihre Schwester zu begrüßen.

„Ich ließ mir von Beth seine Nummer geben, Eli. Sie beichtete mir, dass du", sie lachte, aber es klang eine Spur hysterisch, „hier jemanden kennengelernt hast, an den ich mich wenden könnte. Ich dachte, es wäre eine schöne Idee, dich besuchen zu kommen." Sie atmete tief ein und setzte ein fröhliches Gesicht auf. „Dich und deinen Freund."

Endlich schien Eliza aus ihrer Erstarrung zu erwachen. Langsam, beinahe mechanisch hob sie ihre Arme an, um Chloe an sich zu drücken. „Natürlich! Entschuldige, dass ich dir noch nicht selbst von ihm erzählt habe", nuschelte sie, und dann an ihr Ohr gepresst und doch so, dass Valerio es deutlich vernahm: „Aber vielleicht hättest du mir besser mitgeteilt, dass Mum und Dad dich begleiten."

Über Chloes Schulter hinweg wanderte Elizas Blick zu dem Taxi, das am Rande der Schotterstraße geparkt hatte und aus dem, Valerio traute seinen Augen kaum, nun eine Frau und ein Mann mittleren Alters ausstiegen.

„Das war nicht so geplant, aber ... du weißt ja, wie Mum ist", flüsterte Chloe. „Sie hat nicht aufgehört, mich auszufragen, weil sie das mit der Fortbildung nicht so recht glauben wollte. Es tut mir furchtbar leid."

Weil Eliza immer noch nicht ganz bei sich war, ihre Eltern aber bereits mit einem höchst erwartungsvollen Ausdruck in ihren Augen auf die Villa zukamen, entschied Valerio, in die Offensive zu gehen. Mit einem freundlichen Nicken, das im Moment zur Begrüßung Chloes reichen musste, drängte er sich an den beiden Schwestern vorbei und trat auf ihre Mutter und ihren Vater zu. Ihm war nicht wohl dabei, zumal er die Erzählungen Elizas aus ihrer Kindheit und Jugend, die übertrieben strengen Erziehungsmethoden der Eltern und deren Abneigung gegen jeden Menschen, der nicht in Reichtum schwamm, unmöglich beiseiteschieben konnte. Aber was nutzte es, sich den Itterfords nun entgegenzustellen? Sie waren zugegen, und es galt, das Beste aus der Situation zu machen.

„Misses und Mister Itterford, wie schön, dass Sie hier sind. Ich hoffe, Ihre Anreise war angenehm?" Er merkte selbst, dass er klang wie ein nach Trinkgeld geifernder Hotelangestellter und biss sich auf die Zunge. „Kommen Sie rein. Wir wollten gerade zu Abend essen und würden uns freuen, wenn Sie uns Gesellschaft leisten. Es ist genug für alle da", fuhr er fort, sie in passablen Englisch willkommen zu heißen. Er bot ihnen seine

Hand, die sie zwar zögerlich schüttelten, ihn dann jedoch stehenließen und wortlos auf ihre Töchter zusteuerten. Valerio beobachtete, wie Eliza ihre Eltern kurz umarmte und sie dann in die Villa geleitet. Worüber sie redeten, konnte er nicht verstehen, was zum einen daran lag, dass sie sich nur einander und nicht ihm zuwandten, und zum anderen dem Umstand geschuldet war, dass sie sich in ihrer Landessprache unterhielten. Valerio hatte zwar Englisch gelernt, die Kurse aber nicht mit Bestnoten abgeschlossen und mittlerweile viele Vokabeln vergessen. Er würde wahrscheinlich das Nötigste verstehen und sich einiges aus dem Zusammenhang zusammenreimen können. Doch von Eliza wusste er, dass die ganze Familie mehrere Fremdsprachen, darunter auch Italienisch, beherrschte und so ging er davon aus, dass die Itterfords spätestens dann mit ihm kommunizieren würden, wenn sie gemeinsam am Tisch saßen. Er folgte der Familie ins Haus, schloss die Tür und machte sich daran, das Tablett mit den Antipasti sowie zusätzliche Gedecke zum Esstisch zu bringen.

„Wie vorteilhaft, dass du mit dieser Menge eine ganze Mannschaft versorgen kannst", raunte Eliza ihm zu, während sie noch eine Weinflasche öffnete. Er hatte vorhin schon ihren erstaunten Blick bemerkt, als er ihr die Zutaten für das Dinner vorbeigebracht hatte, war aber nicht darauf eingegangen. Zur Not hätte er ihr vorgeschlagen, Reste im Kühlschrank aufzubewahren, damit sie auch in den nächsten Tagen davon essen könnte, doch zu dieser Ausrede hatte er nicht greifen müssen.

„Das wird uns jetzt nicht weiterhelfen." Mit einem nervösen Augenverdreher schoss sie an ihm vorbei, um ihren Eltern und Chloe Wein einzuschenken, und winkte ihn unauffällig zu sich.

„Mum, Dad, Chloe, darf ich euch Valerio Rossini vorstellen? Wir haben uns gleich zu Beginn meines Urlaubs kennengelernt und seitdem viel Zeit miteinander verbracht. Ihr habt Glück, dass ihr gerade heute angereist seid. So kommt ihr in den Genuss seiner Kochkünste, von denen ich mich bereits überzeugen durfte."

Das entsprach nicht der Wahrheit, aber Valerio nahm stark an, dass Eliza log, um ihn in einem strahlenderen Licht erscheinen zu lassen. War das etwa nötig? Die Itterfords kannten ihn schließlich nicht und waren außerstande, ein Urteil über ihn zu fällen. Und doch beruhigte es ihn, einen Anzug zu tragen und ihnen nicht in Jeans und Shirt gegenüberzutreten.

„Wovon *wir* uns bereits überzeugen konnten, ist der Zustand des Hauses, welches Signore Rossini bewohnt", gab Elizas Mutter spitz zurück und rümpfte ihre Nase. „Ich hörte, dass dort ein moderner Komplex aus Ferienwohnungen entstehen soll."

„Was sicher die beste Lösung für dieses Stück Land ist. Es ist ja doch ... sehr in Mitleidenschaft gezogen", fügte Elizas Vater etwas weniger barsch an und nippte an seinem Wein.

Eliza schluckte und warf Valerio einen beschwichtigenden Blick zu. „Ich sehe, ihr seid im Bilde. Es hätte mich auch gewundert, wenn nicht." Sie sah kurz zu Boden und dann wieder auf. „Doch zur Übergabe des Grundstücks an Mister Costrado wird es nicht kommen."

„Weil du interveniert hast?" Misses Itterford nahm die Zucchini-Bruschetta-Häppchen ins Visier und drapierte die Serviette auf ihre Beine. Valerio reagierte sofort und verteilte mit einer Zange die Antipasti.

„Wenn ich die Situation kurz klarstellen dürfte", begann er und vernahm ein scharfes Einatmen seitens Eliza, das er ignorierte. Ihre Mutter hatte ihn offensichtlich beleidigt, und auch, wenn er ansonsten ein eher friedfertiger Mensch war, *das* musste er sich nicht gefallen lassen. „An mein Elternhaus muss Hand angelegt werden, das gebe ich gern zu." Er schenkte den Itterfords einen freundlichen Blick, während er sich setzte. „Doch war es mir bislang nicht möglich, die nötigen Arbeiten anzugehen."

„Als Olivenbauer verdient man ja auch nicht viel!", fiel ihm Elizas Mutter ins Wort. Valerio hielt kurz inne. Sie hatten sich über ihn informiert, was er ihnen nicht übel nahm. Eliza war ihre Tochter, sie wollten sich wahrscheinlich nur davon überzeugen, dass sie sich nicht in Schwierigkeiten brachte. Im Laufe des Abends würden sie vielleicht von ihrer Skepsis ihm gegenüber abrücken. Er holte Luft, um weiterzusprechen, zuckte im selben Moment jedoch zusammen, weil Eliza, die neben ihm saß, ihm kräftig auf den Fuß trat.

„Valerios Familie lebt dort schon seit mehreren Generationen", antwortete Eliza auf Italienisch. „Ja, an dem Haus muss gearbeitet werden, keine Frage. Alles ist in die Wege geleitet. Dass er dort wohnen bleiben kann, genießt einen hohen Stellenwert. Außerdem kümmert sich Valerio mit äußerster Sorgfalt und Hingabe um eine beachtliche Schmetterlingspopulation, die aufgelöst werden müsste, würde das Grundstück anderweitig genutzt werden." Sie biss in ihr Bruschetta und fuhr erst fort, als sie den Happen heruntergeschluckt hatte. „Im Übrigen fände ich es höflicher, wenn wir uns nicht in unserer Muttersprache unterhielten."

„Ich darf ja wohl davon ausgehen, dass Signore Rossini des Englischen mächtig ist. Oder wird es hier im Hinterland nicht gelehrt?"

„Selbstverständlich, Misses Itterford", gab Valerio zurück, tauschte einen Seitenblick mit Eliza und verstand ihre nonverbale Anspielung, sich zurückzuhalten und die Gesprächsführung ihr zu überlassen. Sie kannte ihre Eltern ihr Leben lang und wusste mit ihnen umzugehen. Ganz im Gegensatz zu Chloe, die bisher kein Wort herausgebracht hatte, von der Entwicklung des Abends aber auch nicht angetan schien. Als würde sie auf das große Donnerwetter warten, saß sie leicht geduckt auf ihrem Stuhl und stocherte in der Vorspeise. Daran änderte sich auch nichts, als das Dinner voranschritt. Elizas Eltern kamen auf Valerios Arbeit zu sprechen, während er ihnen *Spaghetti Aglio, Olio e Peperoncini* servierte.

„Erfüllt Sie die Tätigkeit im Olivenhain?", fragte Elizas Vater ihn, nach wie vor in bestem britischen Englisch, während er die ölige Soße mit der letzten Gabel Nudeln aufnahm.

„Ich bin gern an der frischen Luft und sehr naturverbunden", quälte Valerio sich, in derselben Sprache zurückzugeben.

„Val arbeitet für einen der besten Olivenbauern in der Region", fiel ihm Eliza auf Italienisch ins Wort und lächelte aufgesetzt. Sie machte gute Miene zum bösen

Spiel, und obwohl Valerio annahm, dass sie sich zusammenriss, war er sich ziemlich sicher, dass es in ähnlicher Weise ablief, wann immer die Familie aufeinandertraf.

„Aber sicher haben Sie doch etwas *Richtiges* gelernt, nicht wahr?" Misses Itterford warf Chloe einen Blick zu, als wollte sie sie davor warnen, sich jemals mit einem Bürger aus der Mittelschicht einzulassen. Dann tupfte sie sich die Mundwinkel, wischte sich ihre Hände an der Serviette ab und wandte sich Eliza zu, ohne Valerios Antwort abzuwarten. „Darling, gibt es hier keine Leinenservietten? Dieses Papierzeug raut meine Haut ganz fürchterlich auf."

„Ich habe eine Ausbildung zum Schreiner absolviert, aber", ließ Valerio es sich nicht nehmen, Misses Itterfords Frage aufzugreifen, „ich habe mich schon vor längerer Zeit dazu entschlossen, ausschließlich meinem Herzen zu folgen. Und das schlägt für Olivenbäume, den Duft nach Wildkräutern, die auf dem Untergrund blühen und den Wind, der die reifen Früchte bewegt." Er schob seinen leeren Teller ein Stück von sich und sah den Itterfords demonstrativ in die Augen.

„Dieser Gang war einmalig, Valerio! Ich bin sehr gespannt auf den nächsten!", warf Chloe ein, als sie die roten Flecken an Elizas Dekolleté bemerkte. Chloe war diejenige, die darauf bedacht war, den Frieden innerhalb der Familie zu wahren – sofern man davon überhaupt sprechen konnte. Eliza fiel dies deutlich schwerer. Doch auch sie schien sich zu bemühen, einer möglichen Eskalation aus dem Weg zu gehen. Sie wollte diesen Abend retten. Trotzdem merkte Valerio ihr an, wie sehr sie die Zähne zusammenbiss. Das Nesteln ihrer

Finger verriet ihre Stimmung ebenso wie das ständige Befeuchten ihrer Lippen.

„Danke, Chloe", sagte er und nickte ihr zu. „Es freut mich, dass es dir schmeckt. Ich werde euch jetzt mit einem Glas Wein alleinlassen und in der Küche den Fisch vorbereiten. Es gibt Dorade, gefüllt mit Zitronenscheiben und Kräuterbutter, dazu einen Salat aus Radicchio und Rucola. Es dauert nicht lang."

Er stand auf, dankbar, der explosiven Situation eine Zeit lang entfliehen zu können. Er selbst fühlte sich weder ernst- noch tatsächlich wahrgenommen, dafür waren die Itterfords viel zu sehr damit beschäftigt, ihn in ihren Gesprächen zu übergehen. Und doch hatte er nicht vor, zu kapitulieren. Elizas Gesichtszüge vereisten immer mehr. Wo er anfangs noch das Gefühl gehabt hatte, dass sie ihn mit jedem Wort, das sie aussprach, verteidigte, hatte ihre Unterstützung in der letzten halben Stunde deutlich nachgelassen. Nicht, dass Valerio auf ihr Wohlwollen angewiesen wäre. Er war Manns genug, um sich und seine Art zu leben, zu verteidigen. Aber die dunkle Stimmung, die am Tisch herrschte, hatte sich wie ein Unwetter zwischen den Bergen niedergelassen. Und Eliza schien darin umzukommen. So war es nicht sie, die ihm in die Küche folgte, damit sie ein paar Worte miteinander wechseln konnten, sondern ihre Schwester.

„Es ist meine Schuld, dass dieser Abend sich so desaströs entwickelt", raunte sie ihm zu, als sie ihm dabei zusah, wie er die Fische in der Auflaufform platzierte und Thymianzweige darauf arrangierte. „In London haben Mum und Dad mich so lange bearbeitet, bis ich nicht anders konnte, als zuzugeben, dass ich weiß, wo Eliza sich aufhält. Du willst dir nicht ausmalen, wie empört sie waren. Erst recht, als sie erfuhren, dass sie ..." Sie zögerte.

„Dass sie sich mit einem wie mir trifft?" Er schnaubte.

„Es war mir nicht möglich, sie davon abzubringen, mich zu begleiten. Es tut mir wirklich leid!"

Valerio berührte Chloes Schulter und nickte verständnisvoll. „Wir werden das schon hinbekommen. Dieses Dinner wird vorübergehen. Und dann sehen wir weiter."

Aus dem Esszimmer drang ein Streitgespräch an ihre Ohren. In schnell aufeinanderfolgenden Tiraden, natürlich auf Englisch, bearbeitete Misses Itterford ihre Tochter, und es war offensichtlich, dass ihr Aufenthalt in Italien Gegenstand der lautstarken Diskussion war.

„Ich kann nicht nachvollziehen, dass du deinen Job vernachlässigst und bereit bist, deinen exzellenten Ruf aufs Spiel zu setzen. Wofür, Eliza? Um dir demnächst die Schürze umzubinden und Bolognese für eine Horde Kinder zu kochen?" Margerie Itterfords Stimme triefte vor Abneigung.

„Wer sagt, dass ich eine Horde Kinder zur Welt bringe? Vielleicht ist mir durch deine Erziehungsmethoden die Lust auf Familiengründung vergangen", keifte Eliza, jetzt in ihre Muttersprache verfallend, und schob ihren Stuhl mit so viel Schwung nach hinten, dass er gefährlich ins Wanken geriet.

„Wie solltest du Kinder hier unterbringen?", mischte sich ihr Vater ein, die Hände in die Höhe werfend. „Sollen sie etwa in einem dieser windschiefen Anbauten dort oben leben? Das ist ja wohl niemandem zumutbar, Darling."

„Das *Darling* kannst du dir sparen, Dad!"

„Eliza!" Der Ausruf ihrer Mutter schlug ein wie ein Blitz, und Valerio machte sich augenblicklich auf den Weg zurück ins Esszimmer. Er konnte nicht länger tatenlos zusehen, ließ sich nicht weiter den Mund verbieten. Auch nicht von Eliza. Bei aller Liebe.

„Das bringt doch nichts!", warf er ein, bemüht um die korrekte englische Ausdrucksweise. „Weder Eliza noch ich sind soweit, um uns über eine Ehe oder die Familiengründung Gedanken zu machen." Das war, zumindest was ihn betraf, zwar nicht ganz richtig, doch er befand, dass es die Situation nur weiter anheizen würde, gäbe er zu, dass er sich genau das für sich und Eliza wünschte.

„Signore Rossini, ich glaube kaum, dass es Ihnen zusteht, die Zukunft meiner Tochter für sich zu beanspruchen." Aus Misses Itterfords Augen schossen Pfeile auf Valerio, ihre Gesichtszüge verzerrten sich zu einer Grimasse, die einen Außenstehenden ohne Weiteres das Fürchten lehren würden. Doch Valerio sah keinen Anlass, sich zu ergeben. Ganz im Gegenteil.

„Ich beanspruche nichts und niemanden für mich, dessen dürfen Sie sich sicher sein."

„Nun, dass Sie keinerlei Ansprüche haben, ist Ihnen durchaus anzusehen. Entschuldigen Sie vielmals, wenn wir uns für unsere Tochter etwas Besseres vorstellen", gab sie lautstark zurück, während Eliza sich entnervt an die Stirn packte und ihre Handflächen dann vor ihre Augen presste.

Valerio eilte an ihre Seite, legte ihr einen Arm um die Schulter und neigte seinen Kopf an ihr Ohr: „Wir schaffen das zusammen. Ich bin für dich da!", flüsterte er.

Sie sah zu ihm auf, Tränen verschleierten ihren Blick, und kein Wort kam über ihre Lippen. Es schien, als hätte es ihr die Sprache verschlagen, was Valerios Unbehagen steigerte. Ohne dem Gezeter Misses Itterfords weitere Beachtung zu schenken, lenkte er Eliza in die Küche, wo Chloe immer noch am Tresen stand und sich daran festhielt, als wäre sie einer Ohnmacht nahe.

„Wir sollten uns alle beruhigen", begann Valerio, als Eliza auf einen der Barhocker gerutscht war, und goss drei Gläser Mineralwasser ein.

„Chloe, wir fahren! Das Taxi ist auf dem Weg", rief Mister Itterford zu ihnen herüber.

Fast hätte Valerio aufgeatmet, doch dann sah Eliza ihn an, ein dünner Schweißfilm glitzerte auf ihrer Oberlippe. Dass sie im Begriff war, etwas zu sagen, das ihm den Boden unter den Füßen wegreißen würde, war ihm sofort klar. Der Ausdruck ihrer Augen sprach Bände.

„Ich muss das klären", verkündete sie leise.

„Natürlich!" Valerio überhörte das Stühlerücken im Essbereich ebenso wie Chloes lautes Aufschluchzen, und nahm Eliza in den Arm. „Wie kann ich dir helfen?"

Sie presste die Augen zusammen und atmete langsam aus, darauf bedacht, ihre Empörung unter Kontrolle zu bringen. „Du hilfst mir, indem du mich gehen lässt."

Valerio wich einen Schritt zurück. „Was meinst du damit?"

Seine Gedanken rasten, seine Lunge schien in sich zusammenzufallen, als hätte jemand ein Loch in seinen Brustkorb gebohrt. Er rang nach Luft. Hatten Elizas Eltern es tatsächlich geschafft, ihre Macht auszuspielen und sie zu verunsichern?

„Ich brauche Zeit, um alles zu überdenken. Es ist wichtig, Abstand zu nehmen."

„Aber … das kannst du auch hier. Ich werde dir Zeit und Raum geben, versprochen." Seine Stimme war nicht mehr als ein Hauchen.

„Nein", gab sie zurück und stand auf, warf einen Blick in die Diele, wo ihre Eltern und Chloe warteten. „Hier bin ich ein anderer Mensch, Val. Hier kann ich nicht entscheiden, was es bedeuten würde, alles, was mich ausmacht, aufzugeben."

Valerio schluckte geräuschvoll. „Und das heißt?"

„Dass ich meine Eltern ins Hotel begleiten werde. Ob ich mit ihnen nach London zurückkehre, entscheide ich morgen."

„Das ist nicht dein Ernst!", stieß Valerio aus. „Du beendest das alles?"

Ihre Hand strich sachte über seine Wange, ihre Finger zitterten. „Ich muss mir ganz sicher sein, was ich will. Das hat mit dir rein gar nichts zu tun. Du bist wundervoll, Val. Ich bin diejenige, die an sich arbeiten muss. Das ist mir hier bewusst geworden. Aber ich glaube kaum, dass es mir möglich sein wird, eine Entscheidung zu treffen, wenn wir uns ständig begegnen."

„Das klingt, als stünde dein Entschluss längst fest."

Sie antwortete nicht.

Weil es nichts mehr zu sagen gab.

Valerio hielt sich mit einer zitternden Hand an der Anrichte fest, bevor er merkte, dass seine Beine unter ihm nachgaben und er auf die Fliesen sank.

Eliza eilte mit Chloe und ihren Eltern zur Tür hinaus.

Sie sah nicht mehr zurück.

Kapitel 13

Eliza

Die Säulenzypressen, welche die Straße nach Montabello säumten, rauschten wie Schwerthiebe vorbei. In dem Großraumtaxi, das ihre Eltern geordert hatten, saßen Eliza und Chloe auf der hintersten Bank und schauten in entgegengesetzte Richtungen aus den Seitenfenstern. Niemand sprach. Das Radio war ausgeschaltet. Selbst Chloes Weinen verursachte keinerlei Geräusche; Tränen liefen über ihre Wangen, sammelten sich an ihrem Kinn und tropften lautlos auf ihr Kleid. Eliza war, als hätte das Schicksal sie innerhalb eines Wimpernschlages in ihre Vergangenheit zurückkatapultiert. In ein Leben, in dem Emotionen, die positiven wie die negativen, keine Daseinsberechtigung hatten. Es war erlaubt, sich über berufliche oder private Erfolge zu freuen, sich darüber zu ärgern, wenn Ziele nicht erreicht wurden, doch ausgetragen wurde alles im Stillen. Natürlich galt es, sich in der Öffentlichkeit von seiner besten Seite zu zeigen, die Umwelt darauf aufmerksam zu machen, wenn Siege errungen waren. Aber wie es in einem selbst aussah, was einen umtrieb oder das Herz vor Glück zum Überlaufen brachte, gehörte in die eigenen vier Wände gesperrt. Lediglich die glatte, glänzende Oberfläche wurde nach außen gezeigt, alles andere blieb im Verborgenen. *Professionalität*, nannten es ihre Eltern, und sowohl Eliza als auch Chloe waren in diesem Sinne erzogen, gefordert und gefördert worden.

Ihr Aufenthalt in der Toskana, ihr Zusammensein mit Valerio, die Freundschaften, die sie geschlossen hatte und all die immateriellen Geschenke, die ihr zuteilgeworden waren, hatten ihr wahres Selbst zum Vorschein gebracht, eine Eliza, die zwar immer schon existiert hatte, deren Maskierung der Welt, in der sie normalerweise lebte, aber viel eher entsprach.

Als sie in ein kleines Hotel in der Unterstadt von Montabello eincheckten, steckte ihr Vater Eliza ein Flugticket nach London zu. „Morgen Vormittag fliegen wir zurück, Darling. Sei bitte vernünftig und begleite uns. Wirf dein Leben nicht weg", raunte er ihr zu, während Elizas Mutter dafür sorgte, dass das Gepäck in die Zimmer transportiert wurde. Eliza antwortete nicht, war aber froh über den nicht mehr ganz so scharfen Ton, den ihr Vater angestimmt hatte. Noch mehr Aufregung und weiteres Geschrei, gekoppelt mit Chloes schuldbewusster Miene, konnte sie nicht ertragen. Dabei machte sie ihrer Schwester keine Vorwürfe. Eliza war klar, dass Chloe nicht vorgehabt hatte, ihre Eltern mit in die Toskana zu bringen. Es war offensichtlich, dass sie sie hatte überraschen wollen und es nicht in ihrer Absicht gelegen hatte, sie derart zu quälen. Selbstverständlich würde jeder Außenstehende behaupten, dass Chloe hätte stark bleiben müssen. Dass sie ihren Eltern nicht hätte verraten dürfen, wo Eliza sich aufhielt. Dass sie sich wenigstens dagegen hätte wehren müssen, gemeinsam mit ihnen anzureisen. Schließlich war sie eine erwachsene Frau. Schließlich stand sie mitten im Leben, arbeitete in einer angesehenen Werbeagentur, war fähig, große Aufträge eigenständig an Land zu ziehen und erfolgreich durchzuführen. Sie wurde mit Respekt behandelt und mit Anerkennung überschüttet.

Doch ein Außenstehender wusste nicht, wie schwer Chloe unter dem Machtgehabe ihrer Eltern litt. Und ein Außenstehender ahnte auch nichts von der Verantwortung, die Eliza sich selbst aufgeladen hatte, als sie vor vielen Jahren beschloss, sich um ihre jüngere Schwester zu kümmern. Für sie da zu sein. Sie zu verteidigen und aufzufangen, wenn sie nicht mehr weiterwusste.

In Elizas Innerem machte sich ein Gefühl bemerkbar, als würden sich unsichtbare Krallen unter ihre Haut schieben und sie aus einem Traum herausreißen. Einem Traum, der für sie Wirklichkeit geworden war. Doch nur für eine begrenzte Zeit. Einem Traum, an dem sie mit letzter Kraft festgehalten hatte, der ihr nun aber vollends entglitt. Die Seifenblase war zerplatzt, die Realität hatte sie zurück.

Sie ließ den Kopf hängen, schloss ihre Augen und fragte sich, ob es nicht besser wäre, sich zu fügen, einzusehen, dass ihre Befürchtungen alles andere als substanzlos gewesen waren. Ein Teil in ihr, einer, der in den letzten Wochen an Stimme dazugewonnen hatte, beschwerte sich lautstark über ihre Gedankengänge, ein anderer atmete geräuschvoll auf.

Wohlmöglich war es an der Zeit, der Wahrheit ins Gesicht zu blicken und sich einzugestehen, dass sie nicht hierhergehörte. Nicht in die Toskana und nicht an Valerios Seite.

**

Während des Flugs zurück nach *London Heathrow* schaltete Eliza ihr Handy ein und wählte sich in den gebuchten Internetzugang. Drei Nachrichten von Valerio ploppten auf, eine von Gianni.

Sie las keine.

Es war wichtig, dass sie sich sammelte, in einen Modus fand, in dem es möglich war, klare Gedanken zu fassen. Mit all den Gefühlen, die in den letzten Wochen und auch gestern noch auf sie eingestürmt waren, ließ es sich nicht schaffen, die Dinge von außen zu betrachten und mit einer gesunden Distanz zu evaluieren. Aber genau diesen Zustand musste sie wieder erreichen, damit sie die Ereignisse in Montabello, ihre Beziehung mit Valerio und alles, was das Morgen betraf, würde kritisch bewerten können.

Schalt um Himmels willen deinen Kopf wieder ein, Eliza Itterford!, hatte ihre Mum gezischt, kurz bevor sie gestern in das bereitstehende Taxi an der Villa eingestiegen waren. Und genau das war jetzt tatsächlich vonnöten. Vielleicht nicht in der Art und Weise, wie ihre Mutter es von ihr verlangte. Und ganz bestimmt nicht, weil Eliza all das, was sie in Montabello erlebt hatte, vergessen wollte. Fakt war, dass sie während ihres Italienurlaubs nicht eine einzige zündende Idee hatte verbuchen können, wenn es darum gegangen war, sich Gedanken um eine potenziell gemeinsame Zukunft mit Valerio zu machen. Hatte sie darüber gegrübelt, wie sie ihr altes Leben und ihre neuen Erfahrungen unter einen Hut bringen könnte, hatte sich ihr nichts als gähnende Leere eröffnet. Es war zu verschmerzen gewesen, solange die toskanische Sonne auf- und untergegangen war, solange sie sich ihrer Verliebtheit hatte hingeben können und die zumeist rosarote Brille ein so schönes Bild heraufbeschworen hatte. Doch jetzt war alles anders.

Und vielleicht war es gut so.

„Wenn du willst, kannst du bei mir übernachten", schlug Chloe ihr vor, während sie, in England angekommen, den Airport verließen, und ihr Vater damit beschäftigt war, ein *Uber* über die App zu bestellen.

Eliza winkte ab. „Ich weiß, du meinst es gut. Aber ich glaube, ich muss jetzt für mich sein, um alles ... zu verarbeiten."

Chloe nickte langsam und strich Eliza über ihren Rücken. „Wenn dir danach ist, kannst du dich jederzeit bei mir melden. Ich bin für dich da!"

„Das weiß ich doch. Und bitte, Chloe, mach dir keine Gedanken über das, was vorgefallen ist. Ich gebe dir nicht die Schuld."

Ihre Schwester gab ein brummendes Geräusch von sich, das nicht nach Überzeugung klang. Doch sie entgegnete nichts mehr. Erst im Fahrzeug und nachdem ihre Eltern in Mayfair ausgestiegen waren, ergriff sie noch einmal das Wort und fragte, wie Eliza sich die nächsten Tage vorstellte und ob und wann sie gedachte, sich wieder ihrem Job zuzuwenden.

„Das entscheide ich nicht jetzt. Ich bin froh, dass heute Sonntag ist und ich hoffentlich ein bisschen zur

Ruhe komme. Und morgen ist ja schon Mums Geburtstag." Sie griff sich an die Stirn und seufzte.

„Falls du kommen möchtest", sagte Chloe leise und sah sie voller Hoffnung an, „wir treffen uns um sieben im *Diamonds*. Die Geschenke bringe ich mit."

Eliza nickte geistesabwesend. Im Moment konnte sie sich nicht vorstellen, sich mit ihren Eltern an einen Tisch zu setzen und so zu tun, als wäre alles in Ordnung. Natürlich waren es im Endeffekt nicht ihre Mum und ihr Dad gewesen, die sie zur Abreise aus Italien gezwungen hatten. Sie war erwachsen und selbstreflektiert genug, um sich die Entscheidung zu diesem brutalen Schritt selbst zuzuschreiben. Doch die Umstände, die sie dazu bewegt hatten, standen im Zusammenhang mit dem Verhalten ihrer Eltern, welches Eliza absolut unpassend, unhöflich und übergriffig empfunden hatte.

„Ich muss nachdenken."

„Das kann ich verstehen. Bitte melde dich, wenn ich etwas tun kann."

Als sie ihre Wohnung betrat und den Duft ihres alten Lebens inhalierte, konnte sie nicht mehr an sich halten. Trotz ihrer Bemühungen, die Beherrschung zu wahren, damit sie sich möglichst bald mit den Überlegungen beschäftigen konnte, die nun nicht mehr aufzuschieben waren, schaffte sie es nur mit allerletzter Kraft zu ihrer Couch. Sich in die edlen Polster zurücklehnend, ließ sie ihren Tränen freien Lauf, presste sich ein Kissen gegen ihr Gesicht und weinte hemmungslos.

Nur ein Tag war vergangen, seit sie sich von Valerio getrennt hatte, und schon hatte sie das Gefühl, ohne ihn zu ertrinken. Vermissen hatte sich noch nie in ihrem

Leben so vernichtend angefühlt wie jetzt. Aber was musste erst in ihm vorgehen? Sie war schließlich diejenige, die gegangen war. Sie war diejenige, die ihn hatte stehen lassen. Sie war diejenige, die ihm Erklärungen schuldig geblieben war.

Mit einem Ruck setzte Eliza sich auf, pfefferte das Kissen in die Sofaecke und kramte ihr Handy hervor. Sie öffnete die Chatverläufe von Valerio und Gianni und las sich ihre Nachrichten durch, die im Grunde fast identisch klangen.

Was ist passiert? Was habe ich falsch gemacht? Wo bist du jetzt? Können wir bitte reden?

Eliza atmete tief durch. In der Hoffnung, dass Gianni es ihr nicht übelnehmen würde, wenn sie ihm persönlich keine Antwort schickte und im Wissen, dass er sich bei seinem Bruder erkundigen und über die Umstände in Kenntnis gesetzt werden würde, entschied sie, ausschließlich Valerio zu schreiben.

Ich weiß, ich habe dich furchtbar verletzt! Und ich hoffe, du bist nicht so wütend auf mich, dass du diese Nachrichten sofort löschst, ohne sie vorher zu lesen.

Sie klickte auf Senden und überlegte. Wie sollte sie ihm plausibel machen, dass sie nicht imstande war, die Dinge einfach so laufen zu lassen? Dass sie herausfinden musste, was in ihrem Leben welchen Stellenwert genoss.

In den letzten Wochen hat ein Ereignis das andere ge-
jagt und auch, wenn ich noch nie so glücklich war wie
mit dir, muss ich gestehen, dass mir von der Geschwin-
digkeit, mit der wir vorangeschritten sind, mehr als ein
Mal schwindelig geworden ist.

Energisch wischte sie sich über Mund und Nase, doch
immer mehr Tränen flossen über ihre Wangen.

Ich kann und will nicht für dich sprechen, aber wie ich
dich kennengelernt habe und gemessen an dem, was
du mir über dich und deine bisherigen Beziehungen
verraten hast, grenzt das, was wir in so kurzer Zeit er-
lebt haben, wohl auch für dich an einen Sprint. Hätte
ich mich von außen betrachtet, wäre mir wahrschein-
lich aufgefallen, dass wir auf einen Abgrund zusteuern.
Aber ich habe jede Sekunde mit dir genossen und des-
halb keine Gedanken daran verschwendet, dass es
Dinge gibt, die ich nicht einfach so missachten darf.

Ihr Herz setzte für einen Moment aus, als sie registrierte, dass Valerio die Nachrichten soeben gelesen
hatte. Sollte sie warten, bis er ihr darauf antwortete?
Ihm zugestehen, dass er sie womöglich nicht ausreden
lassen und seine Sicht erklären wollte? Sie wartete
zwei Minuten, doch anstatt des erhofften *Valerio*
schreibt ... ging er offline. Und das Schlimmste war,
Eliza konnte es ihm nicht mal verübeln.

Ich führe ein Unternehmen, das mir enorm viel bedeu-
tet, stehe auf eigenen Beinen. Wenn ich mir jetzt vor-
stelle, das aufzugeben, sträubt sich alles in mir. Ganz

davon abgesehen, dass meine Familie hier lebt, ebenso
wie meine Freunde, und ich sie nicht verlassen will.

Sie stand auf, um sich ein Glas Wasser aus der Küche zu holen, und setzte sich dann an den Tisch. Ihr war bewusst, dass ihre Erklärungsversuche mager waren und ihn wahrscheinlich nicht besänftigen würden. Hätte er sie verlassen, würde sie ihn wahrscheinlich gleich aus ihrer Kontaktliste streichen und seine Telefonnummer blockieren. Und vielleicht war es genau das, was er in dieser Sekunde tat.

Ich weiß, dass nichts mein Verhalten entschuldigt und keine Worte die Richtigen sind, um dir zu erklären, dass ich Zeit für mich brauche. Dennoch hoffe ich ...

Was hoffte sie? Dass sich alles zum Guten wenden würde? Was bedeutete *gut?*
Sie löschte die letzten drei Wörter, schickte die Nachricht ab und legte das Handy beiseite.

***

„Was zur Hölle tust du hier?"
Als Eliza Beth die Tür öffnete, rechnete sie nicht damit, von ihrer besten Freundin auf diese Weise begrüßt zu werden.
„Machst du Scherze?"
„Sehe ich so aus?"
Tat sie nicht. Beths Gesichtszüge waren nicht hart, aber ernst. Ihre Augenbrauen hatte sie leicht heruntergezogen, über ihrer Nasenwurzel prangte eine dicke

Falte und ihre sonst so vollen Lippen waren zusammengepresst.

„Willst du reinkommen oder ziehst du es vor, mich in diesem Flur weiter in die Mangel zu nehmen?"

„Lieber drinnen. Sofern du einen Kaffee für mich hast!"

Der Ausdruck in Beths Augen wurde weich und im nächsten Moment legte sie ihre Arme um Eliza und drückte sie. Eliza atmete auf. Sie glaubte zwar nicht, dass sie kritiklos davonkam, wenn Beth erst einmal loslegte. Aber zu wissen, dass ihre Freundin sich niemals von ihr abwenden würde und immer ihr letztes Hemd für sie gäbe, war eine tröstende Gewissheit.

„Warst du nicht der glücklichste Mensch auf Erden?", fragte Beth sie, als sie gemeinsam auf dem Sofa hockten, eine Decke über ihre Beine gebreitet hatten und dampfende Kaffeetassen in ihren Händen hielten.

„Absolut!"

„Und bist du nicht wahnsinnig verliebt in diesen Kerl?"

Eliza lächelte, obwohl der Gedanke an Valerio und ihre Gefühle für ihn sie schmerzten. „Darum geht es doch gar nicht!"

„Ach nein?" Beth machte große Augen und lehnte sich etwas vor, als müsse sie Eliza bitten, ihre Antwort noch einmal zu wiederholen, damit sie sie für voll nahm.

„Ich habe ihm die Situation erklärt, und dir kann ich nur das Gleiche sagen: Ich bin zu sehr und zu tief in dieses Leben hier involviert, als dass ich es einfach so hinschmeißen könnte. Was ist mit meiner Wohnung? Was mit meiner Arbeit? Wie sollte ich es meinen Eltern und meiner Schwester erklären?"

Beth holte Luft, um darauf zu antworten, doch Eliza fuhr unvermittelt fort.

„Und selbst wenn ich für all diese offenen Fragen eine Lösung in petto hätte, bliebe die Ungewissheit, womit ich in Montabello mein Geld verdienen soll. Erstens entspricht es einfach nicht meiner Wesensart, nur das Haus zu hüten und die Leidenschaft, mit der ich meinen Job ausübe, an den Nagel zu hängen. Und zweitens", ein Seufzer verließ ihre Lippen, „wäre Valerio auch gar nicht imstande, für unser beider Lebensunterhalt aufzukommen. Er schafft es ja kaum, sich selbst über Wasser zu halten; so leid es mir tut, die Dinge beim Namen zu nennen."

Beth schlürfte geräuschvoll an ihrem Kaffee, linste dabei aber über den Tassenrand und schaute Eliza mit hochgezogenen Brauen an. Als sie absetzte, schwieg sie. Dann nahm sie den Becher erneut zur Hand und trank in genau der gleichen Art, die Elizas Nerven enorm strapazierte.

„Was?", zischte sie. „Was willst du mir mit diesem Getue sagen? Spuck's ruhig aus, Bethany Fielding!"

In aller Ruhe stellte Beth ihren Kaffee auf den Couchtisch ab und setzte sich in den Schneidersitz. Dann klimperte sie ein paarmal mit den Wimpern, spitzte ihre Lippen und atmete tief durch die Nase ein. „Ich frage mich nur gerade, wann dir dein Ehrgeiz abhandengekommen ist. Dein eiserner Wille, dich einem: *Oh, das könnte schwierig werden,* zu widersetzen und alle Hebel zu bewegen, damit du deine Ziele erreichst."

Eliza legte den Kopf schief und starrte ihre Freundin an. „Wie du jetzt in diesem Zusammenhang darauf kommst, ist mir ehrlich gesagt ein Rätsel."

„Okay, ich versuche, es zu erklären. Stell dir vor, du würdest morgen in der *Times* folgende Schlagzeile lesen: Eliza Itterford, Londons bekannteste und erfolgreichste Hochzeitsplanerin, berühmt für ihre außergewöhnlichen Ideen und ihre Fähigkeiten, ihren Kunden selbst die absurdesten Wünsche zu erfüllen, schreckt davor zurück, ihre Gewitztheit und Diplomatie einzusetzen, wenn es um den wichtigsten Menschen in ihrem Leben geht – sie selbst!" Beth verzog den Mund und kniff ihre Augen. „Ich gebe zu, für eine Schlagzeile wäre das viel zu viel Text, aber sei es drum."

Eliza erwiderte nichts. Ihr war, als wäre alles verpufft, was sie je qualifiziert hatte, ein Problem eingehend zu betrachten, sämtliche Schlupflöcher zu identifizieren, und wider Erwartung eine Lösung zu erarbeiten. Wo sollte sie anfangen? Und wohin würde es führen?

„Um ehrlich zu sein, Eli: Ich denke, du hast Angst!"

„Wovor?" Ihre Stimme bebte, Tränen trübten ihren Blick. Eine Mischung aus Trauer, Wut und Verzweiflung wuchs zu einer imaginären Welle, die über sie hinwegrollte.

Beth legte ihr einen Arm um die Schulter und zog sie zu sich heran. Langsam glitt Eliza an Beths Oberkörper herab, um ihren Kopf im Schoß ihrer Freundin betten zu können. Trotz der Schluchzer, die sie schüttelten, genoss sie, wie Beths Finger durch ihre Haare strichen, schloss die Augen und ergab sich in die Schwärze hinter ihren Lidern, die sie so verführerisch lockte in einen Moment des Vergessens. Sie träumte von Montabello, sah sich mit Valerio auf dem höchsten Punkt des Hügels stehen, der *Piazza Paradiso*. Sie entdeckte die Ruine jener Festung, von der Valerio ihr bei ihrem Ausflug erzählt hatte, erinnerte sich an seine Worte, die besagt hatten, dass der Traum, den man im Schatten des Wehrturmes träumt, Wirklichkeit werde. Mit rasender Geschwindigkeit bewegte sie sich auf das Gemäuer zu, sah sich selbst im Gras liegen, wie ihr Körper wild zuckte. Im Traum öffnete sie ihre Augen, blickte zurück zum Berghang, in den Montabello erbaut war und sah Valerio auf der Mauer der *Piazza Paradiso* stehen. *Ich bin gleich wieder bei dir! Ich lasse dich nicht allein!*, wollte sie ihm zurufen, doch ihre Stimme glich nur einem Krächzen. Er hörte sie nicht, die Entfernung war zu weit, und bevor sie sich auch nur regen konnte, um ihm wieder näher zu kommen, machte er einen Schritt nach vorn und ... fiel.

„Beruhige dich, Sweetheart. Es war nur ein Traum." Beths gesäuselte Worte drangen in ihr Bewusstsein, und ohne dass sie ihre Augen öffnete, wusste sie, dass sie sich nicht unter einem alten Wehrturm befand und Zeuge des Todessprungs ihres Freundes geworden war. Er befand sich in Sicherheit. Fürs Erste.

„Was wird jetzt eigentlich aus Valerios Haus und Grundstück?", fragte Beth sie, als sie wenig später in Elizas Hochglanzküche zusammen ein spätes Abendessen einnahmen. Beth hatte eine würzige Gemüsepfanne aus den Zutaten gezaubert, die sie mitgebracht hatte. Wäre es nach den Vorräten Elizas gegangen, hätte es im Bestfall eingelegte Gurken und verschimmelten Toast gegeben.

Eliza fiel es schwer, an Valerio zu denken. Ihr fiel es sogar schwer, ihre Gedanken über die Grenze von Großbritannien hinaus zu schicken. Alles tat weh. Sich die Toskana mit ihrer blühenden Naturpracht, die aromatischen Düfte und bunten Farben, die Grünschattierungen der Hügel und das tiefe Blau des Himmels vorzustellen, war schlimm genug. Das pure Leben, welches ihr dort an jeder Ecke begegnet war, stand im krassen Gegensatz zum Grau in Grau, mit dem London zurzeit aufzuwarten versuchte. Vor ihrem inneren Auge lief Eliza durch Valerios Haus, verfolgte den Sonnenuntergang auf der Terrasse und hielt Ausschau nach den schönsten Tag- und Nachtfaltern im Schmetterlingsquartier. Doch am meisten schmerzte sie die Fantasie, in Valerios Armen zu liegen, seinen beruhigenden Geruch einzuatmen und in seine dunklen, liebevollen Augen zu schauen.

Sie wollte nicht an ihn denken und verzehrte sich dennoch nach jeder Erinnerung.

„Ich kann es dir nicht sagen", antwortete sie endlich auf Beths Frage. „Mein letzter Stand der Dinge war, dass keiner wusste, wo Billie Costrado sich aufhielt. Und ob irgendeine unserer Bemühungen zielführend war, stand bis ich abreiste in den Sternen." Sie warf einen Blick auf ihr Handy, das neben ihrem Teller lag, und checkte den Eingang von Nachrichten und E-Mails. Aber bis auf einige Anfragen potentieller Kunden und jeder Menge Werbung war nichts Wichtiges zu verzeichnen. „Hätte sich an der Lage etwas geändert, würde mir zumindest Gianni ein Update geben. Da bin ich mir ziemlich sicher. Was Val betrifft ..." Sie versuchte, das Stechen in ihrem Magen zu ignorieren. „Dass er mir irgendwelche Infos zukommen lässt, ist relativ unwahrscheinlich. Auf meine Entschuldigungsversuche hat er bislang nicht reagiert."

„Würde ich an seiner Stelle auch nicht!" Beth legte ihr Besteck zur Seite und sah Eliza herausfordernd an.

„Danke auch!", brummte Eliza.

„Was erwartest du denn?" In Beths Augen blitzte es. Manchmal konnte sie wirklich hart sein. „Deine Aussagen waren und sind unmissverständlich. Zuerst hast du dir Zeit erbeten und ihm dann geschrieben, warum ein Zusammenleben deiner Meinung nach eigentlich unmöglich ist. Es ist vielleicht nett und diplomatisch ausgedrückt, aber am Ende bleibt Klopapier eben Klopapier." Sie holte Luft und schmiss die Arme in die Höhe. „Du hast ihm den Laufpass gegeben, Eli."

Eliza ließ den letzten Löffel ihrer Gemüsepfanne zurück in den Teller platschen und rieb sich die Schläfen.

***

Beth sollte recht behalten. Valerio ließ nichts von sich hören. Nicht mal Gianni schrieb ihr eine Nachricht. Es schien, als sei alles gesagt. Dabei konkurrierten in Elizas Kopf tausend Stimmen um Gehör, eine lauter als die andere. Dank Beths gnadenloser Ansage war an Schlaf nicht zu denken gewesen. Eliza hatte zwar einen Teil der Nacht in ihrem Kingsize Bett verbracht, doch war sie zwischendurch immer wieder durch sämtliche Räume ihrer Wohnung gewandert, hatte versucht, sich mit dem Spätprogramm am Fernseher abzulenken oder hatte wahllos in irgendwelchen Braut- und Hochzeitszeitschriften geblättert, die auf dem Schreibtisch ihres Arbeitszimmers lagen. Zu allem Überfluss hatte sich um sechs Uhr in der Früh auch noch Amber, Dorothys Cousine, per Mail gemeldet, um sie über den

Heiratsantrag ihres Verlobten Fred zu informieren und nach einem Hochzeitstermin für den Spätsommer anzufragen. Sofort hatten sich die Bilder von der Jahrmarkt-Hochzeit, bei der Eliza ihren Kreislaufzusammenbruch erlitten hatte, wieder vor ihrem inneren Auge zusammengesetzt. Dieser Abend, dieses beschämende Ereignis, das sie heute als gar nicht mehr so unsagbar peinlich empfand, hatte alles ins Rollen gebracht und sie letztendlich, auch dank Beths Eingreifen, in die Toskana fliegen lassen. Wo sie gleich am ersten Morgen nach ihrer Ankunft eine Erscheinung der Extraklasse erlebt hatte. Bei der Erinnerung an Valerio, der stocksteif wie eine Heiligenfigur an seiner Seite der Senke gestanden und sie beobachtet hatte, hatte sie unwillkürlich lächeln müssen.

Ich melde mich später, Amber. Dann können wir ausgiebig in die Planung gehen. Mir schwebt da schon etwas ganz Wundervolles vor ...

Das hatte sie Amber geantwortet, obwohl es ihr nicht möglich gewesen war, auch nur einen klaren Gedanken zu fassen. Überhaupt konnte sie sich nicht vorstellen, wie sie zurück in ihren Job finden sollte. Ihr war, als hinge sie irgendwo in einem luftleeren Raum zwischen London und Montabello fest, und alles, woran sie denken konnte, waren jene Momente, in denen sie mit Valerio zusammen gewesen war.

Der Tag verlief schleppend. Ein Regentief hatte die Region fest im Griff. Stundenlang stürmte es, sodass Eliza keinen Fuß vor die Tür setzte, um frische Luft zu schnappen und Zerstreuung zu finden. Sie unternahm den Versuch, in einem Buch zu lesen, klappte es aber nach wenigen Seiten wieder zu, weil ihre Konzentration zu wünschen übrig ließ. Sie putzte ihr Bad, das es beim besten Willen nicht nötig hatte, gesäubert zu werden und wunderte sich, dass sie am Ende keinerlei Befriedigung empfand, weil es genauso blinkte wie zuvor. Lustlos stocherte sie in den Resten der Gemüsepfanne vom Vortag herum, scrollte sich durch die Beiträge mehrerer Social-Media-Plattformen und spürte zumindest einen Hauch der Erleichterung, als es an der Zeit war, sich für die Geburtstagsfeier ihrer Mum fertigzumachen. So hatte sie wenigstens das Gefühl, einer halbwegs sinnvollen Aufgabe nachzugehen, selbst wenn diese ausschließlich darin bestand, sich anzukleiden, zu frisieren und Make-up aufzulegen. Immerhin würde sie ihrer Schwester zur Seite stehen können. Wie immer.

In einem hellbraunen Cocktailkleid und auf beigefarbenen High Heels, die ihr nach wenigen Minuten schmerzende Zehen bescherten, betrat sie, etwas später als vereinbart, das *Diamonds*, ein legendär teures Restaurant in der Nähe des Hyde Parks, das für seine exquisit französischen Diners bekannt war. Elizas Mum liebte die *Haute Cuisine*, weshalb es nicht verwunderlich war, dass Chloe für die Feier genau diese Location ausgewählt hatte. Der Maître überprüfte Elizas Namen und geleitete sie durch das Restaurant. An der indirekten Beleuchtung durch Wandlampen und Stabkerzen, den leisen Klänge eines Pianos und dem ausgesuchten Interieur, einem Mix aus Landhausstil und Moderne, erfreuten sich zwar Elizas Auge und Ohr. Doch schweiften ihre Gedanken immer wieder ab zu der gemütlichen Einrichtung und der herzlichen Atmosphäre des *A Marcella* in Montabello. Wie viel Spaß sie doch an diesem Konzertabend gehabt und welch übermütige Purzelbäume ihr Herz geschlagen hatte, als sie das Zepter in die Hand hatte nehmen dürfen und die Veranstaltung zum Erfolg geführt hatte. Sie hatte sich so in ihrem Element gefühlt, obwohl das Event nicht mit einer ihrer Hochzeitsfeiern zu vergleichen gewesen war. Ein bisschen hatte es sie an jene Zeiten erinnert, als sie noch als Eventmanagerin ihr Geld verdient und Erfahrungen gesammelt hatte.

„Eliza, da bist du ja endlich. Wir dachten schon, du wärst erneut verschollen. Ich wollte Chloe gerade auftragen, dich anzurufen." Ihre Mutter kniff ihre Augen leicht zusammen, ein sicheres Zeichen dafür, dass sie mit dem Benehmen ihrer Tochter nicht einverstanden war.

Eliza überließ dem Maître ihren Kurzmantel und ging um den runden Tisch herum, um ihre Mum zu begrüßen. Ein Händedruck, ein gehauchter Kuss auf die Wange. „Alles Gute zum Geburtstag!"

„Vorsicht, ich habe gerade mein Make-up aufgefrischt", erwiderte ihre Mutter.

„Es ist furchtbar heiß hier drin, findest du nicht auch, Darling?" Ihr Vater erhob sich kurz und schenkte Eliza eine distanzierte Umarmung. „Ein klarer Minuspunkt für dieses Restaurant. Dabei hatte ich vorab nur Gutes gehört."

„Es ist immer besser, man überzeugt sich selbst", fiel ihm seine Frau ins Wort. „Für Leute mit gewissen Ansprüchen kommt es eben auf jedes Detail an. Aber warten wir mal ab, ob uns die Speisen überzeugen werden."

Eliza spürte ihren Unmut aufkommen. Nie waren ihre Eltern zufrieden, irgendetwas hatten sie immer auszusetzen. Ihren Ärger herunterschluckend, setzte sie sich neben Chloe, die sofort ihre Hand nahm und sie herzlich drückte. „Wie schön, dass du es geschafft hast, Eli."

Eliza nickte stumm. Sie fühlte sich gefangen und am völlig falschen Ort. Das Essen schmeckte vorzüglich, die Bedienung las ihr und ihrer Familie jeden Wunsch von den Augen ab und als ihre Mutter nach dem letzten Gang ihre Geschenke auspackte, hätte man fast meinen können, es wäre ein gelungener Abend gewesen. Doch das entsprach nicht der Wahrheit. Die Gespräche, die ihre Mum und ihr Dad führten und an denen sich Chloe nach bestem Wissen und Gewissen beteiligte, hatten keinerlei Bedeutung. Die Wörter flogen an Eliza vorbei, hinterließen kaum Eindruck, verflüchtigten sich wie der Duft eines billigen Parfums. Es interessierte sie nicht, wer mit wem in der High Society ausging und welche kleinen und großen Katastrophen anderer Leuten den Hochmut der Itterfords nährten. Ihren Eltern unterlief ihrer Meinung nach sowieso kein Fehler. Alles, das sie anpackten, wurde automatisch zu Gold. Für das sich niemand die wirklich wahren Geschenke des Lebens kaufen konnte. Aber darüber dachten sie nicht nach. Das Lächeln ihrer Mutter wirkte genauso affektiert wie der vermeintlich zufriedene Gesichtsausdruck

ihres Vaters, als der Abend sich endlich dem Ende zu-
neigte und genügend Gäste von der Anwesenheit der
erfolgreichen Itterfords Notiz genommen hatten.

Eliza wünschte sich fort.

Ich halte es nicht mehr aus, Beth!

tippte sie in ihr Handy, als ihre Eltern sich mit Chloe
über eine neue Werbekampagne unterhielten, an der
sie unglaublich viel verdienen würde.

Beths Antwort kam prompt:

*Dann lass alles hinter dir und folge deinem Herzen. Es
weiß, wohin du gehörst!*

Elizas Blutdruck schnellte innerhalb weniger Sekunden in die Höhe, die Anzeige auf ihrer Smartwatch
leuchtete rot, und ihre Hände begannen zu zittern. In
ihrem Bauch machte sich ein Ziehen bemerkbar, das
Gefühl, sich demnächst übergeben zu müssen, regte ihren Speichelfluss so an, dass sie ununterbrochen schlucken musste. Hilfesuchend griff Eliza unter der Tisch-
decke nach der Hand ihrer Schwester.

„Eli, was ist los? Geht's dir nicht gut?" Chloe hatte sich
ihr zugewandt und sah sie aus geweiteten Augen an.
„Brauchst du einen Arzt?"

Eliza konnte nicht antworten. Ihr war, als hätte sie
ihre Zunge verschluckt. Auch das Atmen fiel ihr
schwer.

„Mum, Dad, ich glaube ...", aus dem Augenwinkel bekam Eliza mit, wie ihre Schwester sich an ihre Eltern

wandte. „Ich glaube, Eli hat eine Panikattacke oder so etwas!"

„Eine Panikattacke?" Die Stimme ihrer Mutter nahm einen bedrohlichen Tonfall an, den Eliza wie durch ein Kissen gedämpft wahrnahm. „Eliza, ich bitte dich, mach uns jetzt keine Schande. Es reicht, dass du erst kürzlich vor den Augen aller die Kontrolle verloren hast. Ein zweites Mal kannst du dir einen solchen Fauxpas nicht erlauben, hörst du?"

„Mutter!" Chloe stand ruckartig auf und lehnte sich über den Tisch. „Halt. Deine. Fresse."

Elizas Herz stolperte und fand in einen regelmäßigen Rhythmus zurück. Der Druck, den sie bis gerade noch hinter ihrem Brustbein verspürt hatte, löste sich auf. Ihr Atem strich ruhig über ihre Lippen. Die Übelkeit war verschwunden.

„Wundervoll, Chloe!", sagte sie klar und deutlich. „Du hast den richtigen Weg eingeschlagen. Ich bin stolz auf dich."

Während sie vor dem Restaurant auf ein Taxi wartete, schickte Eliza Nachrichten an zwei Personen.

Die eine war Beth.

Die andere Amber.

Kapitel 14

Valerio

Valerio legte sein Gesicht in seine geöffneten Handflächen ab und stützte die Ellbogen auf den Tisch. Warm strömte sein Atem gegen seine Finger und hinterließ einen feuchten Film auf seiner Haut. Er schloss die Augen. Wie so oft in den vergangenen Tagen, hatte er das Bedürfnis, zu schlafen. Ihm war natürlich klar, dass es nichts brachte, sich zu verstecken. Doch erschienen ihm die Nächte, wenn ihn die Müdigkeit endlich übermannte, als willkommene Flucht vor dem, was er zurzeit durchmachte und dem, was ihm noch bevorstand. Nicht genug damit, dass er immer noch nicht nachvollziehen konnte, warum Eliza ihn so überstürzt verlassen hatte. Zu allem Überfluss hatte die Stadtverwaltung von Montabello vorgestern Termine bezüglich der Abrissarbeiten durchgegeben. Schon in der übernächsten Woche würden die Bagger anrollen und die Abrissbirne kreisen.

„Alles in meinem Leben geht den Bach runter", murmelte er, ließ seine Hände über die Stirn hochgleiten und vergrub die Finger in seinen langen Haaren.

„Kopf hoch, Bruder!" Gianni legte Valerio eine Hand auf die Schulter und drückte sie leicht. „Es geht immer irgendwie weiter."

Valerio sah auf. „Entschuldige, aber das ist kompletter Unsinn! Die Frau, in die ich mich unsterblich verliebt habe und von der ich dachte, sie sei mein ... passendes Gegenstück ist mir davongelaufen. Mit wehenden Fahnen. In die Arme ihrer Eltern, die nicht ein gutes Haar an mir gelassen haben. Für die ich nicht mehr bin, als ein Bauerntölpel, der nichts auf die Reihe bekommt, am wenigsten seinen Alltag." Heftig rückte er seinen Stuhl vom Tisch ab und stand auf, durchschritt die Küche. „In nicht mal vierzehn Tagen bin ich heimatlos. Mir wird alles genommen, das mir etwas bedeutet. In Kürze werde ich mit nicht viel mehr als den verfluchten Kleidern auf meinem Leib dastehen. Und du meinst, es geht irgendwie weiter?"

Gianni hatte ihn mit seinen Blicken verfolgt, hier und da verständnisvoll genickt. „Du kannst fürs Erste zu uns kommen. Das ist wirklich kein Problem."

„Francesca wird in ein paar Wochen ihr Baby bekommen. Dann seid ihr froh, wenn ihr euch ein wenig Ruhe und Zurückgezogenheit erlauben könnt. Was soll ich dann bei euch?"

„Für uns wäre es in Ordnung, Val. Wirklich! Aber wenn du dich nicht wohlfühlst, nimm doch das Angebot von Tante Loretta an. Es ist alles nur eine Übergangslösung."

Valerio schnaubte. Beim besten Willen konnte er sich nicht vorstellen, wohin ihn der Weg führen sollte. Dachte er an die Zukunft, sah er nichts als einen dunklen und furchterregenden Abgrund. Er vermisste Eliza, wie er noch nie in seinem Leben einen Menschen vermisste hatte. Immer noch grübelte er in jeder Minute darüber, was sie am Ende bewogen hatte, sich von den Einwänden ihrer Eltern dermaßen beeinflussen zu lassen, dass sie mit ihnen gegangen war. Ja, es war unklar gewesen, wie es hätte weitergehen können. Ja, sie hatten diese Fragen so gut es ging von sich geschoben, hatten es vorgezogen, die Beziehung erst einmal ein Stück weit reifen zu lassen, bevor sie Pläne schmiedeten. Was war daran so verwerflich? Ihnen war doch beiden bewusst gewesen, dass sie auf Dauer hätten klärende Gespräche führen müssen. Und er war sich sicher, das wäre bald passiert. Er hätte sich auf Kompromisse genauso eingelassen wie sie, gemeinsam hätten sie eine Lösung gefunden. Warum nur hatte sie sich ins Bockshorn jagen lassen? Hatte ihre Liebe zu ihm nicht ausgereicht? Offensichtlich nicht. Sie wollte ja nicht mal, dass er sich meldete. Zwar hatte sie es nicht ganz so explizit ausgedrückt, dennoch hatte sie ihn vor vollendete Tatsachen gestellt und ihm eröffnet, dass es so nicht weitergehen könnte. Dass sie sich gemeinsam an einen Tisch setzten und miteinander beratschlagten, hätte eine Möglichkeit sein können. Doch sie hatte ihm nicht mal den Vorschlag unterbreitet. Er nahm an, weil sie ihre Optionen ausgelotet und sich für einen Weg entschieden hatte, der nicht parallel zu seinem lief. Er kannte das. So war es ihm bisher immer ergangen mit den Frauen; insofern war es keine neue Situation, eher etwas, das sich bereits bewährt hatte. Und wenn er nicht so blauäugig an die Sache herangegangen wäre, wenn Eliza ihn nicht hätte glauben lassen, dass es mit ihr anders laufen würde, dass sie diejenige war, die dem Begriff *wahre Liebe* eine Bedeutung verlieh, dann ... Dann würde jetzt nicht pausenlos und ohne Unterlass sein Herz krampfen, weil er sich so nach ihr verzehrte und doch wusste, er konnte sie nicht haben.

Dicke Katze strich um Valerios Beine und maunzte. Er nahm sie auf den Arm, streichelte durch ihr wuscheliges Fell und ließ sich von ihr die Nase stupsen.

„Ach Gott", gab Gianni plötzlich von sich und katapultierte Valerio aus seinem Gedankenstrudel. „Auch das noch!"

„Was?"

„Costrado hat mir gerade eine Nachricht geschickt. Er ist auf dem Weg hierher und in ein paar Minuten da."

„Wozu?"

„Das hat er nicht gesagt."

Valerio zuckte mit den Schultern. „Eigentlich auch egal. Es kann nur eine weitere Hiobsbotschaft sein. Vielleicht kommt er, um zu verkünden, dass es nichts wird mit dem Aufschub für das Schmetterlingshaus."

„Erstens glaube ich das nicht, weil er dir das auch per E-Mail hätte mitteilen können. Das wäre sogar viel einfacher. Und zweitens", Gianni seufzte, „er ist kein Unmensch, Val. Ich kann nichts dafür, aber ich schätze ihn nach wie vor nicht als gewissenloses Monster ein. Auch wenn das nichts an der Tatsache ändert, dass er dir, dass er uns dieses Haus nehmen wird und du vor den Scherben deiner Existenz stehst. Streng genommen ist das alles hier sein Eigentum. Seit vielen Jahren. *Wir* sind diejenigen, die fehl am Platz sind."

„Ich gehöre mit allem, das ich habe hierher, Gianni." Valerio spürte, wie ihm die Tränen in die Augen stiegen. Nein, verdammt, er würde jetzt nicht zu heulen anfangen. Diese Genugtuung würde er Billie Costrado verwehren. Energisch wischte er sich mit dem Handrücken übers Gesicht und zog die Nase hoch.

Gianni erhob sich, versteckte seine Hände tief in den Taschen seiner Stoffhose und stellte sich in die offene Tür zum Garten. Auf Valerio machte er den Eindruck völliger Desillusionierung. Ein seltener Anblick. Und doch fühlte Valerio sich in diesem Moment auf groteske Weise noch inniger mit seinem Bruder verbunden als je zuvor. Nichts an der Situation konnte mehr schöngeredet werden. Sie beide trauerten um etwas, das Teil ihres Lebens war und an dem sie doch nicht festhalten konnten.

„Er ist da", murmelte Gianni nach ein paar Minuten. „Wollen wir ihm entgegengehen?"

„Er weiß, wo er mich findet. Ich werde keinen Schritt auf ihn zu machen. Weder im wörtlichen noch im übertragenen Sinne."

„Dann bleibe ich an deiner Seite", sagte Gianni leise und kam zurück ins Haus.

„Die Herren Rossini", tönte der Amerikaner übertrieben fröhlich, als er über die Schwelle trat und sowohl Valerio als auch Gianni die Hand entgegenstreckte. „Wie passend, Sie gemeinsam hier anzutreffen. Damit hatte ich nicht gerechnet." Er ignorierte, dass keiner der Brüder seinen Gruß erwiderte, und lächelte das Lächeln eines Siegers.

„Nun, es ist wohl angebracht, zügig zum Punkt zu kommen und Sie nicht allzu lang auf die Folter zu spannen." Er sah sich um, als bestünde er trotz seiner Worte darauf, zu Tisch gebeten zu werden, am besten noch mit einer Tasse frisch zubereitetem Cappuccino. Das jedoch konnte er sich an seinen lächerlichen Cowboyhut stecken. Valerio verschränkte die Arme und hob das Kinn, sagte aber nichts.

„Ich weiß, dass ich Ihnen in den vergangenen Wochen viele Unannehmlichkeiten bereitet habe", begann Costrado, zog sich unaufgefordert einen Stuhl heran und setzte sich. „Glauben Sie mir, auch für mich war es eine absolute Überraschung, als man mir mitgeteilt hat, dass ich ein Grundstück in den Hügeln Montabellos besitze."

„Und doch wird es in Ihrem Fall eine andere Art Überraschung gewesen sein als in unserem!" Gianni lachte leise auf und schüttelte den Kopf, bevor er fortfuhr. „Anfangs dachte ich, dass jetzt endlich alles den Lauf nimmt, der für alle der Beste wäre. Ich war tatsächlich davon überzeugt, dass mein Bruder nur so die Chancen wahrnimmt, die sich ihm eröffnen, wenn er dieses Haus und alles, was dazugehört, hinter sich lässt."

„Doch etwas ist passiert, und Sie haben Ihre Meinung geändert." Das Lächeln auf Costrados Lippen intensivierte sich. „Oder sollte ich besser sagen: *Jemand* tauchte auf, der für Tabula rasa gesorgt und einiges ins Rollen gebracht hat?"

Valerio beäugte den Amerikaner kritisch. „Ich wüsste nicht, warum wir uns jetzt mit dem, was Eliza für uns getan hat, beschäftigen sollten. Es ändert nichts daran, dass Sie gekommen sind, um uns das Genick zu brechen und auf unseren Gräbern zu tanzen."

Billie Costrado lachte. „Eine etwas groteske Vorstellung, das müssen Sie sich schon eingestehen." Sein Lachen erstarb. „Aber was Eliza Itterford betrifft ..."

Valerio biss die Zähne aufeinander und versuchte, seinen Atem ruhig und regelmäßig fließen zu lassen. „Lassen Sie sie besser aus dem Spiel!" Würde der Amerikaner nun auch noch in dieser Wunde herumstochern, könnte Valerio für nichts mehr garantieren.

Billie Costrado hob beschwichtigend die Hände. „Eliza Itterford ist eine bemerkenswerte Frau. Wie ich erfuhr, ist es einem glücklichen Zufall zu verdanken, dass sie überhaupt zugegen war. Eigentlich hatte sie vor, einen Erholungsurlaub hier zu verbringen. Doch sie hat alle Hebel in Bewegung gesetzt, um Ihnen unter die Arme zu greifen, nachdem sie erfahren hatte, was für Sie auf dem Spiel steht."

Gianni nickte. „Sie hat wirklich beneidenswertes Geschick bewiesen und mit ihren Bemühungen sogar mich überzeugt."

„Ganz recht!", bestätigte Costrado und erhob sich. „Elizas Stimme übertönte jedes griesgrämige Wort, das über Ihre Lippen kam", er nickte Valerio zu, „oder jeden Ihrer rückläufigen Schritte", er wies auf Gianni. „Und das, obwohl sie nicht wirklich viel sagte. Sie ließ Taten sprechen, holte Menschen ins Boot, von denen sie glaubte, sie könnten etwas bewirken und hielt fest an ihrem Vorhaben."

„Und doch reichte es nicht!" Valerio spuckte Costrado die Worte vor die Füße und schnappte nach Luft. „Kommen Sie doch jetzt endlich zum Punkt, und sehen Sie davon ab, uns unsere Unzulänglichkeiten unter die Nase zu reiben. Wir wissen, dass Sie der Gewinner sind!"

„Bin ich das?" Costrado wiegte den Kopf leicht hin und her. „An dieser Stelle gibt es sicher Raum zur Interpretation."

Gianni horchte auf und erhob seine Hand, als Valerio schon zu einer Gegenargumentation ansetzte. „Wie dürfen wir das verstehen?"

Billie Costrado durchschritt die Küche und den Flur und blieb an der geöffneten Tür in den Garten stehen. Er lugte um die Ecke und winkte.

Er winkte jemanden heran.

Valerio sah Gianni an und verengte seine Augen zu Schlitzen. „Was hat er jetzt vor?"

„Ich weiß es nicht, Val. Aber ich befürchte –"

Weiter kam er nicht. Mit einem strahlenden Lächeln im Gesicht betrat ihre Mutter das Haus, drückte ihre Söhne nacheinander an sich und küsste sie auf die Wangen. Hatte Costrado jetzt vor, auch ihr, einer alten Dame, das Herz zu brechen? Konnte jemand so grausam sein?

„Meine Lieben!" Die Stimme ihrer Mutter klang dünn, als würde sie jeden Moment in Tränen ausbrechen. Valerio spürte einen schmerzhaften Stich in seiner Magengrube und legte seiner Mutter sofort einen Arm um die Schulter. „Mamma, du musst dir das nicht antun."

„Da bin ich ganz anderer Meinung!"

Billie Costrado kam dazu und grinste. „Mariella Rossini ist eine ebenso taffe Frau wie ihre Freundin, Valerio. Dass Sie mich kontaktiert hat, um mir ihre Sicht der Dinge anzuvertrauen, wissen Sie ja." Er ließ sich von Valerios und Giannis Mutter herzen, was Valerio beinahe den Boden unter den Füßen wegriss.

„Was Sie bislang nicht wissen", fuhr Costrado fort, „ist, dass Sie mich überzeugt hat."

„Wie bitte?" Gianni Augen wurden groß und rund, und Valerio vergaß, seinen Mund zu schließen.

„Signore Costrado las meine E-Mail sehr aufmerksam, wie er mir versicherte", meldete sich ihre Mutter nun zu Wort. „Wir führten daraufhin mehrere Telefonate, in denen ich ihm erklärte, was mir und euch dieses Haus bedeutet."

„Zusammen mit allem, was Eliza auf die Beine gestellt hat, blieb mir nichts anderes übrig, als mein Vorhaben genauestens zu überdenken. Dass Miss Itterford sich jüngst noch einmal aus London gemeldet und mir ein Angebot unterbreitet hat, setzt dem Ganzen die Krone auf. Obwohl eine weitere Einflussnahme zu diesem Zeitpunkt eigentlich nicht mehr nötig gewesen wäre."

„Was hat Sie Ihnen angeboten?", zischte Valerio.

„Nichts, das Sie an einen Film mit Demi Moore und Robert Redford erinnern könnte." Costrado grinste breit und wackelte mit den Augenbrauen, bevor er wieder eine ernstere Miene aufsetzte. „Wie gesagt, es tut nichts zur Sache, aber wenn Sie es gern wissen möchten: Der Vater ihrer besten Freundin ist der Geschäftsführer von GlobalBrit, einem sehr erfolgreichen Unternehmen. Mister Fielding legte mir ein leerstehendes Fabrikgelände ans Herz, das sich in einer wundervollen Gegend in Südengland befindet und nur darauf wartet, renoviert zu werden und als außergewöhnliche Ferien-Location dem geneigten Urlauber zur Verfügung zu stehen. Ich nutzte die Chance."

„Der Besitzer der Fielding-Villa?", hakte Gianni nach.

„Es stimmt", hauchte Valerio, „er ist tatsächlich Bauunternehmer." Die einzelnen Puzzleteile fügten sich zeitlupenartig zusammen, wachsende Begeisterung brach sich Bahn. Doch Valerio wollte sich nicht freuen, bevor Billie Costrado die Worte aussprach, die er so herbeisehnte. „Und was heißt das jetzt genau?"

Der Amerikaner nickte. Und lächelte. Ein offenes, ehrliches Lächeln, das Valerios Stimmung gleich noch ein wenig anhob. Er traute sich nicht, den Gedanken, der sich ihm aufzwang, zu Ende zu spinnen. Er war immer ein Optimist gewesen, hatte auch jetzt nicht vor, diese Eigenschaft zu begraben. Aber die Entwicklungen der letzten Tage hatten ihn schwer gefordert, ihn an den Rand purer Verzweiflung getrieben. Dass sich jetzt, in diesem Moment, die gesamte Misere rund um Haus und Hof zum Guten wenden könnte, empfand er als zu unwahrscheinlich. Und doch schlug ihm das Herz bis zum Hals, summte sein Körper wie ein Schwarm Bienen und schwirrte sein Kopf in freudiger Erwartung.

„Ich werde Ihr Grundstück nicht für mich beanspruchen." Billie Costrados Aussage hallte in der Küche wider, schien sich zu einem tausendfachen Echo auszubreiten und wie eine Druckwelle auf Valerio zuzurollen. Seine Knie drohten, unter ihm nachzugeben. Gianni schlug sich die Hände vors Gesicht. Ihre Mutter holte ein Taschentuch hervor und wischte sich die tränenden Augen.

„Mit den Behörden ist bereits alles geregelt. Die Umschreibung auf Ihren Namen ist veranlasst. Aber ..." Costrado reckte einen Zeigefinger in die Höhe und wandte sich dann an Valerios und Giannis Mutter, die sofort das Wort ergriff.

„Es gibt da noch eine Kleinigkeit, die ich verkünden will", sagte sie mit bebender Stimme. „Valerio, es wäre ratsam, dich umgehend ins Schmetterlingshaus zu begeben."

Ihm war, als wiche alle Kraft aus seinen Armen und Beinen, ein Taubheitsgefühl ließ ihn taumeln. Dennoch machte er sich sogleich auf den Weg, stürzte aus der Tür und rannte, so schnell ihn seine Füße trugen, am Haus vorbei in Richtung Senke, wo gleich hinter dem neu angelegten Zier- und Nutzgärtchen das Schmetterlingsquartier aufragte. Zittrig öffnete er das Tor, durchschritt die Schleuse und stieß den zweiten Durchgang auf.

Mitten in einem Schwarm von Zitronenfaltern, den Rücken ihm zugewandt, stand sie, ihren Kopf weit in den Nacken gelegt. Bis zu der Sekunde, in der Valerio das Tropenhaus betrat, war sie offensichtlich in das Spiel der leuchtenden Tagfalter vertieft gewesen. Jetzt, da sie Valerios Ankunft unweigerlich mitbekommen haben musste, straffte sie ihre Schultern und atmete tief ein und aus.

„Eliza!" Langsam ging er auf sie zu, hielt aber inne, als sie sich zu ihm umdrehte und zögerlich ihre Arme ausstreckte.

„Kannst du mir verzeihen, dass ich dich allein gelassen habe?"

Valerio überwand die letzten zwei Meter, die zwischen ihnen lagen, und legte seine Hände fest um ihre Taille. „Wie könnte ich nicht?", hauchte er und drückte Eliza an sich. „Wie könnte ich nicht?"

Kapitel 15

Eliza

Einige Monate später

Ein warmer Wind verfing sich im Innenhof und zerrte an den Lampions, die in Doppelreihen über die Stehtische, Bänke und Stühle gespannt waren. In den Blättern der veredelten Olivenbäumchen, die zwischen dem Mobiliar in Schalen gepflanzt waren, raschelte es. Der Duft nach reifen Zitronen wehte durch die Nachtluft.

Eliza setzte sich in einen der Korbsessel, zog die Beine an und drapierte ihr langes Kleid darüber. Sie schaute auf in den Himmel, an dem sich Millionen funkelnder Sterne zeigten, ließ ihren Blick schweifen in die hohen Baumkronen der Kastanien, die Alfonsos Grundstück umgaben.

Gestern hatten Amber und Fred ihre Traumhochzeit unter der toskanischen Sonne gefeiert. Genau hier, in dem urigen Innenhof, den der alte Olivenbauer ihr bei ihrem ersten Besuch gezeigt und in den Eliza sich sofort verliebt hatte. Daran, dass sie diesen Ort einmal als Veranstaltungs-Location nutzen würde, hatte sie damals noch keinen Gedanken verschwendet. Die Idee dazu war ihr erst gekommen, als sie das Geburtstagsdinner ihrer Mum verlassen hatte. Als ihr klargeworden war, dass Chloe nun endlich ohne sie zurechtkommen würde und sie, Eliza, den Job, den sie so liebte, ebenso gut in Montabello wie in London verrichten konnte. Dass sie in den Flieger gestiegen war, mit nichts als ihrer Handtasche und einem One-Way-Ticket, war mittlerweile fünf Monate her. Als sie Chloe und ihren Eltern tags darauf in einem Gruppentelefonat mitgeteilt hatte, dass sie ihre Wohnung in Hampstead zwar nicht aufgeben, aber nur noch sporadisch in die britische Hauptstadt zurückkehren würde, war ihre Schwester in ein kurzes Jubelgeschrei ausgebrochen, das Elizas Annahme bestätigte, auch Chloe befreite sich immer mehr von den Fesseln elterlicher Erwartungshaltung. Ihre Mum und ihr Dad hatten ihr Tun zunächst mit einem totalen Abbruch der Kommunikation gestraft. Als Eliza dann aber nach einigen Wochen nach London gekommen war, um nicht nur persönliche Dinge abzuholen, sondern auch, um mit Amber und ihrem Verlobten in die Planung ihrer Hochzeit einzusteigen – der ersten, die außerhalb Englands stattfinden sollte –, hatten ihre Eltern sie in ihrer Wohnung besucht. Seitdem erkundigte sich ihre Mutter hin und wieder, wie Eliza sich zurechtfand, wie es ihr ging und ob in ihrem neuen Job alles so lief, wie sie es sich vorgestellt hatte.

Es ist nicht wirklich ein neuer Job, hatte Eliza einige Male wiederholen müssen, bis ihre Eltern verstanden hatten, dass sie lediglich Teile ihrer Arbeit aus dem Beruf, den sie einst erlernt hatte, wieder integriert hatte. In Montabello, nur etwa zwei oder drei Gehminuten

vom Stadttor entfernt, hatte sie ein kleines Büro eröffnen können, in dem sie Veranstaltungen plante, die in
der Gegend um oder in Montabello selbst stattfanden.
Im Juli hatte sie auf dem Markt an mehreren Tagen sowohl ihre eigenen Bilder als auch die der Teilnehmer
ihres Sommerurlaub-Malkurses ausgestellt, den sie in
Valerios Schmetterlingshaus angeboten hatte. Ein ähnlicher Kurs stand für den Winter auf ihrer To-do-Liste.
Er richtete sich nicht vornehmlich an Urlauber oder
Langzeit-Touristen, sondern an die Kinder und Jugend
Montabellos, die sich bereits zahlreich angemeldet
hatte. Ansonsten kümmerte sich Eliza mit Begeisterung
um Geburtstagsfeiern und Jubiläen Einheimischer, sowie um Musik- und Kulturveranstaltungen, die von
den Behörden der Stadt in Auftrag gegeben wurden.
Public Viewing und Filmvorstellungen unter freiem
Himmel gehörten mittlerweile ebenso zum gern gebuchten Angebot wie – selbstverständlich! – Hochzeiten, die traditionell in den Kirchen Montabellos abgehalten und in den Restaurants oder alternativ auf Alfonsos Innenhof gefeiert wurden. Mit dem Geld, das
dem Bauern für die Bereitstellung dieser wundervollen
Location bisher zugutegekommen war, hatte er sich
endlich einen neuen Kleinlader kaufen können. Buchstäblich just in time, bevor ihm der alte Traktor nur ein
paar Tage später den Dienst quittierte. Zwischendurch
verbrachte sie auch immer wieder mal ein Wochenende in London, um dort Hochzeiten auszurichten,
aber in ihrem Terminplan ließ sie dafür ganz bewusst
nur wenig Platz.

Eliza lächelte und sah zu Valerio hinüber, der mit seinem Bruder an einem der weiß bespannten Stehtische

stand und sich angeregt unterhielt. Auf einer Holzbank, deren Sitzfläche mit einer dicken Decke gepolstert war, schlummerte Giulia, und gleich dahinter wiegte Francesca das Baby in den Schlaf. Mariella Eliza Rossini war vor zwei Wochen geboren worden und brachte seitdem jeden zum Schmunzeln, der in ihr süßes Gesichtchen schaute. Die Überschreibung des Hauses, in dem Eliza seit ihrer Rückkehr mit Valerio wohnte und das seitdem viele der geplanten Renovierungsschritte erfahren hatte, war reibungslos gewesen. Billie Costrado hatte Wort gehalten, jeden seiner Pläne in Montabello aufgegeben und war mittlerweile damit beschäftigt, an der Küste Südenglands ein altes Fabrikgebäude zu restaurieren, um es in ein außergewöhnliches Urlaubsdomizil zu verwandeln.

Eliza war von Natur aus ein Kämpfergeist und begrub nur selten Absichten, die sie sich in den Kopf gesetzt hatte. Aber dass sich ihr gesamtes Leben verändern würde, hatte sie sich in ihren kühnsten Träumen nicht ausmalen können.

„Ciao, Bella!", flüsterte Valerio und kam auf sie zugeschlendert. „Lust auf einen Spaziergang?" Liebevoll legte er seine Hände auf ihre Schultern und rieb leicht darüber. „Gianni und Francesca machen sich auf den Heimweg."

Eliza blickte an Valerio vorbei und winkte Giannis Frau zu, die die kleine Mariella in seine Arme gegeben hatte, um die große Schwester zu wecken.

„Hast du ein bestimmtes Ziel?"

„Lass uns schauen, wohin uns die Straße führt."

Eliza lachte, denn viele Möglichkeiten ließ dieses Vorhaben nicht zu, aber das war auch nicht wichtig. Wie so vieles, das hier an Bedeutung verloren hatte.

Dunkel ragten die Kastanien in die Höhe. Durch die Lücken zwischen den Baumkronen schien Mondlicht auf die Schotterstraße, sodass sie sicheren Schrittes vorankamen. Hand in Hand folgten sie der Abzweigung, die in Alfonsos Olivenhain führte. Als sich das Feld mit den knorrigen Bäumen vor ihnen auftat, stockte ihnen beiden der Atem. Silbrig glitzerten die Blätter zwischen den fast reifen Früchten, spiegelten das Funkeln der Sterne und erweckten die Illusion von schwebenden Diamanten in der Finsternis. Eliza atmete ruhig ein und aus, ließ sich von der Schönheit des Augenblicks einnehmen und schenkte ihm ihre volle Aufmerksamkeit. Nach einer Weile drückte Valerio ihre Finger, als wollte er sie sanft aus dem tranceähnlichen Zustand hinausbegleiten, in dem sie verweilte und ganz bei sich war.

„Du siehst wunderschön aus", sagte er, löste seine Hand aus ihrer und drehte sich ihr zu. „Und zufrieden."

„Das bin ich auch", antwortete sie und schmiegte ihr Gesicht an seine Brust. „Wenn ich hier mit dir stehe, ist die Zeit, in der ich in London von einem Termin zum nächsten gehetzt bin, kaum noch greifbar. Fast so, als hätte sie nie existiert."

Er streichelte ihr über den Rücken, wickelte einzelne Strähnen ihres Haares um seine Finger. „Mir geht es ähnlich. Ich war überzeugt davon, dass es mir vom Schicksal verwehrt bleibt, die Liebe meines Lebens zu finden. Und dann, während ich alles verloren glaubte, kamst du. Und hast alles aus den Angeln gehoben."

Eliza sah zu ihm auf und lächelte. „Wollen wir einen Moment Pause machen? Auf dem Hügel mit dem umgekippten Baumstamm, auf dem wir damals gesessen haben, als du mich zum ersten Mal mit hierher genommen hattest?"

„Nichts lieber als das!", murmelte er und grinste verschmitzt. „Das kommt mir sehr gelegen."

Oben angekommen, ließen sie ihren Blick über den Hain schweifen und genossen den Duft nach Spätsommer, Kräutern und Heu. Eliza hätte sich an keinen schöneren Ort der Welt wünschen können, um für ein paar Sekunden in die Erinnerung an ihre ersten Begegnungen mit Valerio einzutauchen, sich vor Augen zu führen, wie krank und gestresst und fremdbestimmt sie damals gewesen war und welch erfülltes, achtsames und ausgeglichenes Leben sie nun an der Seite des Mannes führte, den sie aus ganzem Herzen liebte. „Ich bin so glücklich, diesen Schritt gewagt zu haben." Ihre Stimme war nicht mehr als ein Hauchen.

„Frag mich mal!"

Er ließ ein leises Lachen hören, das nervös klang, räusperte sich und kramte dann in der Tasche seiner Jeansshorts.

„Was hast du vor, Valerio Rossini?"

Er zog ein quadratisches Kästchen hervor und öffnete es. „Ich will dich zu nichts drängen, und eigentlich kann ich selbst kaum glauben, dass ich mich traue, auch nur daran zu denken, dass du hoffentlich irgendwann meine Frau sein möchtest. Aber ich bin voller Zuversicht, dass wir zusammengehören, und möchte meine Bereitschaft, mit dir durchs Leben zu gehen, unbedingt zum Ausdruck bringen. Und vielleicht kannst ja auch du dir vorstellen –"

Eliza unterbrach seinen Antrag und legte ihm einen Finger auf die Lippen. Ein warmer Windstoß fuhr in ihr Haar, wehte wie ein Schwarm Schmetterlinge um ihren Kopf und trug ihr „Ja" an sein Ohr.

Danksagung

Wenn man zusagt, innerhalb von zwei Monaten einen Roman zu schreiben, von dem bis dahin nur eine Leseprobe existierte, ist das ein relativ sportliches Vorhaben. Dass dabei so manches auf der Strecke bleibt und vor allem diejenigen, die einem am nächsten stehen, hin und wieder das Nachsehen haben, bleibt nicht aus. Deshalb gilt mein Dank vor allem meinem Mann und meinen drei Töchtern, die mich – mehr noch als üblich – an meinem Schreibtisch sahen und des Öfteren nachhaken mussten, wenn ich etwas nicht mitbekam, weil ich zu tief in meiner Geschichte versunken war. Ihr seid die Besten.

Danke an alle, die mich unterstützt haben, egal, in welcher Hinsicht, die mit mir brainstormten, wenn sich ein Problem auftat, und mir aushalfen, wenn ich ein Brett vor dem Kopf hatte.

Danke an Julia Feldbaum fürs Lektorat der Leseprobe, danke an Daniela Höhne fürs Lektorat des Gesamtmanuskripts und danke an das Team von Digital Publishers dafür, dass sie Eliza, Valerio und Co. ein Verlagszuhause gegeben haben.